Das Buch

Der Schwertkämpfer Andrej und sein Begleiter Abu Dun verfolgen die Spur eines Werwolfs, der die Menschen im äußersten Nordosten Europas in Angst und Schrecken versetzt. Ihre Reise durch die eisigen Weiten führt sie in ein Dorf von Verdammten – wo sie zu Opfern eines grausamen Verrats werden. Erdrückt von der Last einer Blutschuld, die sie nicht begleichen können, kreuzen die beiden Freunde auf einem Geisterschiff, der *Schwarzen Gischt*, durchs endlos scheinende Nordmeer. Als sie endlich an der Küste einer unwirtlichen Insel stranden, rettet sie allein das Auftauchen des kleinen Lif vor dem sicheren Kältetod. Gemeinsam mit seiner Schwester Liftrasil lebt er in einem Geisterhaus, das ein schreckliches Geheimnis birgt. Doch Andrej, verzaubert von Liftrasils Schönheit, erkennt die Gefahr, die ihm und seinem Gefährten droht, zu spät. Um ihr zu entkommen, muss er einen Handel mit der Hexe Gryla eingehen – nicht ahnend, dass ihn jeder Schritt nur immer tiefer in einen Abgrund aus Schuld und Wahnsinn hinabzuziehen droht.

Blutkrieg erzählt in fünf zusammenhängenden Episoden von dramatischen Abenteuern, die die Helden der *Chronik der Unsterblichen* in ihrem Kampf gegen das Böse bestehen müssen.

Der Autor

Wolfgang Hohlbein, 1953 in Weimar geboren, zählt zu Deutschlands erfolgreichsten Autoren phantastischer Unterhaltung. Seine Bücher haben inzwischen eine Gesamtauflage von über 30 Millionen erreicht.

Von Wolfgang Hohlbein sind in unserem Hause bereits erschienen:

Die Chronik der Unsterblichen 1. Am Abgrund
Die Chronik der Unsterblichen 2. Der Vampyr
Die Chronik der Unsterblichen 3. Der Todesstoß
Die Chronik der Unsterblichen 4. Der Untergang
Die Chronik der Unsterblichen 5. Die Wiederkehr
Die Chronik der Unsterblichen 6. Die Blutgräfin
Die Chronik der Unsterblichen 7. Der Gejagte
Die Chronik der Unsterblichen 8. Die Verfluchten
Nemesis – Band 1: Die Zeit vor Mitternacht
Nemesis – Band 2: Geisterstunde
Nemesis – Band 3: Alptraumzeit
Nemesis – Band 4: In dunkelster Nacht
Nemesis – Band 5: Die Stunde des Wolfs
Nemesis – Band 6: Morgengrauen
Das Blut der Templer
Das Blut der Templer II

Wolfgang Hohlbein

Blutkrieg

Erzählungen
zur
Chronik der Unsterblichen

Ullstein

Besuchen Sie uns im Internet:
www.ullstein-taschenbuch.de

Umwelthinweis:
Dieses Buch wurde auf chlor- und säurefreiem Papier gedruckt.

Ungekürzte Ausgabe im Ullstein Taschenbuch
1. Auflage Januar 2009
© by Egmont vgs verlagsgesellschaft, Köln 2007
Umschlaggestaltung: HildenDesign, München
Titelabbildung: HildenDesign unter Verwendung eines Motivs von
© Edwin Verin/shutterstock
Druck und Bindearbeiten: CPI – Ebner & Spiegel, Ulm
Printed in Germany
ISBN 978-3-548-26906-1

Blutkrieg

Mit dem ersten Grau der Dämmerung hatte es zu regnen begonnen und seither nicht wieder aufgehört. Der Wind peitschte ihnen die silbergrauen Schleier jetzt fast waagerecht in die Gesichter. Und die eisige Nässe war längst durch Andrejs Kleider gekrochen, hatte seine Knochen erreicht und ließ ihn vor Kälte mit den Zähnen klappern. Andrejs Finger waren steif gefroren, und er hatte Mühe, die Zügel zu halten.

Unsterblich zu sein, dachte er missmutig, schützt ja vielleicht gegen so manches, aber leider nicht davor, ebenso zu frieren und unter Müdigkeit und Erschöpfung zu leiden wie jeder andere auch. Aber vielleicht gilt das nur für mich, beendete er seinen Gedanken mit einem schrägen Seitenblick auf Abu Dun und einem Gefühl, das zwischen Bewunderung und blankem Neid schwankte.

Der riesenhafte Nubier hatte während des gesamten Tages nicht einen einzigen Laut der Klage von sich gegeben, ja, nicht einmal eine Miene verzogen. Obwohl

Andrej sicher war, dass der an die erbarmungslose Hitze und Trockenheit seiner afrikanischen Heimat gewöhnte Nubier viel mehr unter dem rauen Klima so weit oben im Norden litt als er.

Vielleicht war die ungewöhnliche Schweigsamkeit, die Abu Dun seit einer Weile an den Tag legte, seine Art, gegen das Wetter und die ständig fallenden Temperaturen zu protestieren. Und gegen Andrejs Entscheidung hierherzukommen selbstverständlich.

Im Stillen hatte Andrej diesen Entschluss längst bereut. Es war fast sechs Monate her, dass sie das kleine Dorf an der Mittelmeerküste verlassen hatten, um der Spur des Werwolfes zu folgen, der die Menschen in diesem Teil des Landes fast den ganzen Winter über in Angst und Schrecken versetzt und einen ganzen Landstrich terrorisiert hatte.

Sie waren im Frühling aufgebrochen und in den Sommer Osteuropas hineingeritten, und mittlerweile hatten sie einen halben Kontinent durchquert und näherten sich nicht nur der Küste, sondern auch dem Ende des Jahres.

Annähernd sechs Monate, dachte Andrej, ohne dass sie die Bestie auch nur ein einziges Mal zu Gesicht bekommen hatten. Nicht dass er nicht sicher war, auf der richtigen Spur zu sein. Andrej hatte schon lange aufgehört zu zählen, wie viele Vampyre, Werwölfe, Dämonen und andere Ausgeburten der Hölle Abu Dun und er getötet hatten. Aber er konnte sich nicht erinnern, jemals einer solchen Spur aus Leid und Verwüstung gefolgt zu sein.

Wie viele Menschen hatte das Ungeheuer getötet: fünfzig? Hundert? Er wusste es nicht. Er wusste nicht einmal genau, was es war, das sie verfolgten, er wusste nur, dass ...

Das Knacken eines zerbrechenden Zweiges riss Andrej jäh aus seinen Gedanken. Jedem anderen wäre das Geräusch möglicherweise entgangen, doch für Andrejs feine Sinne klang der Laut so scharf und bedrohlich wie ein Peitschenhieb. Neben ihm fuhr auch Abu Dun fast unmerklich zusammen und ließ die Schultern dann wieder in einer Haltung perfekt gespielter Erschöpfung nach vorne sinken.

»Links«, murmelte der Nubier, »fünfzig Schritte hinter den Bäumen.«

Andrej antwortete mit einem angedeuteten Nicken, widerstand aber der Versuchung, in die von Abu Dun bezeichnete Richtung zu sehen.

Das Geräusch wiederholte sich nicht, aber nun, einmal darauf aufmerksam geworden, spürte er die Anwesenheit eines Beobachters fast so deutlich, als könnte er ihn sehen. Ohne das seidige Geräusch des Regens hätte er vermutlich seine Atemzüge hören können.

Er ließ sein Pferd langsamer traben, hielt schließlich ganz an und drehte sich mit schon fast übertrieben wirkenden Bewegungen im Sattel nach links und rechts.

Alles rings um sie herum war grau. Der strömende Regen hatte nicht nur die Temperaturen ins Bodenlose fallen lassen, sondern auch alle Farbe aus dem Tag gewaschen. Vor ihnen fiel die mit kümmerlichem Gras und dürrem Buschwerk bewachsene Ebene, über die sie seit Stunden ritten, sanft zur fernen Küste hin ab. Die Bäume, von denen Abu Dun gesprochen hatte, entpuppten sich als die Ausläufer eines struppig wirkenden Waldstücks, das sich wie eine Hand mit viel zu vielen Fingern über den Hang erstreckte.

Links davon, vielleicht drei- oder auch vierhundert Schritte entfernt, erhob sich ein Gewirr aus Felstrümmern, die im strömenden Regen wie matte, unbehandelte Edelsteine glänzten.

Abu Dun deutete heftig gestikulierend zu diesen Felsen hin. Andrej antwortete mit einem ebenso übertrieben deutlichen Nicken. Daraufhin gab der Nubier seinem Pferd die Sporen und sprengte auf die Felsgruppe zu. Andrej sah ihm einen Moment lang reglos nach, dann lenkte er sein Pferd auf den Waldrand zu. Wer immer sich dort verbarg und sie beobachtete, musste jetzt annehmen, dass Abu Dun irgendetwas bei den Felsen überprüfen wollte, während er selbst den Waldrand ansteuerte, um dort zu rasten.

Andrej ließ sich Zeit. Er musste sein Pferd zurückhalten, das die Nähe des Waldes spürte und ihm entgegenstrebte. Vielleicht, weil es das saftige Grün witterte, vielleicht auch, weil das Tier es, genau wie sein Reiter, einfach leid war, Stunde um Stunde durch den strömenden Regen zu laufen.

Zehn Meter vor dem Waldrand sprang Andrej aus dem Sattel, ließ das Tier einfach laufen und steuerte die weit überhängenden Äste einer gewaltigen Buche an, wie um sich unterzustellen. Er wählte ganz bewusst eine Stelle, die ein ganzes Stück von der entfernt war, an der er den Beobachter vermutete. Geduldig wartete er, bis er Abu Duns Nahen spürte. Dann schlenderte er wie zufällig in die Richtung, aus der er die verstohlenen Atemzüge und das Hämmern zweier angsterfüllter Herzen hörte, und sprintete los. Mit zwei, drei gewaltigen Sätzen erreichte er den eigentlichen Waldrand und brach rücksichtslos durch das Unterholz. Die dürren Äste zersplitterten wie Glas, als er sich durch sie hindurchwarf, und Andrej sah einen Schatten davonhuschen und hörte ein erschrockenes Keuchen. Er hatte nur einen flüchtigen Eindruck von einer dunklen, sonderbar heruntergekommenen, asymmetrisch wirkenden Gestalt bekommen, die zwischen den Bäumen verschwunden war.

Blitzschnell griff er zu und bekam auch etwas zu fassen, aber nur für einen Moment, dann hörte er das Reißen von Stoff und stolperte hinter dem Flüchtenden her. Andrej musste all seine Schnelligkeit aufbieten, um ihn einzuholen und schließlich mit einer wütenden Bewegung zu Boden zu schleudern.

Ein keuchender Schrei erscholl und der Mann trat noch im Fallen nach Andrejs Gesicht und traf auch. Andrej knurrte wütend, spuckte Blut und den Splitter eines Zahnes aus und griff noch einmal fester zu.

Aus den verzweifelten Schreien des Mannes wurde ein ersticktes Keuchen. Und Andrej prallte erschrocken zurück, als ihm plötzlich klar wurde, dass der Mann verstümmelt war. Seine Kleider hingen in Fetzen und die Haut darunter war von tiefen, schwärenden Wunden übersät. Er trug ein vielleicht sechs- oder siebenjähriges Kind im linken Arm, das er selbst jetzt noch mit aller Kraft an sich presste. Sein rechter Arm fehlte, er endete dicht über dem Ellbogen in einem unordentlichen Wust blutgetränkter Verbände, von denen ein erbärmlicher Gestank ausging.

Für einen Moment weckte der Anblick eine uralte, düstere Gier in Andrej. Er kämpfte das Gefühl mit aller Macht nieder und richtete sich wieder auf.

Der Verwundete versuchte erneut, nach ihm zu treten, und ließ endlich das Kind los. Als es davonkroch, rutschte sein Kleid hoch und Andrej sah, dass es ein Mädchen war. Wieder wollte der Verwundete nach ihm treten. Andrej schlug seinen Fuß zur Seite, achtete aber darauf, nicht zu hart zu treffen. Er spürte die Qualen, die der Mann litt.

»Verdammt noch mal, hör endlich auf«, sagte er. »Ich bin nicht dein Feind.«

Der Verwundete stöhnte. Andrej warf einen raschen Blick zu dem Mädchen hin. Es hatte sich zwei oder drei Schritte weit geschleppt und kauerte nun dort – zitternd vor Angst und an einen Baumstamm gelehnt. Andrej beugte sich wieder vor und betrachtete das Gesicht des sterbenden Mannes aufmerksamer.

Erneut stieg ihm der Geruch von Blut und Fäulnis in die Nase, und wieder flackerte die archaische Gier in seinem Inneren auf, doch diesmal bereitete es ihm keine Mühe, sie zu unterdrücken, spürte er doch auch zugleich den Tod, der seine Klauen bereits zu tief in das Fleisch des Mannes geschlagen hatte. Er würde sterben. Keine Macht der Welt konnte das jetzt noch verhindern. Sein Blut war bereits vergiftet und würde selbst für Andrej zu einem Schluck aus dem Schierlingsbecher werden.

Das Gesicht des Mannes war aschfahl, Schweiß glänzte auf seiner Stirn und seine Augen hatten einen trüben, fiebrigen Glanz. Andrej war nicht sicher, dass er seine Worte überhaupt noch hörte, dennoch fuhr er fort: »Ich bin nicht dein Feind, ich will dir nichts tun. Verstehst du das? Ich will dir helfen!«

Der Mann begann, irgendetwas zu stammeln. Fieberfantasien ohne Sinn vermutlich, doch Andrej beugte sich ein wenig weiter vor, um sein Ohr näher an seine Lippen zu bringen.

Dann – plötzlich – loderte etwas in den Augen des Verwundeten auf, und das Entsetzen darin gewann eine neue, noch schlimmere Qualität, während sich sein Blick an einem Punkt irgendwo hinter Andrej festsaugte. Er hörte leise Schritte und das Rascheln von Stoff. Abu Dun war gekommen.

Im gleichen Moment stieß das Mädchen einen schrillen, sich überschlagenden Schrei aus. »Dauga!«

Und dann schien alles gleichzeitig zu geschehen.

Der Verwundete bäumte sich noch einmal und diesmal höher auf. Ein gurgelnder Schrei kam über seine Lippen und seine verbliebene Hand zuckte zum Gürtel und riss einen kurzen, beidseitig geschliffenen Dolch mit schartiger Klinge hervor, der sich wie der Giftzahn einer angreifenden Schlange in Andrejs Hals bohren wollte.

Abu Dun stieß ein überraschtes Knurren aus und Andrej warf sich zur Seite und schlug in der gleichen Bewegung mit dem Handrücken nach dem Unterarm des Verletzten. Er hatte den Angriff kommen sehen, sodass es ihn kaum Mühe kostete, ihn abzuwehren.

Was er vergessen hatte, war das Kind. Andrej sah auch diese Bewegung im letzten Moment aus den Augenwinkeln. Ein rasendes Huschen, das auf ihn zusprang, doch diesmal kam seine Reaktion zu spät. Auch das Mädchen hielt plötzlich eine Waffe in der Hand. Eine dünne bösartige Klinge, die mit einem hässlichen Geräusch durch sein Hemd schnitt und einen weiß glühenden, grässlichen Schmerz tief in seinen Leib hineintrieb.

Andrej brüllte vor Qual, krümmte sich und schlug die schmale Hand mit solcher Kraft beiseite, dass das Mädchen mit einem Schmerzensschrei zurücktaumelte und zu Boden ging. Für einen Moment wurde ihm schwarz vor Augen. Er fiel auf die Knie, sank nach vorne und fing seinen Sturz in letzter Sekunde mit dem ausgestreckten Arm ab. Die andere Hand presste er gegen seine Seite, in der noch immer eine unbeschreibliche Qual wühlte. Warmes Blut quoll zwischen seinen Fingern hervor und sein Blick begann sich zu verschleiern.

Wie von weiter registrierte er, wie der Verletzte aufsprang und davontaumelte.

»Das Mädchen«, keuchte Andrej. »Abu Dun, hol das Mädchen!«

Für einen kurzen Augenblick schwanden ihm endgültig die Sinne. Er fiel zu Boden, und als sich die Schwärze vor seinen Augen endlich wieder lichtete und der hämmernde Schmerz in seiner Seite verebbte, war er nicht einmal sicher, diesen Kampf tatsächlich gewonnen zu haben.

Abu Dun ragte schwarz und riesengroß über ihm auf. Irgendetwas Kleines, Zappelndes an sich gepresst, das vor Angst kreischte, dennoch aber versuchte, ihm mit scharfen Fingernägeln das Gesicht zu zerkratzen. Der erste Laut, den Andrej wieder durch das Hämmern seines eigenen Herzschlages hörte, war das dunkle, gutmütig-spöttische Lachen seines Freundes.

»Kommst du allein klar, Hexenmeister, oder soll ich dir beim Aufstehen helfen?«

Andrej verzichtete vorsichtshalber auf eine Antwort und beließ es bei einem wütenden Blick in Abu Duns nachtschwarzes, breites Grinsen. Dann setzte er sich auf und sah an sich herab.

Die Wunde hatte aufgehört zu bluten, der Schmerz war erloschen und die Haut unter dem handlangen Riss, der plötzlich in seinem Hemd klaffte, war nun wieder unversehrt. Dennoch musste sich Andrej widerwillig eingestehen, dass er Abu Duns Spott verdient hatte. Es war ein Kind – so etwas hätte einfach nicht passieren dürfen.

Noch immer schweigend stemmte er sich vollends in die Höhe und bedeutete Abu Dun mit einer Geste, das Mädchen auf den Boden zu setzen.

»Du brauchst keine Angst zu haben«, sagte er noch einmal.

Seine Worte schienen nicht zu dem Mädchen durchzudringen. Es zerrte und riss wie verrückt an Abu Duns Arm, um sich loszureißen. Und schrie dabei immer und immer wieder dieses eine unheimliche Wort: »Dauga!«

Andrej sah Abu Dun einen Moment lang nachdenklich an. Er wusste nicht, was dieses Wort bedeutete, aber es war klar, dass es die Angst vor seinem Freund war, die dieses Kind fast um den Verstand brachte. Er konnte das Mädchen durchaus verstehen. Schon unter normalen Umständen war Abu Dun eine imposante Erscheinung: mehr als zwei Meter groß und entsprechend breitschultrig, ein Riese mit nachtschwarzer Haut, den er niemals anders als in einem knöchellangen, ebenfalls schwarzen Mantel und mit einem gewaltigen Turban auf dem Schädel gesehen hatte, der ihn noch größer und Furcht einflößender erscheinen ließ.

In Abu Duns Muttersprache bedeutete sein Name so viel wie »Vater des Todes«. Andrej hatte ihn niemals danach gefragt, ob dies tatsächlich sein Name war oder er ihn sich selbst gegeben hatte. Aber er war auch noch nie einem Menschen begegnet, zu dem dieser Name besser zu passen schien.

»Ich glaube, sie hat Angst vor dir«, sagte er. »Lass sie los!«

Abu Dun zögerte und Andrej wandte sich mit einem aufmunternden Lächeln an das Mädchen.

»Du wirst nicht weglaufen, wenn er dich loslässt?«, vergewisserte er sich. »Du brauchst keine Angst vor uns zu haben, wir helfen dir.«

Das Kind starrte ihn aus großen Augen an, die schwarz vor Angst waren, dann schüttelte es ganz sacht den Kopf.

Andrej gab Abu Dun einen entsprechenden Wink, blieb aber wachsam, falls das Mädchen doch noch davonlaufen sollte.

»Wie ist dein Name, Kleine?«, fragte er.

»Verinnia«, antwortete das Kind.

»Das ist ein schöner Name«, meinte Andrej und deutete erst auf sich selbst, dann auf Abu Dun. »Ich bin Andrej und das ist Abu Dun. Du musst dich nicht fürchten, er sieht nur so gefährlich aus.«

Abu Dun ließ endlich die Schulter des Mädchens los. Verinnia wich zwei, drei Schritte zurück, hielt aber dann mitten in der Bewegung inne und blieb wieder stehen.

»Ihr ... seid ... keine ... Dauga?«, vergewisserte es sich.

»Nein«, antwortete Andrej, »auch wenn ich nicht einmal weiß, was das ist. Bist du vor ihnen geflohen?«

»Sie ... sie haben alle getötet!«, stammelte Verinnia. Plötzlich schimmerten Tränen in ihren Augen. Sie begann am ganzen Leib zu zittern. »Das ganze Dorf ... meine Familie ... sie ... sie sind alle tot. Nur Vater und ich konnten entkommen.«

Andrej machte eine Kopfbewegung in die Richtung, in der der Verwundete davongetorkelt war. Abu Dun zog fragend die Augenbrauen hoch, aber Andrej schüttelte hastig den Kopf. Er wusste, dass der Mann in seinem Zustand nicht weit kommen würde.

»War das dein Vater?«

Verinnia nickte. Sie zog lautstark die Nase hoch, ihr Blick tastete misstrauisch über Andrejs Gesicht und blieb an seinem zerrissenen Hemd hängen. Ihre Augen wurden groß.

»Hab ich Euch verletzt, Herr?«, fragte sie erschrocken.

»Andrej«, verbesserte sie Andrej rasch, »nicht Herr. Und nein, du hast mich nicht verletzt.«

Er deutete auf den Riss, wo ihr Messer sein Hemd zerschnitten hatte. Die Wunde hatte sich längst wieder geschlossen und die Haut darunter war vollkommen unversehrt.

»Siehst du, ich hatte Glück, du hast nur mein Hemd erwischt.«

Verinnia betrachtete den Schnitt in seinem Hemd stirnrunzelnd.

»Und warum ist Euer ... warum ist dein Hemd dann voller Blut?«, fragte sie.

Andrej zog es vor, nicht darauf zu antworten.

»Also, Verinnia«, sagte er, »was ist passiert?«

Verinnia kam nicht dazu, zu antworten. Aus der Richtung, in die ihr Vater verschwunden war, erscholl ein gellender Schrei und ein schreckliches, grauenhaftes Splittern, wie Andrej es noch niemals zuvor im Leben gehört hatte.

Verinnia schrie auf und schlug die Hand vor den Mund. Und auch Abu Dun und er fuhren in einer einzigen blitzartigen Bewegung herum und zogen ihre Waffen.

»Bleib hier!«, schrie Andrej dem Mädchen zu, während er und Abu Dun bereits losstürmten.

Die Schreie hörten auf und auch das furchtbare Geräusch, das an das Zerbrechen eines riesigen, trockenen Astes erinnert hatte, wiederholte sich nicht. Aber Andrej konnte die Gewalt regelrecht spüren, die vor ihnen explodiert war. Irgendetwas Schreckliches ging dort vor.

Sie mussten nicht sehr weit laufen. Verinnias Vater war kaum weiter als drei oder vier Dutzend Schritte gekommen. Der Platz, an dem ihn sein Schicksal ereilt hatte, war unübersehbar. Der aufgeweichte Waldboden war aufgewühlt und nicht nur vom Regen dunkel. Tief hängende Äste und Unterholz waren geknickt und zerfetzt und bewiesen, dass der Kampf vielleicht nur kurz, dafür aber umso erbarmungsloser gewesen war.

Von Verinnias Vater war keine Spur zu sehen. Aber der Blutgeruch in der Luft war nun so intensiv, dass er Andrej fast den Atem nahm.

»Da!« Abu Dun deutete auf den Stamm einer mächtigen Eiche, unmittelbar neben dem Kampfplatz. Andrejs Blick folgte der Geste und ein eisiger Schauer lief ihm über den Rücken. Der Stamm war blutbesudelt und trotzdem waren die tiefen, wie von gewaltigen Klauen in das harte Holz gerissenen Furchen in seiner Rinde deutlich zu erkennen.

Andrej versuchte vergeblich, sich ein Tier vorzustellen, das solche Spuren hinterlassen konnte.

Hinter ihnen war ein entsetztes Schluchzen zu hören und Andrej fuhr herum und trat gerade den Bruchteil eines Augenblickes zu spät zwischen Verinnia und die unübersehbaren Spuren dessen, was ihrem Vater zugestoßen war, um dem Kind den Anblick zu ersparen.

Das Mädchen hatte beide Hände vor den Mund geschlagen und begann, immer heftiger zu zittern.

»Vater«, stammelte es. »Wo ... wo ist mein Vater?«

Abu Dun wollte etwas sagen, doch Andrej brachte ihn mit einer raschen Geste zum Verstummen. Sein Hals war plötzlich wie zugeschnürt.

»Waren das die Dauga?«, fragte er leise.

Verinnia sagte nichts mehr. Sie hatte den Kampf gegen die Tränen endgültig verloren und ihr Gesicht schimmerte nass, doch nicht der geringste Laut kam über ihre Lippen. Sie nickte nur.

»Dann zeig uns, was passiert ist«, sagte Andrej.

Andrej hatte es längst aufgegeben, sich zu fragen, wie es Verinnias Vater in seinem Zustand gelungen war, sich von seinem kleinen Heimatdorf an der Küste bis zu der Stelle am Waldrand zu schleppen, an der sie ihn und das Mädchen gefunden hatten. Sie waren eine halbe Stunde in scharfem Tempo geritten, nachdem sie Verinnias Vater, von dem sie nur noch Blutspuren gefunden hatten, ein einfaches, symbolisches aber christliches Begräbnis bereitet hatten. Andrej hatte ein kurzes Gebet zu einem Gott gesprochen, an den er den Glauben auf irgendeinem der zahllosen Schlachtfelder seiner Vergangenheit längst verloren hatte. Danach waren sie aufgesessen und losgaloppiert. Verinnia hatte sich panisch gesträubt, zu Abu Dun in den Sattel zu steigen, ansonsten aber kein Wort mehr gesagt. Selbst auf Andrejs Fragen nach dem Weg hatte sie nur mit Gesten reagiert.

Jetzt hatten sie die Steilküste erreicht. Vor ihnen lag eine schmale, zum Teil auf natürliche Weise entstandene, zum Teil direkt in den Fels hineingehauene Treppe, die zu dem zwanzig oder mehr Meter tiefer gelegenen Strand hinunterführte.

Abu Dun war abgesessen und ließ seinen Blick abwechselnd über den steilen Kletterpfad und Verinnias Gesicht schweifen. Vermutlich stellte er sich die gleiche Frage wie Andrej auch. Nämlich die, wie es ein so schwer verwundeter Mann geschafft haben sollte, die Steigung zu erklimmen, noch dazu mit einem Kind im Arm.

»Ist das dort unten euer Dorf?«, wandte er sich schließlich an das Mädchen.

Verinnia nickte zwar zur Antwort, sah dabei aber Andrej an. Andrej wusste nicht, ob sie ihn immer noch fürchtete, auf jeden Fall schien sie sich entschlossen zu haben, den Nubier zu ignorieren.

»Hast du nicht behauptet, diese Dauga hätten das ganze Dorf zerstört und alle außer dir und deinem Vater umgebracht?«, fuhr Abu Dun misstrauisch fort.

Verinnia schwieg beharrlich weiter. Andrej warf dem Nubier einen mahnenden Blick zu, es gut sein zu lassen, auch wenn er sein Misstrauen verstehen konnte.

Das kleine, in einer tief eingeschnittenen Bucht gelegene Fischerdorf bestand aus vielleicht anderthalb Dutzend einfacher, reetgedeckter Hütten, von denen tatsächlich ein gutes Drittel in Trümmern lag. Aus manchen der brandgeschwärzten Ruinen kräuselte sich noch immer Rauch. Und im nun immer rascher abnehmenden Licht der Dämmerung erkannte Andrej hier und da Nester flackernder Glut. Der Gestank – nicht nur nach verkohltem Holz – war selbst hier oben wahrzunehmen. Zwischen den Gebäuden bewegten sich Menschen. Manche schwenkten Fackeln, und Andrej hätte seine übermenschlich scharfen Sinne nicht einmal gebraucht, um die ebenso angespannte wie angsterfüllte Stimmung zu fühlen, die dort unten herrschte.

»Wie lange liegt der Überfall zurück, sagst du?«, fragte er.

Verinnia hatte genau genommen gar nichts gesagt, und sie antwortete auch jetzt erst nach einem Zögern.

»Es war in der letzten Nacht. Sie kommen immer nachts.«

Andrej tauschte einen bedeutsamen Blick mit Abu Dun. Nach dem, was sie sahen, konnte diese Angabe nicht stimmen. Doch er sagte nichts und machte sich an den mühevollen Abstieg.

Sein Respekt vor Verinnias totem Vater stieg noch einmal beträchtlich an, bis er den weit unten gelegenen Strand erreichte. Selbst mit zwei gesunden Armen und ohne ein zu Tode verängstigtes Kind tragen zu müssen, stellte es sein Geschick auf eine harte Probe, die steile Felswand zu überwinden. Und Abu Dun erging es nicht besser.

Ihr Kommen blieb nicht unbemerkt. Schon lange bevor sie den eigentlichen Strand erreichten, versammelte sich eine Menge von dreißig oder vierzig Menschen am Fuße der Felswand. Viele von ihnen schwenkten Fackeln, aber nicht wenige von ihnen waren auch bewaffnet. Und der Ausdruck auf ihren Gesichtern war alles andere als freundlich.

Andrej musste kein Hellseher sein, um zu erkennen, dass Abu Dun und er hier nicht willkommen waren. Sein Irrtum wurde ihm erst klar, als einer der Männer auf sie zutrat und anklagend auf Verinnia deutete.

Ohne sich mit einer Begrüßung aufzuhalten, fuhr er Andrej an: »Wieso bringt Ihr dieses Unglückskind zurück? Wo ist sein Vater? Und wer seid Ihr?«

»Das sind meine Freunde«, sagte Verinnia herausfordernd, bevor Andrej antworten konnte. »Sie werden uns helfen, die Dauga zu vernichten.«

Das Gesicht des Bärtigen verfinsterte sich noch weiter. Er funkelte Verinnia an. »Hast du immer noch nicht genug Unheil angerichtet? Du und dein Vater«, zischte er. Dann wandte er sich mit einem Ruck wieder an Andrej. »Also«, fragte er noch einmal, »wer seid Ihr und was wollt Ihr hier?«

»Welche Frage soll ich zuerst beantworten?«, wollte Andrej wissen. Er lächelte, aber seine Hand senkte sich dabei wie zufällig auf den Schwertgriff, der aus seinem Gürtel ragte. Und neben ihm bewegte sich Abu

Dun ebenfalls rein zufällig so, dass man seine eigene, noch viel gewaltigere Waffe unter dem Mantel sehen konnte.

»Mein Name ist Andrej Delãny«, antwortete Andrej. »Das ist Abu Dun, mein Freund und Reisebegleiter aus dem Land der Muselmanen. Wir sind harmlose Wanderer, die es durch Zufall in diesen Teil der Welt verschlagen hat.«

Er bekam keine Antwort, was vielleicht daran liegen mochte, dass der Ausdruck »harmlos« und der Anblick des nubischen Riesen an seiner Seite nicht zusammenpassen wollten. Und so fuhr er mit einem angedeuteten Schulterzucken fort: »Wir haben das Mädchen und seinen Vater eine halbe Stunde von hier gefunden. Wir wollten sie zurückbringen, das ist alles.«

Das Gesicht des Bärtigen verfinsterte sich noch weiter. »Wo ist er?«, fauchte er.

Verinnia wollte etwas sagen, aber Andrej kam ihr zuvor.

»Er ist tot«, sagte er. »Wir wollten ihm helfen, aber wir sind zu spät gekommen. Es tut mir leid.«

Der Bärtige verzog nur abfällig die Lippen. In seinen Augen las Andrej Zufriedenheit.

»Tot?«, vergewisserte er sich. »Gut, dann hat er wenigstens einen Teil seiner Schuld bezahlt.«

Andrej zog unwillig die Brauen zusammen und er hörte, wie auch Abu Dun hinter ihm scharf die Luft zwischen den Zähnen einsog.

»Ich fürchte, ich verstehe nicht ganz«, sagte er vorsichtig. »Das Mädchen hat uns erzählt, ihr wärt überfallen worden und alle hier wären tot.«

»Ja – sehr viel hätte dazu auch nicht gefehlt«, antwortete der Bärtige wütend. »Dank ihres verdammten Vaters.«

Er trat auf Verinnia zu und hob drohend die Faust, blieb aber sofort wieder stehen, als Andrej ihm mit einem fast beiläufigen Schritt den Weg versperrte.

»Was geht hier vor?«, fragte Andrej scharf.

Der Bärtige stülpte herausfordernd die Unterlippe vor und der Blick, mit dem er Andrej nun maß, war eindeutig abschätzend. Plötzlich wurden hinter ihm aufgeregte Stimmen laut. Die Menschenmenge teilte sich, um einem dunkelhaarigen Hünen Platz zu machen, der mindestens so groß wie der Bärtige war, aber wilder wirkte.

Andrej riss erstaunt die Augen auf. Hätte der Mann nicht zwei gesunde Arme gehabt, hätte er geschworen, Verinnias genesenem Vater gegenüberzustehen.

»Hast du den Verstand verloren, Arnulf!«, brüllte er. »Dieses Kind hat heute seinen Vater verloren und du wagst es, ihm Vorwürfe zu machen.«

Er erwartete offensichtlich keine Antwort von dem Bärtigen, sondern baute sich herausfordernd vor Andrej auf und maß ihn mit Blicken, die kaum weniger zornig waren als die, die er Arnulf zugeworfen hatte.

Verinnia warf sich mit einem Schrei auf ihn, vergrub das Gesicht in seinem zotteligen Fellmantel und begann zu schluchzen. Wie selbstverständlich legte der Riese ihr beschützend den Arm um die Schultern und musterte nun Abu Dun ebenso aufmerksam wie Andrej gerade.

»Ist es wahr, was Ihr sagt?«, fragte er. »Ihr Vater ist tot?«

»Ja«, antwortete Andrej. »Und wer bist du?«

»Mein Name ist Lasse«, antwortete der Riese. »Verinnias Vater war mein Bruder. Und ihr kommt jetzt besser mit mir, bevor noch ein Unglück geschieht.«

Andrej hatte nicht erwartet, dass man Abu Dun und ihn mit offenen Armen empfangen würde, aber Lasses nachlässige Art, seine Dankbarkeit zu zeigen, überraschte ihn doch. Er spürte zugleich aber auch, dass die Warnung des schwarzhaarigen Riesen ernst zu nehmen war. Die Spannung, die schon bei ihrer Ankunft in der Luft gelegen hatte, nahm noch zu. Er nickte.

»Mein Haus liegt gleich dort drüben am Strand, es ist nicht weit«, sagte Lasse.

Nichts in dieser winzigen, an drei Seiten von schroffen Felsen eingerahmten Bucht war wirklich weit entfernt. Aber Andrej atmete trotzdem innerlich auf, als sie die kleine Hütte unmittelbar über der Flutlinie erreichten.

Niemand hatte versucht, sie aufzuhalten. Die Einwohner des Dorfes waren wortlos beiseite gewichen, um ihnen Platz zu machen, aber es hatte trotzdem etwas von einem Sprießrutenlauf gehabt.

Im Inneren des Hauses brannte ein Feuer unter einem schlichten Loch im Dach, das als Rauchabzug diente. Eine dunkelhaarige Frau, die ebenso schön war wie Lasse groß, kam ihnen entgegen. Als Verinnia sie sah, warf sie sich mit einem erleichterten Seufzen in ihre Arme und begann, laut zu weinen. Lasse deutete wortlos auf die Feuerstelle.

Während die dunkelhaarige Schönheit mit dem Mädchen im Nebenzimmer verschwand, nahmen Abu Dun und Andrej am Feuer Platz und streckten die Hände über die prasselnden Flammen, um möglichst viel von ihrer Wärme aufzufangen.

Unauffällig behielt Andrej Lasse aufmerksam im Auge. Die Ähnlichkeit zwischen ihm und Verinnias Vater war schon fast unheimlich, die beiden mussten nicht nur Brüder, sondern Zwillinge gewesen sein.

Schließlich trat Lasse mit einem tiefen Seufzer vom Fenster zurück und setzte sich zu ihnen ans Feuer.

»Ich muss Euch noch einmal danken«, sagte er, hob aber auch fast gleichzeitig die Hand, als Andrej antworten wollte. »Nicht für das, was ihr für Verinnia getan habt, sondern für Eure Besonnenheit. Arnulf ist ein Dummkopf, er war auf Streit aus.«

»Nun ja, das Kräfteverhältnis war ein wenig ungleich«, sagte Andrej zögernd.

»Ich bin nicht blind, Andrej Delãny«, antwortete Lasse ernst. »Ich erkenne einen Krieger, wenn ich ihn sehe.« Er machte eine Bewegung auf Andrejs Schwert. »Ihr tragt diese Waffen nicht, weil Ihr sie so schön findet. Ich hatte dort draußen keine Angst um Euch.«

Andrej schwieg; was hätte er auch antworten sollen. Schließlich war es Abu Dun, der das immer unbehaglicher werdende Schweigen brach.

»Was ist geschehen?«, fragte er. »Das Mädchen erzählt, ihr seid überfallen worden. Waren es Piraten?«

Wieder ließ Lasse eine geraume Weile verstreichen, bevor er antwortete. Sein Blick tastete über die Tür, hinter der Verinnia mit seiner Frau verschwunden war. Leise drang das Schluchzen des Kindes durch das dünne Holz.

»Nein«, sagte er schließlich. »Keine Piraten.«

»Sondern?«, fragte Andrej. »Red schon! Was ist hier passiert?«

»Das, was immer passiert«, antwortete Lasse. »Sie kommen jedes Jahr zweimal. Immer am ersten Tag des Frühlings und am ersten Tag des Herbstes.«

»Wer?«, fragte Abu Dun.

»Die, von denen Verinnia euch erzählt hat«, antwortete er. »Die Dauga!«

»Und was sind Dauga?«, wollte Andrej wissen. Er tauschte einen weiteren fragenden Blick mit Abu Dun, erntete aber auch jetzt wieder nur ein fast hilfloses Schulterzucken. »Und was wollen sie von euch?«

»Das weiß niemand«, antwortete Lasse. »Sie kommen zweimal im Jahr und holen einen von uns. Niemand weiß warum. Doch keiner von denen, die sie mitgenommen haben, wurde jemals wieder gesehen.« Er schüttelte den Kopf. »Sie sind keine Menschen, so viel steht fest.«

»Wieso?«, wollte Abu Dun wissen.

»Weil man sie nicht töten kann«, antwortete Lasse. »Ganz einfach.«

Andrej erstarrte. Er sah aus den Augenwinkeln, wie

Abu Dun zusammenfuhr, und auch er selbst hatte sich nicht so gut in der Gewalt, wie es ihm lieb gewesen wäre.

»Man kann sie nicht töten, das ist lächerlich«, sagte er mit einem leisen Lachen, das nicht einmal in seinen eigenen Ohren echt klang.

»Oh, man kann sie töten«, erwiderte Lasse. »Verinnias Vater hat einen von ihnen erwischt, gerade erst in der vergangenen Nacht. Aber es ist sehr schwer, sie zu töten. Man muss ihnen den Kopf abschlagen oder ihr Herz mit einem Speer durchbohren.«

Diesmal tauschte Andrej einen entsetzten Blick mit Abu Dun. Was Lasse da beschrieb, das waren nahezu die beiden einzigen Möglichkeiten, Wesen von der Art zu töten, zu denen auch Abu Dun und er selbst gehörten.

»Es ist schwer, aber man kann es schaffen«, sagte Lasse noch einmal. »Doch ihr habt gesehen, was dann geschieht.«

»Nein«, antwortete Andrej, »das haben wir nicht. Wovon redest du?«

Lasse atmete hörbar ein. »Die Dauga kommen so lange, wie wir uns zurückerinnern können, um ihr Blutopfer zu holen«, sagte er. »Am Anfang haben wir uns gewehrt, aber irgendwann haben wir angefangen, uns in unser Schicksal zu fügen. Zwei Leben im Jahr für das aller anderen, das erschien den meisten von uns ein geringer Preis.«

»Den meisten, aber nicht allen«, vermutete Andrej.

»Nein«, bestätigte Lasse, »nicht allen. Meinem Bruder nicht, und auch mir nicht. Trotzdem haben wir nie etwas getan, wir waren feige. So wie alle anderen hier.«

»Und was ist letzte Nacht geschehen?«, fragte Andrej leise.

Lasses Blick verdüsterte sich noch weiter. »*Die Schwarze Gischt* ist gekommen«, antwortete er, »das Schiff der Dauga. Sie taucht immer mit der höchsten Flut auf. Sie hat ein schwarzes Segel, daher der Name. Wir hatten das Opfer vorbereitet wie jedes Jahr, doch diesmal wollten sie ein anderes ...«

»Verinnia«, vermutete Andrej, als Lasse nicht weitersprach.

Der schwarzhaarige Riese nickte. »Ja«, sagte er düster. »Mein Bruder war verzweifelt, er hat sich geweigert. Doch Arnulf und die anderen haben ihn überwältigt und wollten Verinnia den Dauga ausliefern. Im letzten Moment hat er sich losgerissen und einem von ihnen das Schwert entrungen.« Er lachte, bitter und sehr leise. »Er war ein Fischer wie ich, Andrej. Er konnte nicht mit einem Schwert umgehen, aber die Angst verlieh ihm übermenschliche Kräfte. Das Ungeheuer hat ihm den Arm abgerissen, doch meinem Bruder ist es dennoch gelungen, es zu enthaupten. Er konnte Verinnia nehmen und entkommen.«

Andrej ließ ihm ausreichend Zeit, die Erinnerung zu verarbeiten, bevor er ganz leise fragte: »Und dann?«

»Die *schwarze Gischt* ist verschwunden«, antwortete Lasse. »Doch heute, kurz vor Sonnenuntergang, ist sie wieder aufgetaucht. Ihre Kanonen haben das Feuer auf uns eröffnet, sie haben das halbe Dorf in Schutt und Asche gelegt. Vier von uns sind tot und mehr als ein Dutzend verletzt. Und sie haben gedroht wiederzukommen. Morgen ... und am Tag danach ... und an dem danach. So lange, bis wir ihnen ihr Opfer ausliefern.«

Andrej verspürte ein eisiges Frösteln. Was Lasse nicht laut ausgesprochen hatte, das las er überdeutlich in seinen Augen.

»Aber nicht irgendein Opfer«, vermutete er.

Lasse schüttelte den Kopf, seine Augen wurden leer. Er antwortete nicht. In diesem Moment flog die Tür in ihrem Rücken auf und Arnulf trat ein.

»Nein«, sagte er, »sie wollen kein anderes Opfer, sondern das, das ihnen zusteht. Sie wollen Verinnia, niemanden sonst.«

Seine Augen loderten vor Zorn. Andrej warf einen Blick durch die offen stehende Tür in seinem Rücken. Arnulf war nicht allein gekommen. Er hatte nahezu das ganze Dorf mitgebracht.

»Ich kann mich nicht erinnern, dich hereingebeten zu haben«, sagte Lasse ärgerlich.

Arnulf machte eine wütende Handbewegung, wie um Lasses Worte beiseite zu fegen. »Ich verstehe und achte dich, Lasse«, sagte er mühsam beherrscht und in einem Ton, der das genaue Gegenteil verstehen ließ. »Aber begreifst du denn nicht, was ...«

»Ich begreife vor allem, dass du ein Feigling bist«, unterbrach ihn Lasse und stand auf.

Arnulf straffte kampflustig die Schultern, und für einen Moment war Andrej überzeugt, dass die beiden riesigen Männer nun aufeinander losgehen würden. Aber dann, ganz plötzlich, trat Arnulf einen halben Schritt zurück und verzog sein Gesicht zu einer verständnisvollen Miene.

»Glaubst du denn, ich verstehe dich nicht, Lasse?«, fragte er sanft. »Auch mir tut Verinnia leid. Ihr Vater war ein guter Freund und ich weiß, dass du ein tapferer Mann bist. Aber du hast gesehen, was geschieht, wenn wir versuchen, uns gegen das Schicksal zu wehren. Sind fünf Tote denn noch nicht genug?«

Andrej tauschte einen Blick mit Abu Dun. Der Nubier zögerte einen winzigen Augenblick, und der Ausdruck auf seinem Gesicht erschien ihm undeutbarer denn je. Dann aber nickte er fast unmerklich. Und Andrej fragte: »Und ist nicht einer mehr zuviel, Arnulf?«

Der schwarzhaarige Riese fuhr herum wie eine wütende Schlange. »Was mischt Ihr Euch ein«, zischte er. »Ihr wisst doch gar nicht, wovon Ihr redet.«

»Wir wissen, dass sie zweimal im Jahr kommen und ein Menschenopfer von euch verlangen«, sagte Abu Dun an Andrejs Stelle. »Wie lange wird es noch dauern, bis keiner mehr von euch übrig ist, um mit seinem Leben das der anderen zu erkaufen?«

»Was können wir schon tun?«, fauchte Arnulf.

»Ihr könntet kämpfen«, schlug Andrej vor.

Arnulf lachte böse. »Kämpfen! Man kann nicht gegen diese Kreaturen kämpfen. Sie sind keine Menschen, sondern Ausgeburten der Hölle! Wie willst du etwas töten, das bereits tot ist?«

»Was meinst du damit?«, fragte Abu Dun. »Das bereits tot ist.«

Arnulf zögerte einen Moment, dann hob er die Schultern. »Niemand weiß genau, was sie sind«, sagte er. »Es heißt, sie wären verfluchte Seelen. Männer, die vor mehr als einem Jahrhundert einen Pakt mit dem Teufel selbst geschlossen haben. Seither sind sie weder tot noch lebendig. Sie altern nicht und es ist fast unmöglich, sie zu töten. Aber sie brauchen dann und wann frisches Blut, um ihren Pakt mit dem Satan zu erneuern.«

»Was für ein Unsinn!«, sagte Abu Dun. »Mit solchen Geschichten erschreckt man in meiner Heimat kleine Kinder.«

»Und hier macht man das mit Geschichten von schwarzen Männern, an die auch niemand glaubt«, schnappte Arnulf. »Du kannst glauben, was du willst. Ich weiß, was ich gesehen habe. Sie sind unsterblich.«

Andrej verspürte ein kurzes, aber eisiges Frösteln, als er an Verinnias Vater zurückdachte und an das, was er in seiner Gegenwart gespürt hatte. Etwas wie eine jahrhundertealte Fäulnis, die schlimmer war als der Tod. Er hatte gedacht, es wäre der Wundbrand, der das Blut des Mannes vergiftet hatte. Aber vielleicht war es ja die Berührung von etwas gewesen, das viel schlimmer und böser war.

»Und wenn wir euch helfen?«, fragte er leise. »Abu Dun und ich sind schon auf Untote gestoßen. Du hast recht, sie sind schwer zu töten, aber es ist möglich.«

»Verinnias Vater hat es getan«, fügte Abu Dun hinzu. »Und wir würden euch helfen.«

Arnulf wirkte unschlüssig. Aber schließlich schüttelte er doch den Kopf. »Es ist unmöglich«, beharrte er. »Selbst wenn wir es wollten, wie sollte das gehen? Sie schicken niemals mehr als einen an Land, und nach dem, was gestern passiert ist, wahrscheinlich nicht einmal mehr das.«

»Ich dachte, das hier wäre ein Fischerdorf«, sagte Abu Dun spöttisch. »Habt ihr denn keine Schiffe?«

»Ein paar Boote«, antwortete der bärtige Riese abfällig. »Das größte misst keine zwanzig Fuß, und die *Schwarze Gischt* hat Kanonen. Sie würde jedes Schiff versenken, bevor es ihr auch nur nahe kommt.«

Andrej wollte antworten, doch in diesem Moment wurde die Tür aufgestoßen und Verinnia trat ein. Lasses Frau folgte ihr, versuchte aber vergeblich, das Mädchen zurückzuhalten. Andrej musste nur einen einzigen Blick auf das Gesicht des Kindes werfen, um zu wissen, dass es jedes Wort gehört hatte.

»Dann sorgen wir eben dafür, dass sie zu uns kommen«, sagte Verinnia. »Die Dauga wollen mich, oder? Dann sollen sie mich doch haben.«

Abu Dun ließ sich vorsichtig an der nass glänzenden Flanke des Felsens heruntergleiten und überwand das letzte Stück mit einem Sprung, unter dem das gesamte Boot erzitterte. Andrej suchte hastig Halt und auch Lasse und Arnulf warfen dem Nubier einen ärgerlichen Blick zu.

»Ein gutes Dutzend Männer, es könnten auch weniger sein«, fuhr Abu Dun ungerührt fort, während er mit der linken Hand seinen Turban richtete, der den Abstieg nicht so unbeschadet überstanden hatte wie sein Besitzer. »Schwer zu sagen. Das Schiff liegt nicht gerade ruhig. Wenn ich an Bord wäre, wäre ich vor Seekrankheit wahrscheinlich schon gestorben.«

Andrej warf dem riesigen Nubier einen schrägen Blick zu, zog es aber vor, seinen Kommentar für sich zu behalten. Er bezweifelte, dass Abu Dun überhaupt wusste, was das Wort Seekrankheit bedeutete. Als sie sich kennengelernt hatten, hatte Abu Dun seinen Lebensunterhalt als Pirat verdient. Was Andrej anging, er hasste die Seefahrt. Auch wenn er mehr als einmal gezwungen gewesen war, zur See zu fahren, waren ihm Schiffe doch immer zutiefst zuwider gewesen. Er war nicht einmal ein besonders guter Schwimmer. Und wozu auch? Immerhin war es für ihn unmöglich zu ertrinken.

Die Einzige, der weder das ununterbrochene Schaukeln des Schiffes, noch der schneidende Wind etwas auszumachen schien, war Verinnia. Das Mädchen stand hochaufgerichtet und so ruhig im Heck des kleinen Schiffchens, als befänden sich unter seinen Füßen die massiven Grundmauern einer tausend Jahre alten Festung. Mehr noch – der Ausdruck auf ihrem Gesicht bewies Andrej, dass sie die Situation regelrecht genoss.

Für ein Mädchen, dachte er, das gerade seinen Vater verloren hatte, ist sie auf eine geradezu unangemessene Art fröhlich. Aber vielleicht war das auch einfach ihre Art, mit dem Schmerz fertig zu werden. Kinder besaßen manchmal ein beneidenswertes Talent, die Augen vor der Wirklichkeit zu verschließen. Andrej sah kurz zu Lasse hin, und wieder fiel ihm auf, wie groß die Ähnlichkeit zwischen ihm und Verinnias totem Vater war. Kein Wunder, dachte er, dass er sich so um das Mädchen sorgt, für ihn muss sie fast wie eine Tochter sein.

Ein dumpfer Knall riss nicht nur Andrej aus seinen Gedanken, sondern ließ auch alle anderen erschrocken aufsehen. Nicht viel später wehte ein zweiter dumpfer Schlag aus der entgegengesetzten Richtung an ihr Ohr. Allerdings so leise, dass vermutlich nur Abu Dun und er ihn überhaupt hörten. Andrej tauschte einen raschen, besorgten Blick mit Lasse, bekam allerdings nur ein angedeutetes Achselzucken zur Antwort. Die *Schwarze Gischt* hatte eine ihrer Kanonen abgefeuert. Und Andrej konnte nur hoffen, dass die Menschen im Dorf auf Abu Duns und seinen Rat gehört und ihre Häuser verlassen hatten, um Unterschlupf in den Felsen der Steilküste zu suchen.

»Jetzt?«, fragte Abu Dun.

Andrej antwortete nicht gleich, sondern warf einen zweifelnden Blick in Verinnias Richtung. Letzten Endes hatte er sich der Logik gebeugt – und, nicht zu vergessen, Verinnias kindlicher Sturheit. Aber ihm war nicht wohl dabei, ein Kind an Bord zu wissen.

Schließlich nickte er. Abu Dun gab die Bewegung an Arnulf weiter und der riesige Nordmann griff nach dem Ruder des kleinen Bootes. Ein sachtes Zittern lief durch den Rumpf, und Andrej stand auf und überprüfte ein letztes Mal den sicheren Sitz seines Schwertes.

Während Abu Dun Mantel und Turban ablegte, trat Andrej an die andere Seite des Bootes und steckte prüfend die Hand ins Wasser. Er schauderte, als er spürte, wie kalt es war. Als er sich aufrichtete, begegnete er Verinnias Blick, die den Riss in seinem Hemd anstarrte, wo ihn ihr Messer getroffen hatte.

»Ich weiß, wer du bist«, sagte sie.

»Wie?«, machte Andrej.

»Ich weiß, wer du bist«, wiederholte Verinnia und machte eine Handbewegung auf Abu Dun. »Ich weiß, was du bist. Ich weiß, was ihr beide seid. Mein Vater hat es mir gesagt.«

Andrej richtete sich alarmiert auf, doch es war zu spät. Das Boot war schon halb hinter dem Riff hervorgeglitten, hinter dem sie seit einer guten halben Stunde auf der Lauer lagen. Und Abu Dun war bereits im Wasser und hielt sich nur noch mit einer Hand an der Bordwand fest. Noch ein Augenblick und sie kamen in Sichtweite der *Schwarzen Gischt*. Wenn er sich dann noch an Deck befand, war ihr Plan zunichte gemacht.

Hastig glitt auch er über Bord. Er musste die Zähne zusammenbeißen, denn das Wasser war noch viel kälter, als er angenommen hatte. Dennoch ließ er sich rasch tiefer sinken, während das Boot vollends hinter seiner Deckung hervorglitt und die *Schwarze Gischt* in Sicht kam. Andrej nahm einiges von dem zurück, was er über Arnulf und die anderen Bewohner des Fischerdorfes gedacht hatte. Die *Schwarze Gischt* war das unheimlichste Schiff, das er jemals gesehen hatte. Sie war kein Kriegsschiff, jedenfalls war sie nicht als solches gebaut worden, und sie war nicht einmal besonders groß. Es war eine mindestens hundert Jahre alte Kogge, hundert Fuß lang und mit dem typischen klobigen Bug und dem Achterkastell, das diese Schiffe auszeichnete. Jemand hatte drei Kanonen auf jeder Seite des Decks aufgestellt und eine weitere, besonders große im Bug des schwerfällig wirkenden Seglers. Alles an ihm war schwarz – vom Rumpf bis hin zu dem großen, rechteckigen Segel.

Andrej konnte von seiner Position aus nur die Hälfte des Dutzends Männer sehen, von denen Abu Dun gesprochen hatte, doch auch sie wirkten unheimlich und bedrohlich; hochgewachsene, finstere Gestalten mit langem Haar und struppigen schwarzen Bärten, die Mäntel aus schwarzem Fell trugen. Zumindest auf die große Entfernung hätten sie Zwillingsbrüder Arnulfs und Lasses sein können.

Andrej ließ sich tiefer ins Wasser gleiten. Obwohl er das Schiff keinen Moment aus den Augen ließ, sah er, wie sich Verinnia im Heck des kleinen Bootes aufrichtete und eine ebenso trotzige wie herausfordernde Haltung einnahm, während sie langsam vollends hinter dem Riff hervorglitten und Kurs auf die *Schwarze Gischt* nahmen.

Ein weiterer Knall schallte vom Deck des unheimlichen Seglers zu ihnen herüber. Entweder, dachte Andrej, die Piraten hatten sie noch nicht entdeckt oder sie fanden ein gemeines Vergnügen daran, weiter auf das wehrlose Fischerdorf zu schießen. Irgendetwas an diesem Gedanken stimmte nicht. Andrej konnte das Gefühl nicht in Worte kleiden, aber da war etwas, was er vergessen oder falsch gedeutet hatte. Irgendetwas war nicht so, wie es sein sollte.

Lasse, der mittlerweile zum Bug des Fischerbootes geeilt war, riss jetzt beide Arme in die Höhe und begann, wild zu gestikulieren.

»Hört auf zu schießen«, rief er. »Wir geben auf. Ihr könnt das Mädchen haben.«

Die Antwort ließ nicht lange auf sich warten, aber sie fiel nicht so aus, wie Lasse erwartet haben mochte. Und auch Andrej fand seine schlimme Vorahnung bestätigt.

Es vergingen nur wenige Augenblicke, bis die Piraten ihre Geschütze neu geladen hatten. Ein dunkles Krachen ertönte, und plötzlich schoss keine zwei Meter hinter Andrej eine gewaltige, schäumende Wassersäule aus dem Meer. Das Fischerboot erzitterte und legte sich bedrohlich weit auf die Seite. Noch bevor es wieder in die Waagerechte zurückkippen konnte, donnerte ein zweites Geschütz. Die Kanonenkugel kappte den Mast auf halber Höhe und überschüttete das Deck mit einem Hagel gefährlicher, messerscharfer Holzsplitter. Fast gleichzeitig feuerte auch die dritte Kanone. Die Kugel verfehlte ihr Ziel, schlug aber so dicht neben dem Heck ins Wasser, dass die hoch aufspritzende Gischt Verinnia und auch Arnulf von den Füßen fegte.

Andrej tauchte hastig unter, glitt unter dem Rumpf des Fischerbootes hindurch und tauchte neben Abu Dun auf der anderen Seite wieder auf. Er tat dies weniger aus Furcht, getroffen zu werden, obwohl diese Gefahr durchaus bestand und er nicht sicher war, ob eine Kanonenkugel nicht auch zu den wenigen Dingen gehörte, die ihn tatsächlich umbringen konnten, sondern vor allem, um nicht von der *Schwarzen Gischt* aus gesehen zu werden.

»Was zur Hölle geht da vor?«, keuchte Abu Dun neben ihm. »Wieso schießen sie?«

Andrej wusste darauf ebenso wenig eine Antwort wie auf so viele andere Fragen, die ihm durch den Kopf schossen. Er verspürte immer deutlicher das Gefühl einer diffusen Bedrohung.

Plötzlich glaubte er, noch einmal Verinnias Stimme zu hören, und ihr sonderbares, fast unheimliches Lächeln dabei zu sehen. »Ich weiß, was ihr seid!« Wieso fielen ihm diese Worte ausgerechnet jetzt wieder ein? Doch ihm blieb keine Zeit, den Gedanken weiterzuverfolgen. Sie hatten sich der *Schwarzen Gischt* mittlerweile auf dreißig oder vierzig Meter genähert, und Andrej sah, wie die Besatzung eilig die Geschütze nachlud. Im Bug des Fischerbootes hatte sich Lasse wieder aufgerappelt und versuchte verzweifelt, die Mannschaft der *Schwarzen Gischt* mit heftigem Winken auf sich aufmerksam zu machen.

»Hört auf!«, schrie er mit schriller, sich überschlagender Stimme. »Wir geben auf! Nehmt das Mädchen an Bord!«

Diesmal feuerten alle drei Kanonen gleichzeitig. Für einen Moment verschwand das riesige schwarze Schiff hinter einer brodelnden Rauchwolke, aus der gierige, orangerote Flammenzungen leckten. Zwei der tödlichen Geschosse verfehlten das Fischerboot, doch das dritte traf es mittschiffs und mit der Gewalt eines Axthiebes.

Andrej hatte noch einen flüchtigen Eindruck von Flammen und fliegenden Splittern, dann presste ihn die Druckwelle unter Wasser und schleuderte ihn davon wie ein Stück Treibholz, das in einen Sturm geraten war.

Dicht neben Abu Dun brach er wieder durch die schäumende Meeresoberfläche und sah sich gehetzt um, während er seine Lungen mit einem keuchenden Atemzug füllte. Wie durch ein Wunder war das Fischerboot nicht gesunken. Es wirkte deformiert wie ein Stock, der in der Mitte geborsten, aber noch nicht ganz auseinandergebrochen war. Flammen und schwarzer Rauch leckten gierig an seinem zerborstenen Rumpf, und es hatte deutliche Schlagseite.

Auch wenn Andrej nicht viel von Schiffen verstand, so war ihm doch klar, dass es sinken würde. Doch als wäre ein zweites, sehr viel größeres Wunder geschehen, sah er, dass auch Verinnia, Lasse und Arnulf noch am Leben waren. Lasse arbeitete sich gerade im Bug des wild hin- und herschaukelnden Bootes hoch und presste die Hand gegen das Gesicht, das mittlerweile blutüberströmt war. Und auch das Mädchen und der Bärtige kamen in diesem Moment taumelnd wieder auf die Füße. Verinnias Kleider hingen in Fetzen, auch ihr Gesicht war blutüberströmt.

Eine kalte, mörderische Wut ergriff von Andrej Besitz. Er wusste immer noch nicht mit Sicherheit, was wirklich zwischen diesen Menschen und den Piraten an Bord der *Schwarzen Gischt* vorgefallen war, aber das spielte mit einem Male keine Rolle mehr. Ganz gleich, ob Verinnia ihn belogen hatte oder nicht, sie war ein Kind – und diese Ungeheuer schossen mit Kanonen auf sie.

Sie tauchten. Dass Andrej das Meer nicht mochte, bedeutete nicht, dass er sich in diesem Element nicht bewegen konnte. Sein fantastischer Körper und seine außergewöhnliche Stärke kamen ihm auch in diesem Fall zugute.

Abu Dun und er waren nicht nur zehnmal stärker als normale Menschen, sie vermochten auch ungleich viel länger ohne Luft auszukommen. Ohne auch nur ein einziges Mal zum Atemholen auftauchen zu müssen, überwanden sie die Distanz zur *Schwarzen Gischt* und tauchten unter dem Schiff hinweg.

Unter Wasser unterschied sich das Piratenschiff deutlich von der vermeintlichen Kogge, für die Andrej es gehalten hatte. Es hatte einen gewaltigen Tiefgang, und als sie unter dem Schiff hinweg und auf der anderen Seite wieder auftauchten, sah er, dass man ihm anscheinend nachträglich einen langen, schwertförmigen Kiel verpasst hatte, der das Schiff hochseetüchtig machte und wohl auch der Grund dafür war, dass es sich dem Strand nicht weiter nähern konnte.

Doch auch an diesem Gedanken störte ihn etwas. Schon wieder überkam ihn das ungute Gefühl, etwas Wichtiges übersehen zu haben. Diese Art der vernünftigen Planung wollte nicht so recht zu einer Piratenmannschaft passen, die sich mit dem Teufel eingelassen hatte und auf der Jagd nach Menschenblut war.

Andrej orientierte sich kurz und tauchte dann eine Armeslänge neben Abu Dun auf der anderen Seite des Schiffes wieder auf.

Lärm und Stimmengewirr waren schwächer geworden, aber das Prasseln der Flammen war selbst hier noch zu hören. Zumindest hatten die Geschütze aufgehört zu feuern. Das Holz der Bordwand, die gute drei Meter wie eine Mauer aus erstarrter Lava über ihnen aus dem Wasser ragte, war rau genug, um ihren Fingern und Zehen Halt zu gewähren. Rasch, aber trotzdem lautlos kletterten sie daran empor und hielten inne, kurz bevor sie die Reling erreichten.

Andrej lauschte, er konnte die Stimmen nun deutlicher hören, aber nicht verstehen, denn sie redeten in einer Sprache, derer er nicht mächtig war. Sie klingen aufgeregt, zornig, aber fast auch ein wenig verängstigt, dachte er verwirrt. Was war hier los?

Behutsam schob er sich weiter in die Höhe, sodass er das Deck überblicken konnte. Der zerborstene Mast des Fischerbootes ragte auf der anderen Seite in die Höhe. Flammen und schwarzer Rauch trieben über das Deck, und soweit er es erkennen konnte, musste die gesamte Mannschaft zusammengelaufen sein und bildete einen drohenden Dreiviertelkreis aus schwarzen Mänteln und gezückten Schwertern um Verinnia und die beiden Fischer, die sich ebenfalls an Bord des Schiffes gerettet hatten.

Arnulf und Lasse waren auf die Knie gesunken und offenbar schwer verletzt, während Verinnia aufrecht dastand und den Dauga mit einem Trotz entgegenblickte, wie ihn nur Kinder aufbringen können, die noch kein Gefühl für Gefahr entwickelt haben. Aber auch sie wankte und blutete aus zahlreichen Wunden, die ihr die fliegenden Holzsplitter zugefügt hatten. Der Anblick erfüllte Andrej mit einem Zorn, den er weder beherrschen konnte noch wollte. Mit einer fließenden Bewegung zog er sich vollends über die Reling, neben ihm tat Abu Dun dasselbe, und im selben Augenblick zogen beide ihre Schwerter. So leise das Geräusch auch war, mit dem der Stahl aus seiner ledernen Umhüllung glitt, einer der Piraten sah alarmiert auf, und das erschrockene Keuchen, das über seine Lippen kam, als er Andrejs und des halbnackten, schwarzhäutigen Riesen gewahr wurde, ließ auch die anderen Dauga erschrocken herumfahren. Schwerter und Speere richteten sich auf sie, und einer der untoten Piraten hob eine klobige Armbrust, mit der er auf Abu Dun anlegte.

Aber ... waren es wirklich Untote? Andrej war plötzlich nicht mehr sicher. Die Gesichter, in die er blickte, waren grob und fremdartig, manche brutal, aber es waren dennoch die Gesichter von Menschen. Und der Ausdruck, den er in ihren Augen las, war eindeutig der von Angst.

Nein, dachte er zum wiederholten Mal, irgendetwas stimmte hier nicht.

»Ich an eurer Stelle würde das nicht tun«, sagte Abu Dun neben ihm. Auch seine Stimme klang eher irritiert als drohend, als hätte er etwas gesehen, was er nicht zu sehen erwartet hatte.

»Senkt die Waffen und wir können reden, niemand muss zu Schaden kommen!«

Und was Andrej niemals erwartet hätte, geschah: Der Mann mit der Armbrust senkte zögernd seine Waffe, und auch auf den Gesichtern der anderen erschien ein Ausdruck von Erstaunen und vorsichtiger Erleichterung.

Doch Arnulf sprang auf, packte einen der Dauga von hinten und brach ihm mit einer einzigen blitzartigen Bewegung das Genick. Plötzlich war er wieder da, der Gestank der Fäulnis, die uralte, dräuende Verwesung und die Gier und der Hass auf alles Lebende, Fühlende. Die Präsenz desselben unvorstellbar bösen Dings, die er gestern im Wald gespürt hatte, als das Ungeheuer Verinnias Vater holte. Wie hatte er auch nur den Bruchteil einer Sekunde daran zweifeln können?

»Andrej, nein!«, schrie Abu Dun neben ihm.

Aber es war zu spät. Plötzlich schien alles gleichzeitig zu geschehen, und so schnell, dass die Dinge ein Eigenleben entwickelten und sein Handeln bestimmten.

Lasse sprang jetzt ebenfalls auf und hatte wie durch Zauberei ein Schwert in der Hand, und auch in Verinnias Hand blitzte mit einem Mal Stahl. Dieselbe tückische, kleine Klinge, die sie ihm gestern in die Seite gerammt hatte, und die sie nun einem der Dauga in den Rücken stieß. Der Pirat mit der Armbrust hob seine Waffe und schoss, und die anderen stürmten auf Abu Dun und ihn zu. Andrej sah aus den Augenwinkeln, wie der Nubier brüllend vor Wut und Schmerz zurücktaumelte und mit einer einzigen Bewegung den Bolzen herausriss, der sich tief in seine Schulter gebohrt hatte. Dann waren die Gegner heran und das Töten begann.

Es war kein fairer Kampf. Die Piraten waren in sechs- oder siebenfacher Überzahl, aber sie waren keine Gegner für sie. Andrej tötete die beiden ersten mit einem einzigen gewaltigen Schwerthieb, stieß einem dritten die Klinge tief in die Brust und schrie auf, als sich ein schartiges Schwert in seine Seite bohrte.

Der Angreifer starb, noch bevor er auch nur die Gelegenheit fand zu begreifen, welchem Gegner er tatsächlich gegenüberstand. Andrej warf sich zur Seite und zerschmetterte noch in derselben Bewegung einem weiteren Piraten den Kehlkopf. Neben ihm hatte auch Abu Dun seine Waffe gehoben und griff in den Kampf ein. Und Andrej sah aus den Augenwinkeln, wie auch Lasse und Arnulf wie die Berserker unter den Dauga wüteten. Es ging viel zu schnell und es war viel zu leicht.

Andrej wurde zwei oder drei Mal getroffen, nichts

davon war schlimm genug, ihn zu gefährden oder auch nur ernsthaft zu behindern. Und auch Abu Dun brüllte noch einmal wütend auf, als stumpfer Stahl in sein Fleisch biss, aber ihre Gegner hatten trotzdem keine Chance. Sie kämpften tapfer und mit dem verzweifelten Mut von Männern, die den sicheren Tod vor Augen hatten, aber sie kämpften wie Menschen. Und nichts anderes waren sie.

Der Kampf war kurz und brutal und es verging nicht einmal eine Minute, bis der letzte Angreifer tödlich verwundet auf das Deck sank.

Andrej erwachte wie aus einem Rausch, sein Herz jagte und in seinem Inneren erwachte die Bestie. Der Gestank des Todes schwebte über dem Schiff, überall lagen tote und sterbende Männer, das Deck schwamm in Blut. Die Gier in Andrejs Seele wurde immer übermächtiger. Er hatte das Ungeheuer in sich entfesselt – und nun verlangte es seine Belohnung, es wollte das Blut seiner Opfer und auch Andrej wollte es. Er brauchte es – jetzt!

»Nein, Andrej«, sagte Abu Dun ruhig neben ihm. »Tu es nicht!«

Andrejs Hände begannen zu zittern. Er ließ das Schwert fallen, taumelte auf die Knie hinab und beugte sich über einen der reglos daliegenden Männer, um ihn zu packen und sein Blut zu trinken, das Ungeheuer in seinem Inneren zu füttern.

»Nein, Andrej«, sagte Abu Dun noch einmal. »Tu es nicht! Verstehst du denn nicht, was hier vorgeht?«

Mit aller Willenskraft, die er noch aufbieten konnte,

kämpfte Andrej das Ungeheuer nieder und hob stöhnend den Kopf. Abu Duns Gestalt ragte riesig und verzerrt über ihm empor und verschwamm vor seinen Augen.

»Was?«, murmelte er hilflos.

»Nicht, Andrej«, sagte Abu Dun zum dritten Mal. »Sie haben uns belogen, begreif doch!« Seine Hand legte sich auf Andrejs Schulter und zog ihn mit sanfter Gewalt von seinem Beinahe-Opfer fort. »Einer der Männer ist noch am Leben. Komm!«

Andrej verstand nicht. Er fühlte sich noch immer benommen wie in einem üblen Traum, aus dem er einfach nicht erwachen konnte. Abu Dun zerrte ihn mehr hinter sich her, als dass er aus eigener Kraft ging. Alles drehte sich um ihn, noch immer gierte er nach Blut.

Wie Abu Dun gesagt hatte, war einer der Piraten noch am Leben. Es war der Mann, den Verinnia niedergestochen hatte. Andrej hätte die scharfen Instinkte eines Vampyrs nicht gebraucht, um zu spüren, dass der Mann im Sterben lag. Aber noch lebte er, und in seinen Augen loderte eine grauenhafte Furcht auf, als sich Andrej über ihn beugte. Er versuchte, abwehrend die Hände zu heben, doch seine Kraft reichte nicht mehr.

»Hab keine Angst«, sagte Andrej leise. »Ich will dir nichts tun.«

Selbst in seinen eigenen Ohren klangen die Worte wie böser Spott. Der Mann würde sterben.

»Bring es ... zu Ende«, stöhnte der Sterbende. »Töte mich, du Ungeheuer. Aber meine Seele ... bekommst du nicht.«

Andrej schüttelte verstört den Kopf. Er verstand nicht, wovon der Mann sprach, er wollte es nicht verstehen. Die Wahrheit war zu schrecklich, um sie zu ertragen.

»Was meinst du?«, murmelte er.

»Aber du weißt doch genau, wovon er spricht«, sagte eine Stimme hinter ihm – Verinnias Stimme. Sie lachte leise.

»Trink sein Blut, Andrej. Nimm seine Lebenskraft, das ist es doch, wovon ihr Vampyre lebt, oder?«

Langsam drehte sich Andrej zu dem Mädchen um, und die Fäulnis war wieder da, der Odem des Verfalls und der Verwesung, der ihm wie ein übler Geruch entgegenwehte. Etwas Altes, Feindseliges.

Und endlich begriff er. Es war nicht der sterbende Mann, dessen faulen Odem er roch. Es war das Mädchen! Es war ihr Blut, dessen Geruch er wahrnahm, so wie es gestern das Blut ihres Vaters gewesen war, das ihn so erschreckt hatte.

»Du?«, murmelte er wie betäubt. »Ihr seid ...«

»Sie sind Ausgeburten der Hölle«, stöhnte der Sterbende. »Sie haben sich ... mit dem Teufel eingelassen, ihre Seelen dem Satan verkauft.«

Er versuchte, sich aufzubäumen, aber seine Kraft reichte nicht mehr. Seine Stimme wurde leiser. Als er weitersprach, waren seine Worte zu einem bloßen Flüstern geworden, und doch trafen sie Andrej mit der Wucht eines Schwerthiebs. Es sollte lange dauern, bis er sie wieder vergessen würde.

»Wir haben ... so lange ... gegen sie gekämpft. So

viele von uns sind ... gestorben. Mit diesem Schiff hätten wir sie beinahe besiegt. Wer seid ihr? Warum ... warum helft ihr ihnen?«

»Weil sie sind wie wir«, kicherte Verinnia, bevor Andrej antworten konnte.

Sie deutete auf ihn, dann auf Abu Dun. »Sagt bloß, ihr habt noch nichts von Abu Dun und Andrej Delāny gehört – den beiden Vampyren, die zu Vampyrjägern geworden sind?« Sie wandte sich nun direkt an Andrej. »Ihr seid Berühmtheiten, Andrej, wusstest du das nicht? Es hat uns wirklich eine Menge Mühe gekostet, euch hierher zu locken, aber es hat sich gelohnt. Dieser Dummkopf sagt die Wahrheit, weißt du, um ein Haar hätten sie uns besiegt mit ihrem verdammten Schiff und ihren verdammten Kanonen.«

Andrej schwieg. Ein Gefühl von Hilflosigkeit breitete sich in ihm aus, das ihn fast körperlich schmerzte. Stöhnend ballte er die Fäuste. Verinnia lachte.

»Aber Andrej«, sagte sie. »Du wirst dich doch nicht an einem Kind vergreifen? Wir sind von der gleichen Art, Andrej.«

»Nein«, flüsterte Andrej, »das sind wir nicht. Vielleicht vom gleichen Blut, aber sicher nicht von der gleichen Art.« Er sprach nicht weiter, sondern ließ sich neben dem sterbenden Mann nieder und hielt seine Hand, bis das schwere Schlagen seines Herzens langsamer wurde und dann endgültig aufhörte.

Abu Dun stand reglos neben ihm, sein Gesicht war zu einer Maske erstarrt, aber Andrej spürte, was dahinter vorging. Als es vorbei war, stand er auf und sah zu Lasse und Arnulf hin. Die beiden Männer – *Männer!*, dachte Andrej – hatten sich ans andere Ende des Schiffes zurückgezogen und starrten Abu Dun und ihn schweigend an. Arnulf wich seinem Blick aus, aber Lasse winkte ihm spöttisch zu. Sein durchnässter Mantel verrutschte bei der Bewegung, sodass Andrej die dunkelrote, schwärende Linie erkennen konnte, an der sein abgetrennter Arm wieder angewachsen war.

Andrej wusste aus eigener, schmerzhafter Erfahrung, wie qualvoll so etwas selbst für Wesen wie sie war. Verinnia hatte nicht übertrieben, ihr Vater und sie hatten sich wirklich eine Menge Mühe gegeben, Abu Dun und ihn hierherzulocken.

Der Nubier machte eine drohende Geste in ihre Richtung, und die beiden Dauga wichen hastig ein weiteres Stück zurück. Arnulf sprang kurzerhand über Bord, während Lasse noch einen Moment zögerte, ihm dann aber hastig folgte, als Abu Dun einen weiteren Schritt tat und sein Schwert hob.

Der Nubier knurrte wütend, ließ aber seine Waffe wieder sinken und ballte ernüchtert die andere Hand zur Faust.

Langsam wandte sich Andrej wieder zu Verinnia um. Eine kalte Wut breitete sich in ihm aus, gebremst durch das verzweifelte Gefühl der Hilflosigkeit.

Verinnia lachte erneut. Ein leiser, durch und durch böser Laut, der Andrej einen eisigen Schauer über den Rücken jagte. »Aber du wirst doch kein Kind töten, Andrej?«, sagte sie spöttisch. »Jeder andere, aber nicht du. Nicht Andrej Delãny, der Beschützer der Armen und Wehrlosen!« Sie lachte noch einmal, doch vollkommen überzeugt von ihren eigenen Worten schien auch sie nicht zu sein, denn sie wich rasch zwei, drei Schritte zurück, bis sie mit dem Rücken gegen die Reling stieß.

»Falls ihr eurer ruhelosen Wanderung eines Tages überdrüssig werden solltet, könnt ihr gerne zu uns stoßen«, sagte sie höhnisch. »Für zwei so gewaltige Krieger wie euch ist bei uns immer Platz.«

Sie winkte Andrej noch einmal spöttisch zum Abschied zu, dann drehte sie sich um und sprang mit einem Satz über Bord. Andrej hörte das Platschen, mit dem sie im Wasser aufschlug, und das Geräusch der kräftigen Züge, mit denen sie in Richtung des Ufers schwamm.

Lange Zeit standen sie reglos da und starrten ins Leere. Dann drehte sich Abu Dun seufzend um und machte eine fragende Geste zu den wuchtigen Kanonen, deren Läufe zu beiden Seiten über das Deck ragten. Einen Moment lang dachte Andrej ernsthaft über seine unausgesprochene Frage nach, aber dann schüttelte er den Kopf.

»Nein«, sagte er, »nicht jetzt!« Aber später, fügte er in Gedanken hinzu.

Verinnia hatte Recht, er konnte kein Kind töten, nicht einmal ein Kind wie sie. Aber sie würde nicht immer ein Kind bleiben, auch Unsterbliche alterten. Langsam zwar, aber sie alterten, und sein Gedächtnis war sehr gut. Später, dachte er noch einmal, wir werden uns wiedersehen, Verinnia. Und dann würde sie begreifen, dass dasselbe Blut zu haben nicht immer bedeuten musste, von derselben Art zu sein. Später!

Sein Blick tastete müde über das Deck, das voller Toter war.

»Kannst du das Schiff allein segeln, Pirat?«, fragte er mit leiser, kraftloser Stimme.

»Nein«, antwortete Abu Dun, »aber zusammen mit dir.«

»Dann zeig mir, was ich tun muss«, sagte Andrej und deutete auf das Dutzend erschlagener Männer ringsum. »Das sind wir ihnen schuldig: Bringen wir sie nach Hause!«

Odins Raben

Der ersten gewaltigen Welle, die einer Wand aus Wasser gleich urplötzlich aus dem Meer aufgestiegen war und das Deck der *Schwarzen Gischt* überspült hatte, war er durch mehr Glück als Geschick ausgewichen; die zweite, die unmittelbar darauf folgte, traf ihn dafür umso härter – wie eine eisige Hand, die ihm ohne Vorwarnung ins Gesicht schlug und ihm die Luft nahm.

Andrej klammerte sich instinktiv mit beiden Händen an dem einzigen Mast des Seglers fest, rang würgend und hustend nach Luft und versuchte, sich das brennende Salzwasser aus den Augen zu blinzeln. Nichts von alledem war von sonderlichem Erfolg gekrönt. Er bekam kaum Luft, das Deck des plumpen Seglers schien sich unter seinen Füßen zu bewegen wie der Rücken einer bizarren sich windenden Kreatur, die mit aller Macht versuchte, ihren Reiter abzuschütteln, und in seinen Ohren war ein beständiges, an- und abschwellendes Dröhnen, in das sich jetzt auch noch ein Geräusch mischte, das sich fast wie schadenfrohes Gelächter anhörte.

Nein, korrigierte sich Andrej in Gedanken, nicht *fast*. Es *war* ein Lachen, und es *war* schadenfroh. Wütend und schneller, als angesichts seiner augenblicklichen Lage angeraten war, wirbelte er herum und setzte dazu an, Abu Dun zu erklären, was er von dieser ganz speziellen Art von Humor in einem Moment wie diesem hielt. Doch er bekam keinen Laut heraus, dafür aber Mund, Augen und Kehle voll brennendes Salzwasser, denn er hatte in seiner Wut nicht auf die nächste Welle geachtet, die mit der Präzision eines Mahlwerks herangerollt kam und ihn diesmal nicht nur von den Füßen riss, sondern ihn mit solcher Wucht gegen den Mast schleuderte, dass bunte Sterne aus purem Schmerz vor seinen Augen explodierten. Hilflos stürzte er auf das Deck, schlitterte immer schneller werdend der Reling und dem dahinter lauernden Abgrund aus kochendem schwarzem Wasser und tosender Gischt entgegen. Halt suchend griff er verzweifelt um sich, büßte drei oder vier Fingernägel ein, die mit einem hässlichen Schmerz abbrachen, und seine rasende Schussfahrt in den Tod schien nur noch schneller zu werden. Im buchstäblich allerletzten Moment schloss sich eine gewaltige Pranke um seinen rechten Knöchel, hielt ihn fest und zerrte ihn mit solcher Gewalt zurück aufs Deck, dass er fürchtete, das Bein würde ihm aus dem Leib gerissen. Etwas brach tatsächlich tief in seiner Hüfte. Der Schmerz war nicht einmal so schlimm, wie er erwartet hatte, doch als Abu Dun ihn mit einem kräftigen Griff auf die Füße stellte, knickte sein rechtes Bein einfach unter ihm weg, und er wäre erneut gestürzt, hätte der Nubier ihn nicht blitzschnell aufgefangen, um ihn sich diesmal wie einen nassen Sack über die Schulter zu werfen. Er trug ihn, ohne auf seine schwächlichen Proteste zu achten, schräg gegen den Sturm gestemmt zum Deck, bis sie die nach unten führende Treppe erreicht hatten.

Abu Dun zog die schwere Klappe über sich zu. Das Heulen des Sturmes wurde zwar um keinen Deut gemildert, aber sie entkamen wenigstens der Nässe. Abu Dun sprang die restlichen Stufen mit einem einzigen Satz hinunter, dessen Wucht Andrejs Zähne mit der Gewalt eines Hammerschlages aufeinanderprallen ließ und einen grellen Schmerz durch seine Kiefer jagte, um ihn dann auf das einzige schmale Bett, das es in der winzigen Kajüte gab, zu werfen. Sofort versuchte Andrej, sich in die Höhe zu stemmen, doch der jähe Schmerz in seiner Hüfte verursachte ihm Übelkeit.

»Bleib liegen, bis dein Bein wieder in Ordnung ist«, knurrte Abu Dun. »Ich bin gleich zurück.« Und damit fuhr er auf dem Absatz herum, lief zur Treppe und war einen Augenblick später in einem kurzen Aufflackern greller Blitze und silberfarbener Regenschleier verschwunden.

Erschöpft ließ sich Andrej wieder zurücksinken, schloss die Augen und konzentrierte sich für die nächsten Minuten ganz auf das, was Abu Dun ihm geraten hatte: Mit ein paar einfachen Übungen zwang er sein Herz und seinen keuchenden Atem, sich wieder zu beruhigen, drängte den pochenden Schmerz so weit an den Rand seines Bewusstseins, dass er ihn zwar noch spürte, er aber keine Wirkung mehr hatte, und lauschte in sich hinein. Seine Hüfte war nicht gebrochen, wie er im allerersten Moment gefürchtet hatte, sondern nur ausgerenkt und übel geprellt; nichts, womit sein nahezu unverwundbarer Körper nicht binnen kürzester Zeit fertig werden konnte.

Dennoch machte sich Andrej nichts vor: Es war knapp gewesen. Abu Dun hatte ihm aller Wahrscheinlichkeit nach gerade das Leben gerettet, und auch, wenn dies mittlerweile zu einer lieben Gewohnheit zwischen ihnen geworden war – Andrej hatte schon vor einem Jahrhundert aufgehört, Buch darüber zu führen, wer nun eigentlich mehr in wessen Schuld stand – hätte es heute durchaus übel enden können. *Nahezu* unverwundbar bedeutete leider Gottes nicht, *vollkommen* unverwundbar zu sein. Abu Dun und er waren Wesen, deren Leben womöglich noch Jahrtausende zählen würde, mindestens aber Jahrhunderte, und bis auf eine Kanonenkugel, die ihnen die Köpfe abriss, oder einen Speer, den man ihnen ins Herz stieß (und darin stecken ließ), gab es nicht allzu viel, was sie töten konnte.

Vielleicht aber wurde dies nun von einem seit zwei Tagen tobenden Höllensturm und einem außer Rand und Band geratenen Ozean, der mit fünf Meter hohen Wellen auf ein kaum halb so großes Schiff einprügelte, vollbracht.

Aber ihre Reise hatte ohnehin von Anfang an unter

keinem guten Stern gestanden. Abu Dun hatte Recht gehabt, gestand er sich widerwillig ein. Sie hätten nicht hierherkommen sollen, nicht mit diesem Schiff, nicht auf diesem Meer und nicht in dieses kalte, nasse Land am Ende der Welt.

Abu Dun und er hatten es sich seit weit mehr als einem Menschenalter zur Aufgabe gemacht, andere Arten zu jagen, die ihre übermenschlichen Kräfte missbrauchten, um Angst und Schrecken zu verbreiten und nach Macht und Reichtum zu greifen. Sie waren der Spur eines Ungeheuers von Italien aus bis in ein finsteres, kaltes Dorf an der nördlichsten Küste der bekannten Welt gefolgt, einer Spur aus Tod und Blut und Leid, die selbst die beiden hartgesottenen Dämonenjäger erschüttert hatte. In dem sturmumtosten Dorf an der Küste jedoch waren sie nicht auf das gesuchte Ungeheuer gestoßen, sondern mitten in einen Krieg hineingeraten, der sie nichts anging und dessen wahren Grund sie bis heute nicht herausgefunden hatten. Jetzt waren sie auf dem Weg, um Tote nach Hause zu bringen, die von ihrer Hand gestorben waren. Das war das Mindeste, was sie nun noch für die fast zwei Dutzend Männer tun konnten.

Vielleicht, dachte er finster, war ja alles, was seither geschehen war, die gerechte Strafe der Götter für das, was sie getan hatten.

Aber reichte denn ein ganzer sturmgepeitschter Ozean nicht aus, um das Blut von ihren Händen zu waschen?

Abu Dun kam zurück. Der riesige Nubier wankte

vor Erschöpfung, und sein Atem ging unregelmäßig und pfeifend. Sein schwarzer Mantel klebte nass und schwer an seinem Körper, und der Sturm hatte ihm offenbar den Turban vom Kopf gerissen, den er jetzt wie einen nassen Lappen auswrang.

»Wo bist du gewesen?«, fragte Andrej, während er sich mit mehr Mühe, als er sich anmerken lassen wollte, auf die Ellbogen aufrichtete.

»Ein wenig an Deck spazieren«, antwortete Abu Dun. »Du solltest das auch tun. Glaub mir, es gibt nichts Schöneres als einen lauen Sommerabend an Deck eines Schiffes.« Er grinste freudlos und wrang weiter seinen Turban aus. »Allerdings hat der Wind ein bisschen aufgefrischt, das muss ich zugeben.«

»Und was hast du wirklich gemacht?«

Abu Dun hob die Schultern. »Das Wenige, was ich konnte«, antwortete er, während er den immer noch nassen Turban um seinen kahlen Schädel zu wickeln begann. »... das Ruder festgezurrt und das Segel eingeholt – oder was davon übrig ist. Mehr können wir nicht tun. Was weiter geschieht, liegt in Allahs Hand. Oder wer auch immer über das verfluchte Ende der Welt bestimmt.«

Ein dumpfer Schlag ging durch die *Schwarze Gischt*, und das Schiff legte sich schwerfällig auf die Seite und richtete sich noch schwerfälliger wieder auf; als habe es Abu Duns Worte gehört und reagiere darauf. Abu Dun zog eine Grimasse, sagte aber nichts, sondern wandte sich mit einem fragenden Blick an Andrej. »Wie fühlst du dich?«

»Nass«, antwortete Andrej.

Abu Dun sah auf die Pfütze hinab, die sich dort gebildet hatte, wo er seinen Turban ausgewrungen hatte, dann auf seine gewaltigen Pranken und schließlich wieder auf Andrej, und ein breites Grinsen erschien auf seinem Gesicht, aber Andrej lächelte nicht.

»Abu Dun, ich meine es ernst«, sagte er. »Hast du die Küste gesehen? Hast du wenigstens *irgendetwas* gesehen?«

»Regenwolken«, antwortete der Nubier. »Und Blitze. So viel du willst und vielleicht sogar noch mehr.«

»Sehr komisch«, knurrte Andrej. Er versuchte abermals, sich aufzusetzen, und diesmal gelang es ihm; wenn auch mühsam. »So viel also zu deiner Behauptung, du wärst ein guter Kapitän und es wäre *gar kein Problem*, dieses Schiff und seine Besatzung nach Hause zu bringen.«

Abu Dun zog eine Grimasse. »Bisher hat sich keiner der Passagiere beschwert, oder?«

Andrej schwieg, aber er wünschte, Abu Dun hätte das nicht gesagt. Er war nicht abergläubisch, aber er hatte im Laufe seines langen Lebens mehr als einmal die Erfahrung gemacht, dass Worte, vor allem unbedacht ausgesprochene, durchaus die Macht hatten, Dinge heraufzubeschwören. Abu Dun und er waren die einzigen lebenden Passagiere der *Schwarzen Gischt*, aber nicht die *einzigen* Passagiere.

Er lauschte noch einen Moment lang in sich hinein. Der Schmerz in seiner Hüfte war erloschen, und er konnte sich ohne Probleme behutsam auf der Kante der schmalen Liege aufsetzen. Immerhin konnte er sich bewegen.

Die Frage war nur: Wohin?

Ohne dass er es wollte, suchte sein Blick die aus schweren Bohlen gezimmerte Klappe, die Abu Dun über seinem Kopf wieder geschlossen hatte. Durch die Ritzen zwischen den morschen Brettern tropfte Wasser, und der Wind zerrte an den rostigen Scharnieren; es hörte sich an, als rüttelten unsichtbare Fäuste an der brüchigen Konstruktion.

»Du hast behauptet, dass wir stets in Sichtweite der Küste segeln«, mahnte er.

Der Nubier machte ein Gesicht, als hätte er unversehens in eine Zwiebel gebissen, die sich in der Schale eines vermeintlich süßen Apfels verbarg. »Das sind wir ja auch«, behauptete er. »Es sind nur ein paar Wolken dazwischen ... und die eine oder andere Welle.« Er hob abwehrend die Hände, und der geschauspielerte Ausdruck übertriebener Furcht erschien auf seinem Gesicht. »Bitte nicht schlagen, Sahib. Ich bin nur ein dummer kleiner Mohr, der sein Bestes gibt.«

»Du bist ein *verlogener* Mohr«, verbesserte ihn Andrej. »Du hast behauptet, du wärst früher ein Pirat gewesen. Piraten verstehen im Allgemeinen etwas von der Seefahrt ... jedenfalls dachte ich das bisher.«

»Ich war ein *Flusspirat*«, antwortete der Nubier beleidigt. »Auf dem Nil gab es solcherlei Stürme nicht. Und auch nicht auf der Donau«, fügte er hastig hinzu.

Ein dumpfes Poltern auf den Planken des Decks über ihnen schien seiner Behauptung noch zusätzliches Gewicht verleihen zu wollen. Plötzlich hörten sie einen harten, trockenen Schlag, gefolgt von einem Splittern und noch einem Schlag, dann etwas; fast wie die Schritte eines Giganten, der langsam über das Deck stampfte und sich der Klappe näherte.

Abu Duns Gedanken mussten sich wohl auf ganz ähnlichen Pfaden bewegen wie die seinen, denn der Nubier hatte den Kopf in den Nacken gelegt und starrte konzentriert hinauf zu der schweren, verzogenen Klappe am Kopf der Treppe. Das Poltern hielt an, und für einen Moment war es Andrej, als zittere und bebe die Luke stärker, während sie sich gegen den Griff unsichtbarer Fäuste stemmte, die sie mit Urgewalt aus den Angeln zu reißen trachteten.

Irgendetwas war dort oben zerbrochen, dachte er nervös. Das, was sie hörten, waren keine Schritte. Der Sturm schlug das Schiff in Stücke, so einfach war die Erklärung. Weniger unheimlich als das, was ihm seine überreizte Fantasie vorgaukeln wollte, aber keinen Deut weniger gefährlich.

Andrej zog zwar eine Grimasse, versuchte aber, nicht mehr an die über ihnen wütenden Naturgewalten zu denken. Und er machte auch Abu Dun keine weiteren Vorwürfe. Wozu? Sie wussten beide, dass den Nubier keine Schuld traf. Der Sturm war tatsächlich wie aus dem Nichts über sie hereingebrochen, kaum dass sie sich weniger als eine Stunde weit von der Küste entfernt hatten – was mithin schon fast ein Zehntel der Zeit gewesen war, die Abu Dun für die gesamte Reise veranschlagt hatte. Unglückseligerweise war das jetzt zwei Tage her, und aus dem anfangs noch harmlosen Sturm war ein Inferno geworden, das mit der Zeit nicht schwächer, sondern mit jeder Stunde stärker und stärker wurde. Es kam Andrej wie ein Wunder vor, dass die *Schwarze Gischt* nicht längst gekentert oder von einer der monströsen Wellen, die auf sie einhämmerten, zerschmettert worden war.

Er setzte dazu an, seine düsteren Gedanken in noch düsterere Worte zu kleiden, da erlosch der Sturm über ihren Köpfen.

Der Himmel war schwarz und sternenklar; ein mattes Tuch aus Samt, in das ein gelangweilter Gott unzählige winzige Löcher gestochen hatte, durch die das Licht der Sterne schimmerte. Der Wind war erloschen, als wäre der höllische Sturm nicht mehr als ein böser Spuk gewesen, und das Meer, das noch vor Augenblicken gekocht hatte, lag nun flach wie eine endlose Ebene aus gehämmertem schwarzem Kupfer da. Selbst der Regen hatte aufgehört, und es war fast unheimlich still. Hätte das Deck nicht vor Nässe geglänzt und wären die zerschmetterten Spieren und die zerfetzten Segel nicht gewesen, die über ihren Köpfen von den Rahen hingen, hätte man die letzten Stunden für nichts als einen bösen Traum halten können.

Aber böse Träume ließen keine Masten zerbersten, zerschmetterten keine Reling und rissen keine Segel in Fetzen.

»Was ... was bedeutet das, Abu Dun?«, murmelte

Andrej verstört. Der Klang seiner eigenen Stimme erschreckte ihn. Sie hörte sich dumpf an, auf eine Furcht einflößende Art *flach*, als fehle etwas Wesentliches, um den Lauten die Tiefe einer menschlichen Stimme zu geben.

»Sag du es mir, Andrej«, antwortete der Nubier. Auch seine Stimme klang seicht und ... *falsch*. »Du bist der Hexenmeister.«

Andrej warf ihm einen irritierten Blick zu. Abu Dun ließ kaum eine Gelegenheit aus, ihn *Hexenmeister* zu nennen, was der Wahrheit zwar beunruhigend nahe kam, zugleich aber auch weit von ihr entfernt war. Normalerweise belächelte Andrej diese gutmütige Frotzelei, oder tat sie allenfalls mit einer spöttischen Bemerkung ab.

Jetzt und hier ... machte sie ihm Angst.

Irgendetwas stimmte nicht. Das Gefühl war zu bizarr, um es in Worte zu fassen, zugleich aber auch zu intensiv, um es als bloße Einbildung abzutun, zumal er spürte, dass es dem Nubier ebenso erging wie ihm. Für einen Moment war ihm, als blicke er in eine fremde, düstere Welt, der etwas fehlte, was er nicht benennen konnte, was aber dennoch ungemein *wichtig* war.

Während Andrej noch vergeblich versuchte, seine verwirrenden Empfindungen im Geiste in Worte zu kleiden, sog Abu Dun plötzlich scharf die Luft zwischen den Zähnen ein und griff so kräftig nach seinem Arm, dass Andrej überrascht einen Schmerzenslaut von sich gab.

»*Andrej!*«

Andrejs Blick folgte der erschrockenen Geste, die der schwarz gekleidete Hüne mit der freien Hand machte, und auch seine Augen wurden groß vor Staunen. Auf der obersten Spiere waren zwei ... *Schatten* erschienen. Vögel? Andrej war nicht sicher, denn es war ihm aus irgendeinem Grund nicht möglich, sie mit Blicken zu erfassen – als betrachte er etwas, was nicht wirklich zu dieser Welt gehörte, sondern nur seinen Schatten aus einer anderen, düstereren Sphäre herüberwarf.

»Sind das ... Möwen?«, murmelte er, während er Abu Duns Hand abstreifte, ohne es überhaupt zu bemerken.

»*Möwen*«, antwortete der Nubier betont langsam, »sind im Allgemeinen nicht schwarz, Hexenmeister.« Von der Höhe des Mastes herab erscholl ein misstönendes Krächzen, wie um seine Worte zu unterstreichen. »*Die da* sind schwarz.«

»Hier ist im Moment *alles* schwarz«, flüsterte Andrej mit leiser, belegter Stimme – womit er Recht hatte. Auch nachdem das Unwetter auf so unheimliche Weise und mit noch unheimlicherer Schnelligkeit aufgehört hatte, war es nicht heller geworden. Die Sterne spendeten nur spärliches Licht, und – es war seltsam; er konnte sich gar nicht daran erinnern, dass sie bei Neumond losgesegelt waren – am Himmel stand kein Mond. Die Nacht war so dunkel, dass es schien, als wäre jede Farbe aus der Welt gewaschen.

Dennoch waren die Silhouetten der beiden unheimlichen Besucher unverkennbar.

Es war Abu Dun, der in Worte fasste, was Andrej mit einer immer stärker werdenden Furcht erfüllte, die keinen Grund hatte und die er sich nicht erklären konnte, gegen die er aber fast hilflos war. »Sind das ... Raben? Bei Allah!«

Wäre Abu Dun nicht ein gläubiger Moslem gewesen, Andrej war sicher, er hätte sich in diesem Moment bekreuzigt.

Und was, dachte Andrej schaudernd, machen zwei Raben mitten auf dem Ozean, so weit entfernt vom Land?

Er wiederholte die Frage nicht laut, aber das Krächzen erscholl noch einmal, und jetzt klang es wie Hohngelächter. Die beiden unheimlichen Geschöpfe dort oben regten sich nicht, sondern starrten nur aus schwarzen, sonderbar leblos wirkenden Augen auf sie herab, und erneut erzitterte Andrej unter dem Schauer einer Furcht, die ihn schon allein deshalb bis ins Mark erschreckte, weil er nicht den mindesten Grund für sie sah.

Mühsam riss er seinen Blick von den beiden beklemmenden Silhouetten los und sah über das Deck. Trotz der herrschenden Dunkelheit konnte er eine Menge Einzelheiten erkennen; mehr, als er sehen wollte. Die *Schwarze Gischt* hatte den Sturm überstanden. Dies war an sich schon ein Wunder, denn nach allem, was Andrej von der Seefahrt verstand, war der verrottete Seelenverkäufer nicht einmal in seinen besten Zeiten hochseetüchtig gewesen. Aber um welchen Preis! Das Schiff war kaum noch mehr als ein

Wrack. Bug- und Achterkastell waren gleichermaßen zerschmettert. Die Reling, die ohnehin nicht mehr als symbolische Bedeutung gehabt hatte, war einfach verschwunden, zermalmt und fortgerissen von den unsichtbaren Fäusten des Sturmes; ebenso wie der Bugspriet, von dem nur noch ein armlanger zersplitterter Stumpf geblieben war. Das Schiff krängte sichtbar nach Backbord, und Andrejs überreizte Nerven spielten ihm einen weiteren üblen Streich, als er glaubte, das schwere Klatschen der Wellen hören zu können, die unter der Wasserlinie durch den zerborstenen Rumpf hereindrangen. Wie durch ein Wunder war der Hauptmast nicht nur stehen geblieben, sondern nahezu unversehrt; was für das *Segel* allerdings nicht galt. Die jämmerlichen Fetzen, die nass und schwer von den Spieren hingen, hätten nicht einmal mehr gereicht, um einen Mantel für Abu Dun daraus zu nähen – selbst wenn man auch nicht das winzigste bisschen verschwendete. Selbst die Planken des Decks waren an einem Dutzend Stellen zerborsten, und ein oder zwei der zerfransten Löcher, durch die der Blick ungehindert bis in die Bilge des Schiffes hinabfiel, erinnerten Andrej auf unheimliche Weise an Fußabdrücke; als wäre etwas Riesiges über das Deck gestampft und hätte die Planken zermalmt. Andrej musste an die vermeintlichen Schritte denken, die er vorhin gehört hatte, und noch heftiger griff eine Furcht nach seinem Herzen, der er sich immer schwerer erwehren konnte.

»Komm, Pirat«, sagte er mit einer Stimme, die plötzlich so rau und belegt klang wie die eines uralten Mannes. »Sehen wir, was noch zu retten ist.«

Abu Dun zuckte nur mit den mächtigen Schultern und machte zugleich eine ausladende Handbewegung, die das gesamte Schiff einschloss. »So schlimm ist es doch gar nicht«, behauptete er mit einem schiefen Grinsen.

Andrej zog die linke Augenbraue hoch. »Nicht so schlimm?«, wiederholte er. Er versuchte vergebens, seinen Worten einen spöttischen Unterton zu verleihen, um ihnen damit etwas von ihrer Schärfe zu nehmen. Einer der Raben oben auf dem Mast krächzte zustimmend. »Dieses Schiff ist ein Wrack!«

»Und?«, gab Abu Dun lakonisch zurück. »Das war es doch von Anfang an, oder nicht?«

Andrej schluckte die Bemerkung herunter, die ihm auf der Zunge lag – dass es nämlich kein anderer als Abu Dun selbst gewesen war, der darauf bestanden hatte, die Toten nach Hause zu bringen, und zwar genau mit diesem Schiff. Er antwortete dem Nubier mit einem bösen Blick, ersparte sich darüber hinaus aber jeden Kommentar und wandte sich brüsk ab, um die wenigen Schritte zum Bug hin zu gehen. Das zertrümmerte Holz der morschen Planken ächzte unter seinem Gewicht, und der Wind, der (zusammen mit dem Rest der Welt) den Atem angehalten hatte, seit sie auf Deck gekommen waren, frischte nun wieder auf und blies ihm einen Sprühregen salziger Nässe ins Gesicht. Auch das Unwetter erwachte wieder mit einem fernen Donnergrollen und dem Wetterleuchten gewaltiger

Blitze am Horizont, nunmehr aber in sicherer Entfernung und nur noch ein Schatten seiner selbst, der allenfalls dazu angetan war, nicht in Vergessenheit geraten zu lassen, wozu die Naturgewalten imstande waren. Täuschte er sich, oder hörte er wieder das Krächzen der Raben oben auf dem Mast, das diesen unheimlichen Gedanken zu bestätigen schien?

Andrej schüttelte mit einiger Mühe sowohl seine Furcht als auch den Gedanken an die beiden uneingeladenen gefiederten Besucher auf ihrem Schiff ab, stieg auf das zertrümmerte Vorderkastell hinauf und ließ seinen Blick am zersplitterten Stumpf des Bugspriets entlang und weiter auf das noch immer nahezu reglos daliegende schwarze Wasser gleiten.

Sein Herz machte einen erschrockenen Sprung. Hastig hob er die Hand und winkte den Nubier herbei. »Abu Dun!«

Der war so schnell bei ihm, dass unter seinen Schritten das Deck des Schiffes buchstäblich erbebte. Seine rechte Hand lag auf dem Griff des gewaltigen Krummsäbels, der unter seinem schwarzen Gewand hervorlugte; als glaube er, den entfesselten Naturgewalten allein mit der Schärfe seiner Klinge Einhalt gebieten zu können.

Doch es war keine Naturgewalt, auf die Andrej aus schreckgeweiteten Augen hinabstarrte.

Vor dem geschändeten Bug der *Schwarzen Gischt*, verteilt in einem fast perfekten Halbkreis und träge in der mit bloßem Auge kaum sichtbaren Dünung schaukelnd, trieben ein gutes halbes Dutzend länglicher, in schmutzig graues Segeltuch eingeschlagene Bündel, mannslang und mit aufgequollenen Tauenden verschnürt. Ein grausamer Zufall hatte sie so angeordnet, dass sie im leichten Seegang des Ozeans einen bizarren Totentanz aufzuführen schienen. Hier und da war das schmuddelige Segeltuch mit hässlichen Flecken getrockneten Blutes besudelt. Der nasse Stoff hatte sich um die Leichen der erschlagenen Krieger zusammengezogen, sodass man die Umrisse ihrer Körper erkennen konnte, wenn man nur genau hinsah. Unter Andrejs Zunge sammelte sich bitterer Speichel, als er sah, dass eine von grauer Leichenhaut umhüllte Hand aus einem der Bündel herausragte und ihnen in der Dünung grüßend zuzuwinken schien. Über ihnen krächzte wieder ein Rabe. Antwortete er auf das Winken des Toten?

»Ich habe dir gesagt, dieses Schiff ist ein Wrack«, knurrte Abu Dun.

Streng genommen hatte *Andrej* es gesagt, aber er wusste, was der nubische Riese meinte, schon bevor er seinen Blick von den tanzenden Leichen losriss und der Richtung folgte, in die Abu Duns Hand wies. Die *Schwarze Gischt* war schon vor ihrer Abreise in einem so erbärmlichen Zustand gewesen, dass sich Andrej ernsthaft gefragt hatte, wie sie die Reise quer über das Meer bis zu ihrem Zielort überhaupt hatte überstehen können, nun aber war sie tatsächlich nichts mehr als ein schwimmender Trümmerhaufen. Das allein hätte ihn nicht überrascht – schließlich hatte er während der letzten Minuten selbst über kaum etwas anderes nachgedacht – doch jetzt *sah* er, was der Nubier meinte: Unweit des Hecks und direkt über der Wasserlinie, sodass die schwarzen Wellen in gleichmäßigem Takt gegen das muschelverkrustete Holz darunter klatschten und sich gleich darauf gluckernd ins Innere des Schiffsrumpfs ergossen, klaffte ein Riss von der Breite dreier nebeneinander gelegter Hände und guter Manneslänge in der Flanke des Schiffes. Etwas Helles schimmerte dahinter, tauchte auf und verschwand, tauchte wieder auf und verschwand wieder, als versuchte einer der stummen Passagiere im Bauch des Schiffes beharrlich, seinem nassen Gefängnis zu entkommen. Andrej versuchte das unheimliche Bild zu verscheuchen, aber es gelang ihm so wenig, wie er der gestaltlosen Furcht Herr wurde, die ihm die Luft abzuschnüren versuchte.

»Unsere Passagiere scheinen nicht zufrieden mit ihren Unterkünften zu sein«, sagte Abu Dun. Es sollte ein Scherz sein, aber das Zittern seiner eigenen Stimme verdarb ihm den Effekt gründlich, und zu allem Überfluss stimmte nun auch noch einer der Raben über ihnen ein missbilligendes Krächzen an. Andrej warf einen ärgerlichen Blick über die Schulter hinweg nach oben und bedauerte sofort, es getan zu haben.

Vielleicht hatte das Unwetter tatsächlich nur eine allzu kurze Atempause eingelegt, denn am Horizont flackerten die Blitze nun wieder in kürzerem Abstand und heller. Dann und wann rollte das Echo eines schweren Donnerschlages über das Meer heran, und auch der Wind frischte nun wieder spürbar auf und zerrte nicht nur an ihren Kleidern und ihrem Haar, sondern auch an dem vor Nässe glänzenden Federkleid der Raben. In dem flackernden, rasend schnellen Wechsel von gleißender Helligkeit und nahezu vollkommener Schwärze schienen sich die Umrisse der beiden Tiere aufzulösen, wie Spiegelbilder auf schwarzem Wasser, mit denen der Wind spielt. Zugleich war es Andrej aber auch, als erahne er hinter dem sichtbaren Bild der Dinge noch etwas Anderes, Unsichtbares, das geduldig hinter den verletzlichen Schleiern der Wirklichkeit lauerte. Für einen einzelnen, schrecklichen Moment glaubte er, nicht das Bild zweier Raben zu sehen, sondern die Umrisse anderer, größerer und schrecklicherer Geschöpfe, die dort oben hockten und mit Augen aus geronnener Bosheit auf Abu Dun und ihn herabstarrten; unheimliche Geschöpfe mit Schwingen und Krallen und schrecklichen Schnäbeln, die zu nichts Anderem als zum Zerreißen und Töten und Verstümmeln geschaffen waren.

Das Flackern des Blitzes erlosch, und als sich seine Augen wieder an die fast vollkommene Schwärze gewöhnt hatten, war der unheimliche Spuk vorbei.

»Was hast du, Hexenmeister?«, erkundigte sich Abu Dun. Seine Stimme klang besorgt.

»Nichts«, antwortete Andrej, vielleicht eine Spur zu hastig, unterstrich seine Worte mit einem noch sehr viel weniger überzeugenden Kopfschütteln und riss seinen Blick mit bewusster Willensanstrengung von den beiden unheimlichen Schemen über ihnen los.

Auch Abu Dun sah einen Moment lang konzentriert nach oben, und obwohl Andrej es nicht wollte, gab doch allein dieser Versuch dem Trugbilde dort oben mehr Wahrhaftigkeit, als er ihm zuzugestehen bereit war, las er in dieser kurzen Zeitspanne doch aufmerksam im Gesicht des Nubiers. Abu Duns Miene blieb jedoch ausdruckslos; vielleicht spiegelte sich eine Spur von Verwirrung in seinen Augen, als er den Blick wieder senkte und Andrej ansah.

»Nichts?«, vergewisserte er sich.

»Nichts«, bestätigte Andrej. Er musste sich getäuscht haben. Auf der Spiere über ihnen befand sich nichts Unheimlicheres als ein Paar – zugegeben ungewöhnlich großer – Raben, die sich vielleicht etwas sonderbar benahmen, vielleicht aber auch nur ebenso Opfer des Sturms waren wie sie, Abu Dun und er, und einfach den erstbesten Halt angesteuert hatten, nachdem sie aufs Meer hinausgetrieben worden waren.

Entschieden wandte er sich wieder zu den Toten um, die im Wasser neben der *Schwarzen Gischt* trieben. Die Strömung, obwohl kaum erkennbar, hatte sie mittlerweile ergriffen und begann das halbe Dutzend regloser Körper langsam, aber unerbittlich vom Schiff fortzuziehen. Andrej löste die Schnalle seines Waffengurtes, ließ Schwert und Gürtel zu Boden fallen und streifte anschließend mit einer raschen Bewegung den durchnässten Mantel ab, um ihn Abu Dun zu reichen. Der Nubier sah ihn verdattert an, griff aber gehorsam zu, und Andrej streifte mit einiger Mühe auch die Stiefel ab, die schon normalerweise hauteng saßen, nun aber, hoffnungslos durchweicht wie sie waren, regelrecht an seinen Füßen zu kleben schienen. Mit beiden Händen versuchte er, den linken Stiefel vom Fuß zu ziehen. Abu Dun beobachtete ihn dabei, wie er auf dem rechten Bein herumhüpfte und dabei eine einigermaßen alberne Figur abgab, und legte seine Stirn in so tiefe Falten, dass Andrej fürchtete, der Turban falle ihm vom Kopf.

»Was tust du da?«, erkundigte sich der Nubier.

»Ich ziehe meine Stiefel aus«, antwortete Andrej. »Es schwimmt sich schlecht mit Schuhen, weißt du?«

»Aha«, machte Abu Dun erstaunt.

Andrej hatte sich endlich aus seinen Stiefeln geschält, betrachtete die langsam wegdriftenden, in Segeltuch eingeschlagenen Leiber vor der *Schwarzen Gischt* einen Moment lang schweigend und mit wachsendem Unbehagen und sagte dann: »Ich werde sie herausholen.«

Abu Dun riss die Augen auf. »Du willst – *was?!*«

»Wir haben versprochen, sie nach Hause zu bringen«, erinnerte Andrej ihn. »Nicht, sie ins Meer zu werfen.«

»Hast du jetzt vollkommen den Verstand verloren?« Abu Dun war fassungslos. Er griff nach Andrej, als wolle er ihn packen und festhalten, um ihn von seiner verrückten Idee nötigenfalls mit Gewalt abzubringen, hielt aber dann inne und schüttelte nur hilflos den Kopf.

»Vielleicht«, gestand Andrej. Aber zugleich war er selten zuvor in seinem Leben so sicher gewesen, das

Richtige zu tun. Nur dass er Abu Dun nur schwer erklären konnte, warum. Statt es zu versuchen und noch mehr kostbare Zeit zu verschwenden (und bevor die Stimme seines Verstandes zu laut werden konnte, die ihm hysterisch zubrüllte, dass er dabei war, sich in große Schwierigkeiten zu bringen), wandte er sich hastig um, atmete noch einmal tief ein und sprang dann ohne ein weiteres Wort über Bord.

Er hatte damit gerechnet, dass das Wasser kalt sein würde, aber es war so eisig, dass es ihm im ersten Moment nicht nur den Atem verschlug, sondern ihm auch schwarz vor Augen wurde. Es waren wohl seine seit Jahrhunderten antrainierten Reflexe, die ihn dazu brachten, sich mit zwei schnellen, kraftvollen Bewegungen wieder an die Oberfläche zu arbeiten und einen tiefen Atemzug zu nehmen. Abu Dun stand hinter dem, was einmal die Reling gewesen war, starrte noch immer ungläubig zu ihm herab und rief irgendetwas, das Andrej nicht verstand, denn nicht nur das Heulen des Sturmes hatte zugenommen, auch durch seine Ohren rauschte sein eigenes Blut so laut, dass es fast jedes andere Geräusch übertönte ... und war da nicht noch etwas? Ein Schrilles, misstönendes Krächzen?

Andrej schüttelte diesen Gedanken ebenso ab wie nahezu alle anderen, unterdrückte den Impuls, zum Horizont zu blicken, um nachzusehen, wie weit das nächste Unwetter noch entfernt war, und drehte sich wassertretend auf der Stelle, bis er den ersten davontreibenden Leichnam erblickte. Er war bereits weiter entfernt, als er angenommen hatte, und Andrej begriff, dass ihm weniger Zeit blieb als ohnehin befürchtet. Rasch griff er aus, erreichte sein Ziel mit wenigen, kräftigen Stößen und packte den Leichnam, um ihn zurück zur *Schwarzen Gischt* zu bringen.

Der Ausdruck puren Unglaubens auf Abu Duns Zügen hatte sich nicht geändert, und im ersten Moment rührte er sich auch nicht, sondern starrte nur kopfschüttelnd auf Andrej und seine schreckliche Fracht hinab. Erst, als Andrej ihm unwillig mit der freien Hand bedeutete, dass er Hilfe brauchte, ließ er sich auf die Knie sinken, griff nach unten und hievte den Leichnam ohne die geringste sichtbare Anstrengung zu sich herauf. »Würdest du mir jetzt vielleicht verraten, was –?«

Andrej hörte nicht hin, sondern machte sich sofort wieder mit schnellen Schwimmbewegungen auf den Weg zum nächsten Toten. Auch dieser war weiter entfernt, als er gehofft hatte, und als er sich auf dem Rückweg zum Schiff befand, stellte er fest, dass der Sturm zu allem Überfluss zurückkam. Blitze flackerten in immer rascherer Folge, und auch das Donnergrollen war hörbar lauter geworden. Das Meer war schon lange nicht mehr glatt, und es schien ihm, als würde das Wasser mit jedem Atemzug kälter, zu dem er sich zwang. Trotzdem zögerte er nicht, auch diesen Leib zurück zum Schiff zu bringen.

Er barg auch den dritten Toten und auch noch den vierten, doch als er sich auf den Weg zu der letzten wegtreibenden Leiche machte, holte ihn der Sturm ein. Schon während der letzten Minuten war er kontinuierlich näher gekommen, dann, schlagartig und von einem keuchenden Atemzug zum nächsten, brach er über sie herein, ein brüllendes Inferno, das das Meer in einen kochenden Hexenkessel verwandelte und mit unsichtbaren Fäusten auf das winzige Schiffchen einschlug. Andrej wurde unter Wasser gedrückt und hilflos hin und her geworfen. Seine Atemluft verwandelte sich in einen Vorhang aus silbernen Perlen, der vor seinen Augen in die Höhe stieg, bevor ihn die erbarmungslose Strömung zerriss. Irgendetwas schlug mit der brutalen Gewalt eines Hammerschlages gegen seine Rippen und Andrej verlor die Orientierung. Für einen Moment wusste er nicht mehr, wo oben oder unten war, rechts oder links. Panik griff nach seinem Herzen und drückte zu. Seine Lungen brannten, und das Bedürfnis, zu atmen, wurde immer drängender.

Etwas stieß gegen sein Gesicht. Andrej warf sich herum, mit aller Kraft gegen den drückenden Strom arbeitend, erblickte eine schemenhafte Gestalt und öffnete den Mund zu einem Schrei des Entsetzens, als er in das graue, aufgedunsene Gesicht eines Toten blickte. Auch noch sein allerletzter Rest kostbarer Atemluft explodierte aus seinem Mund, und brennendes Salzwasser grub sich mit feurigen Klauen in seine Kehle. Seine Sinne begannen zu schwinden. Mit toten, erstarrten Fingern krallte sich der Leichnam in seine Schultern und sein Haar, tastete nach seiner Kehle und trieb ihn mit einem einzigen gewaltigen Ruck zurück an die Wasseroberfläche.

Andrej riss mit einem gurgelnden Schrei den Mund auf und schnappte verzweifelt nach Luft, aber es ging nicht. Brennendes Salzwasser füllte noch immer seine Kehle. Sein Hals war verkrampft, seine Lungen brannten, als hätte er versucht, Säure zu atmen, und vor seinen Augen loderten rote Schleier aus reinem Schmerz. Die Hand des Toten tastete weiter über sein Gesicht, ihre Krallen zerkratzten seine Haut und suchten nach seinen Augen. Doch ihre Haut war plötzlich nicht mehr grau, sondern schwarz. Täuschten ihn seine überreizten Sinne oder schrie der Tote ihn an, obwohl er doch gar nicht mehr schreien konnte? Ebenso wenig wie Andrej selbst, denn seine Lungen verweigerten ihm noch immer den Dienst. Alles wurde dunkel und schwer.

Abu Dun versetzte ihm unter Wasser einen Fausthieb in den Leib. Andrej keuchte vor Schmerz, krümmte sich, erbrach Wasser und blutigen Schleim – und konnte endlich wieder atmen. Abu Dun schrie irgendetwas, was er nicht verstand, zerrte ihn grob herum und begann sich auf dem Rücken schwimmend wieder auf das Schiff zuzubewegen, das mittlerweile bereits entsetzlich weit entfernt war; ein einziger schwarzer Punkt, den das auf und ab stampfende Meer immer wieder verschlang und ausspie, und jedes Mal schien es ein winziges bisschen kleiner zu werden.

»Der Tote!«, würgte Andrej mühsam hervor. »Wir müssen ihn holen! Abu Dun!«

Der Nubier reagierte nicht. Sein Arm schlang sich nur noch fester um Andrejs Hals und versuchte ihn festzuhalten. Aber sie *mussten* den Toten holen. Es war unvorstellbar wichtig!

In Andrejs Bewusstsein war für nichts anderes mehr Platz als für diesen Gedanken. Ganz gleich, was geschah, sie mussten ihn zurück an Bord holen, um ihn nach Hause zu bringen und ihr Versprechen einzulösen.

Die Panik half Andrej, noch einmal all seine Kräfte zusammenzunehmen. Mit einer gewaltigen Anstrengung sprengte er Abu Duns Griff, warf sich herum und versuchte, auf den grauen Leichensack zuzuschwimmen, aber seine Kräfte reichten nicht mehr. Hilflos sank er unter Wasser, versuchte eine schwächliche Schwimmbewegung und brachte nicht einmal mehr das zustande. Er registrierte kaum, wie Abu Dun abermals neben ihm erschien und ihn zum zweiten Mal zurück an die Luft und ins Leben zerrte.

Irgendwann erreichten sie die *Schwarze Gischt*. Das Schiff ragte wie ein schwarzer Fels über ihnen auf, und Andrejs Kräfte reichten nicht einmal mehr, um nach der zerschundenen Bordwand zu greifen. Es war auch diesmal der Nubier, der ihn packte und mit nur einer Hand festhielt, während er sich mit der anderen Hand nach oben zog, bis er das Deck erreicht hatte und Andrej reichlich unsanft fallen ließ.

»Hast du jetzt endgültig den Verstand verloren, du Narr?«, schrie Abu Dun über das Brüllen des Sturmes hinweg. »Wenn du dich mit Gewalt umbringen willst, dann warte gefälligst, bis ich weit genug weg bin, um dir nicht helfen zu müssen!«

Andrej versuchte zu antworten, aber er brachte nur einen würgenden Laut hervor; zusammen mit einem weiteren Schwall mit Schleim und Blut vermengten Salzwassers. Zitternd stemmte er sich auf Hände und Knie hoch und versuchte wieder zur Bordwand zurückzukriechen.

Abu Dun beförderte ihn mit einem unsanften Fußtritt wieder in die Waagerechte zurück, schüttelte wütend den Kopf – und verschwand mit einem gewaltigen Satz wieder über Bord!

Andrej stürzte nach vorne, rang keuchend nach Atem und versuchte mit aller Macht, bei Bewusstsein zu bleiben. Es gelang ihm, auch wenn es scheinbar eine Ewigkeit dauerte, bis der Nubier zurückkam und etwas Helles und Unförmiges neben ihm auf das Deck warf. Über ihm krächzten die Raben.

»Ich habe deinen Freund geholt, du verdammter Narr«, keuchte der Nubier. »Hoffentlich bist du jetzt zufrieden!«

Er sagte noch etwas, was Andrej nicht mehr verstand, dann bückte er sich wütend und warf sich Andrej über die Schulter, um ihn zurück zur Luke und unter Deck zu tragen. Das Letzte, was Andrej sah, bevor ihm die Sinne schwanden, war der Mast, der sich trotzig gegen den von Blitzen zerrissenen Himmel reckte.

Er war leer.

Die beiden Raben waren verschwunden.

In dieser Nacht hatte er einen Traum. Andrej träumte oft, und wie jeder andere auch erinnerte er sich in den seltensten Fällen an seinen Traum, allenfalls an sinnlose Bilder oder Bruchstücke einer Vision, die keinen Zusammenhang hatten und nichts zu bedeuten schienen.

Dieser Traum jedoch war anders – es war ein Albtraum gewesen, einer von den üblen, in denen man wusste, dass man träumt, aus diesem Wissen jedoch keinen Trost schöpfen konnte; ein Albtraum, der alle Hoffnung auf Schutz vor der Furcht, die der Nachtmahr brachte, zunichte machte, sondern ganz im Gegenteil nur Platz für das Gefühl schrecklicher Hilflosigkeit ließ – und er erwachte mit hämmerndem Pulsschlag und zitternd vor Angst und dem verklingenden Echo seines eigenen Schreis in den Ohren, von dem er nicht ganz sicher war, ob er ihn wirklich oder nur im Traum ausgestoßen hatte.

»Ist alles in Ordnung, Andrej?«

Andrej brauchte einen Moment, um die Stimme dem nachtschwarzen Gesicht zuzuordnen, das besorgt aus fast zwei Metern Höhe auf ihn herabsah, und noch einen weiteren, um diesem Gesicht einen Namen zu geben. Erst dann wurde ihm klar, dass das spöttische Grinsen auf Abu Duns Lippen nur aufgesetzt war. Der Nubier hatte ihn *Andrej* genannt, nicht *Hexenmeister*, wie er es stets tat, wenn er ihn foppen oder sich über ihn lustig machen wollte. Hinter dem geschauspielerten Lächeln verbarg sich echte Sorge.

»Ja«, antwortete er mühsam. »Warum?

Abu Dun suchte einen Moment lang sichtbar nach Worten, ein weiteres Indiz dafür, dass er besorgt war und irgendetwas nicht stimmte. Durch die Ritzen des Decks über Abu Duns Turban schimmerte graues Tageslicht, und Andrej hörte ein feines, seidiges Rauschen. Offensichtlich war die Nacht vorüber, und der Sturm hatte etwas anderem und Leiserem Platz gemacht. Vielleicht Regen.

»Du hast geschrien«, antwortete Abu Dun schließlich. »Im Schlaf.« Er neigte fragend den Kopf. »Hast du schlecht geträumt?«

»Ja«, murmelte Andrej, während er sich mühsam aufsetzte und die Beine von der schmalen Liege schwang.

»Von dir.«

Der Nubier lächelte pflichtschuldig, doch der Ausdruck von Sorge in seinem Blick wurde stärker. »Ist auch wirklich alles in Ordnung mit dir?«

Die ehrliche Antwort auf diese Frage wäre ein ganz klares Nein gewesen, doch Andrej nickte nur trotzig, stützte die Ellbogen auf den Knien auf und verbarg für einen Moment das Gesicht in den Händen. »Was soll das?«, fragte er, während er so tat, als müsse er ein Gähnen unterdrücken, in Wahrheit aber tief und bewusst einatmete, um sein rasendes Herz auf diese Weise vielleicht ein wenig zu beruhigen. »Hast du noch nie schlecht geträumt, Pirat?«

»Öfter, als du ahnst«, antwortete Abu Dun mit ungewohnter Offenheit. Andrej widerstand der Versuchung, zu ihm aufzublicken, doch er spürte den Ernst, der in seiner Stimme mitschwang. »Allerdings habe ich vorher selten versucht, mich umzubringen, um ein paar Tote aus dem Wasser zu fischen.«

Andrej wollte mit einer patzigen Bemerkung antworten, doch etwas hielt ihn zurück. Vielleicht war es Zufall, vielleicht hatten Abu Duns Worte aber auch eine kurze, ungemein drastische Erinnerung an den gerade überstandenen Albtraum geweckt, die jetzt seinen ganzen Körper durchzuckte, und Andrej brauchte seine ganze Willensstärke, um sich den Schrecken nicht anmerken zu lassen, mit dem ihn die Bilder seines Traumes erfüllten. Er war wieder auf dem Schiff gewesen, und auch der Sturm hatte gewütet, und die beiden Raben hatten sie mit ihren kalten schwarzen Augen beobachtet. Nur dass der Sturm kein Sturm gewesen war, wie er ihn jemals erlebt hätte, so wenig, wie der Himmel, der sich über dem kleinen Schiff spannte, ein Himmel war, oder das Meer ein Meer; beides hatte sich in etwas … anderes verwandelt, das zu beschreiben er keine Worte hatte, weil es nichts war, was ein Mensch jemals zu Gesicht bekommen hatte, und nichts, was ein Mensch jemals sehen *sollte*. Und auch die Raben waren keine Raben mehr, sondern … unheimliche Kreaturen; riesige, düstere Gestalten mit reißenden Klauen und grausamen Augen, die ihn voll unstillbarem Zorn anstarrten. *Ihr werdet sterben*, hatte eines der Geschöpfe gekrächzt, und *Ihr habt euer Wort gebrochen* hatte das andere hinzugefügt.

»Ich habe nicht versucht, mich umzubringen«, antwortete er – wenn auch erst mit einiger Verspätung, die Abu Dun keineswegs verborgen bleiben konnte.

»Du wärst um ein Haar ertrunken«, erinnerte Abu Dun ihn vorwurfsvoll.

»Ich kann nicht ertrinken«, versetzte Andrej.

»Das werde ich mir merken«, antwortete der Nubier. »Nur für den Fall, dass du noch einmal auf eine so verrückte Idee kommst. Ich meine: Das nächste Mal, wenn du dich in die tosenden Fluten stürzt, setze ich mich einfach gemütlich hin und schaue zu, ob du Recht hast.«

Andrej nahm nun doch die Hände vom Gesicht, warf ihm einen ärgerlichen Blick zu und stand auf. Für einen Moment wurde ihm schwindelig; vielleicht eine Nachwirkung des Traumes, vielleicht hatte Abu Dun auch Recht, und er war gestern tatsächlich näher am Tod vorbeigeschlittert, als er zugeben wollte. Mit einem hastigen Schritt, von dem er hoffte, dass Abu Dun ihn nicht bemerkte, fand er sein Gleichgewicht wieder und deutete vorsichtig nach oben.

»Ist der Sturm vorbei?«

Er wunderte sich, dass Abu Dun nicht sofort auf diese einfache Frage antwortete, sondern plötzlich sehr unbehaglich aussah. »Schau es dir selbst an«, sagte er schließlich.

Die zurückhaltende Antwort verwirrte Andrej, aber er zuckte mit den Schultern und trat gehorsam hinter den Nubier, der die schmale Treppe hinaufstieg. Er drückte die Klappe über sich kurzerhand mit Nacken und Schultern auf, ohne die Hände zu Hilfe zu nehmen. Sonderbar dumpfgraues Tageslicht hüllte seine Gestalt in einen Mantel aus Dunst, der seine Umrisse bereits wieder aufzulösen begann, und Andrej verspürte ein eisiges Frösteln, als er ihm folgte. Er vermutete, dass es die Kälte war, die längst bis in den letzten Winkel nicht nur des Schiffes, sondern auch seines Körpers gekrochen war.

Doch er hatte Unrecht.

Das Licht war falsch, ebenso wie der Himmel und das Meer. Alles wirkte auf sonderbare Weise *flach*, wie ein Trugbild der Wirklichkeit, das seine Betrachter zwar narren, aber nicht zu überzeugen vermochte. Das Licht, das sie umgab, war ... *staubig* und das Meer so vollkommen still, als wäre es mitten in der Bewegung zu grauem Eis erstarrt.

»Was ... ist das?«, flüsterte er.

Abu Dun hob nur die Schultern. »Vielleicht eine ...« Er suchte einen Moment nach Worten und fand sie offensichtlich nicht, denn schließlich hob er nur noch einmal hilflos die Schultern. »Vielleicht stimmt irgendetwas mit dem ... Wetter nicht.«

»Hast du jemals ein solches Wetter erlebt?«, fragte Andrej zweifelnd.

»Ich habe auch noch niemals ein solches *Meer* erlebt«, gab Abu Dun zurück. »Habe ich schon erwähnt, dass wir niemals in diesen verfluchten Teil der Welt hätten kommen sollen?«

Andrej beschloss, die letzte Bemerkung des Nubiers zu ignorieren. Stattdessen zog er seinen noch immer nassen Mantel enger um die Schultern und sah sich schaudernd auf dem Deck der *Schwarzen Gischt* um. Der Anblick, der sich ihm bot, unterschied sich nicht sonderlich von seiner letzten Erinnerung an das Schiff. Es blieb dabei: Die schwere Kogge war ein Wrack. Warum sie sich noch über Wasser halten konnte, war ein Rätsel.

Ein Schemen vor dem staubig grauen Horizont zog seinen Blick an; kaum mehr als ein heller Fleck, der eine Wolke hätte sein können, die vom Himmel gefallen war und nun auf den Wellen schwamm, wären seine Umrisse nicht zu hart und zu kantig gewesen.

»Ist das Land?«, fragte er.

»Wenn, dann ist das das seltsamste Land, das ich je gesehen habe«, antwortete Abu Dun. »Aber das ist ja auch das seltsamste Meer, das ich jemals gesehen habe.«

Einem vagen Gefühl folgend, drehte sich Andrej herum und sah zum Mast hinauf. Statt der erwarteten zwei, sah er nur einen Raben dort oben und er spürte, wie schon wieder ein eisiges Frösteln mit kalten Insektenbeinen seinen Rücken hinunterlief. Der Anblick des Vogels berührte etwas in seinem Inneren; eine Vorahnung, der er Beachtung schenken musste, auch wenn sie noch so flüchtig war. Er musste wachsam bleiben.

Dann sah er doch etwas, was ihn erschrocken zusammenzucken ließ. Unter der zertrümmerten Treppe, die zu dem nicht minder zerstörten Vorderkastell der Kogge hinaufführte, lagen vier aufgedunsene, reglose Körper.

»Ich habe das Segeltuch gebraucht«, sagte Abu Dun,

dem sein erschrockenes Zusammenfahren keineswegs entgangen war, in entschuldigendem Tonfall.

Andrej warf ihm nur einen raschen Blick zu und setzte sich bereits in Bewegung, noch während er fragte: »Wozu?«

»Weil das hier ein *Segelschiff* ist«, antwortete Abu Dun gereizt. Der Rabe oben auf dem Mast krächzte missbilligend. »Und wir kein Segel mehr haben.«

Andrej runzelte zur Antwort die Stirn. Möglich, dass Abu Duns Worte logisch waren, doch er hatte mit jedem Moment mehr das Gefühl, in einem Winkel der Wirklichkeit gestrandet zu sein, in dem Logik keinerlei Bedeutung mehr hatte. Rasch ließ er sich neben den Toten auf ein Knie herabsinken und begutachtete sie aufmerksam, wenn auch mit einer gewissen Scheu, konnte jedoch nichts Beunruhigenderes feststellen als das, was er erwartet hatte. Die Männer waren tot. Ihre Leiber waren vom Wasser aufgedunsen, und die einsetzende Fäulnis vermochte nicht die schrecklichen Wunden zu verbergen, die Tage zuvor zu ihrem Tod geführt hatten – und die von seiner und Abu Duns Hand stammten. Sie hatten diese Männer getötet, gnadenlos und präzise, und vollkommen zu Unrecht, und sie würden für ihren Frevel bezahlen müssen.

Dieser Gedanke ließ ihn nicht mehr los, würde ihn nie mehr loslassen, und das laute und rastlose Krächzen des einsamen Raben auf dem Mast über ihnen erleichterte ihm diese Bürde nicht. Andrej kam sich immer *unwirklicher* vor, und für einen kurzen Augenblick fragte er sich allen Ernstes, ob er all das hier tatsächlich erlebte oder sich vielleicht nur in einer auf besonders perfide Art realistischen Fortsetzung seines Albtraums der vergangenen Nacht befand. Der Rabe über ihnen stimmte ein raues Gelächter an, als hätte er seine Gedanken gelesen.

Andrej stand auf und wandte sich zu Abu Dun um. »Und?«

Der Nubier blinzelte verwirrt. »Und – was?«, fragte er.

Andrej machte eine unwillige Handbewegung. »Was hast du mit dem Tuch gemacht?«

»Ich habe versucht, ein Segel zu improvisieren«, antwortete Abu Dun nun sichtlich verärgert.

»Mit Erfolg?«, fragte Andrej, und Abu Duns Miene verdüsterte sich noch weiter.

»Mit mäßigem«, knurrte er. »Für Zaubertricks bist du doch zuständig, Hexenmeister.« Er machte eine wütende Geste zu dem hellen Schimmer am Horizont hin, als Andrej antworten wollte, und fuhr in gereiztem Ton fort: »Nur, falls es dir nicht aufgefallen ist: Es ist ziemlich weit bis zur nächsten Küste, und wir machen keine Fahrt. Und ohne Segel wird das auch so bleiben.«

Ihr habt euer Wort gebrochen. Ihr werdet sterben.

Andrej hörte nicht auf die Stimme; er wusste, sie war nicht real. Irgendein verborgener Teil seiner selbst legte es darauf an, ihn in den Wahnsinn zu treiben, doch so schnell würde er nicht aufgeben.

»Zeig mir, wie weit du gekommen bist«, verlangte er.

Abu Dun wirkte überrascht, als hätte er mit einer gänzlich anderen Antwort gerechnet, drehte sich dann aber mit einem angedeuteten Achselzucken um und führte Andrej unter dem misstönenden Krächzen des einsamen Raben – wenn es denn ein solcher war – über das rutschige Deck zurück zum Achteraufbau. Andrej leistete innerlich Abbitte, als er die mit groben Stichen und unordentlich, aber äußerst haltbar zusammengenähten Fetzen aus Segeltuch sah. Abu Dun würde sicherlich niemals eine Auszeichnung für seine Schneiderkunst bekommen oder an einen Königshof eingeladen werden, um die edlen Damen mit seinen Kreationen zu erfreuen, doch das, was er da zusammengebastelt hatte, sah zumindest haltbar aus, und das war es wohl, worauf es im Moment ankam. Dennoch sagte er nach einigen Augenblicken: »Sie sind zu klein.«

»Ein einfaches: Vielen Dank, dass du die ganze Nacht durchgearbeitet hast, während ich meinen Schönheitsschlaf gehalten habe, hätte auch gereicht«, erwiderte Abu Dun verärgert. Zu Recht, wie Andrej sich eingestehen musste. Auch der Rabe schnarrte zustimmend.

»Dann werden wir die anderen auch noch holen müssen«, sagte Andrej widerstrebend. Allein die Vorstellung, unter Deck zu gehen und auch die guten zwei Dutzend weiterer Toter, aus denen die morbide Fracht der *Schwarzen Gischt* bestand, ihrer improvisierten Leichensäcke zu berauben, ließ ihn erschauern. Aber Abu Dun hatte Recht. Nach dem kräftigen

Sturm, der das Schiff zwei Tage lang gebeutelt hatte, befanden sie sich nun inmitten einer ebenso kräftigen Flaute. Und irgendetwas sagte ihm, dass sich daran so schnell auch nichts ändern würde. Vielleicht würde ihnen nicht einmal ein Segel etwas nutzen, wenn es keinen Wind gab, doch die einzige Alternative wäre gewesen, die Hände in den Schoß zu legen und sich der Willkür des Schicksals, der Götter oder auch einfach nur dem Zufall zu überlassen – und das war etwas, was sie beide noch niemals getan hatten.

Die Entscheidung wurde ihnen jedoch abgenommen. Abu Dun sog plötzlich scharf die Luft zwischen den Zähnen ein und starrte aus aufgerissenen Augen auf einen Punkt irgendwo hinter Andrej. Seine rechte Hand landete mit einem Klatschen auf dem Schwertgriff.

Auch Andrej wirbelte herum und konnte das Erschrecken des Nubiers sofort verstehen. Der zweite Rabe war zurückgekommen, doch er hatte sich nicht zu seinem Bruder oben auf dem Mast gesellt, sondern hockte auf einem der Toten unter der Treppe und starrte Abu Dun und ihn aus seinen unheimlichen nachtfarbenen Augen an. Als hätte er nur darauf gewartet, dass sie ihm ihre Aufmerksamkeit schenkten, begann er, während Andrej noch einen gnadenvollen Atemzug lang hoffte, er könne seinen Augen nicht trauen, auf das Gesicht des toten Seemanns einzupicken.

Es war schrecklich anzusehen. Das Tier hackte das mürbe Fleisch von der Wange des Toten, schüttelte sein Gefieder unter einem Schauer schwarzer Wassertropfen, und begann dann damit, dass rechte Auge des Toten herauszupicken. Andrej verspürte ein Gefühl des Ekels und des Entsetzens, das er so stark noch nie empfunden hatte. Er hatte Schlimmeres gesehen in seinem langen Leben. Er hatte Menschen Schlimmeres *angetan*. Und doch hätte er beinahe aufgeschrien, und auch Abu Dun an seiner Seite atmete schwer, da es ihm offensichtlich kaum anders erging.

Endlich überwand Andrej seine Lähmung, sprang mit einem einzigen Satz auf das Deck hinab und riss beide Arme in die Höhe, während er auf den Vogel und seine schreckliche Mahlzeit zustürmte. »Verschwinde!«, schrie er. »Mach, dass du wegkommst!«

Der Rabe krächzte trotzig, sträubte das Gefieder und schwang sich mit einer kraftvollen Bewegung in die Luft, gerade, als Andrej ihn fast erreicht hatte, nahm aber den rechten Augapfel des Toten als Beute mit. Andrej schlug nach ihm, obwohl das Tier schon längst aus seiner Reichweite geflogen war, warf einen raschen, unsicheren Blick zur Rahe und dem zweiten Raben hinauf, der dort scheinbar teilnahmslos saß und seinen Bruder und die beiden hilflosen Menschen tief unter sich beobachtete. Dann beugte er sich zu dem Toten hinab, streckte die Hand aus und zerriss den morschen Stoff seiner groben Leinenweste, um das geschändete Gesicht des Mannes damit zu bedecken.

Jedenfalls hatte er dies vor.

Er kam nicht dazu. Eine aufgedunsene Hand mit grauem, schwammigem Fleisch schloss sich um sein Handgelenk und hielt es mit unerbittlicher Kraft fest, und noch während Andrej mit einem gellenden Schrei zurückprallte und sich vergeblich loszureißen versuchte, richtete sich der gerade noch leblose Körper schwankend auf, und auch seine andere Hand tastete zitternd und langsam, aber unerbittlich, nach Andrej.

Es war das schiere Entsetzen, das Andrej die Kraft gab, sich zurückzuwerfen und den grabschenden Fingern auszuweichen, die nach seinen Augen tasteten. Mit aller Gewalt versuchte er, den Griff des Toten zu sprengen, doch nicht einmal seine übermenschlichen Kräfte reichten dazu aus. Keuchend versetzte er dem auf unheimliche Weise wieder zu einer grausamen Verhöhnung des Lebens erwachten Körper einen wuchtigen Fußtritt, der ihn wieder zu Boden stieß, doch sein unerbittlicher Griff lockerte sich nicht. Auch Andrej wurde nun durch das Gewicht des Leichnams wieder nach vorne gerissen und wäre um ein Haar gestürzt.

Etwas blitzte silbern und rasend schnell durch sein Gesichtsfeld, und mit einem Mal war die tödliche Umklammerung verschwunden. Andrej stolperte, vom Schwung seiner eigenen Bewegung zurückgerissen, drei, vier Schritte weit über das Deck und fand nur mit Mühe sein Gleichgewicht wieder. Vor ihm schwang Abu Dun abermals seinen Krummsäbel und führte einen gewaltigen beidhändigen Hieb nach dem toten Seemann, der schon wieder in die Höhe zu kommen versuchte. Diesmal trennte die Klinge den Schädel von seinen Schultern, der mit einem dumpfen Knall auf dem Deck aufschlug und wie ein grausiger Ball davonrollte, bevor er schließlich über Bord fiel. Trotzdem versuchte der kopflose Torso weiter, sich aufzurappeln, bis der Nubier noch einmal und mit noch größerer Kraft zuhieb und ihn nahezu in zwei Hälften spaltete. Erst dann sackte er endgültig auf das Deck zurück und blieb liegen.

»Alles in Ordnung?«, fragte Abu Dun keuchend.

Andrej wollte schon nicken, als ihm klar wurde, dass er sich damit nur lächerlich gemacht hätte. *Nichts war in Ordnung.* Die Hand des Toten, die Abu Dun mit seinem ersten Schwerthieb vom Leichnam getrennt hatte, umklammerte noch immer seinen Arm wie eine grausige fünfbeinige Spinne, die sich noch im Todeskampf in ihre Beute verbiss, und er spürte selbst, dass er schreckensbleich geworden war. Er zitterte am ganzen Leib und wusste selbst, dass dies nicht nur an der Kälte und seinen nassen Kleidern lag.

Vergebens versuchte er, den Griff der toten Finger zu sprengen. Erst mit Abu Duns Hilfe gelang es ihm, die Hand von seinem Arm zu lösen. Angewidert schleuderte er das grausige Überbleibsel des Kampfes über Bord.

»Bei Allah, Hexenmeister«, flüsterte Abu Dun. »Was war das?«

Über ihnen krächzte der Rabe. Andrej und Abu Dun warfen gleichzeitig und gleichermaßen erschrocken die Köpfe in den Nacken, und wieder hörten sie sein spöttisches Krächzen.

Nur einen Moment später stieß der zweite Rabe

dicht über ihren Köpfen herab, landete zielsicher auf der Brust eines weiteren Toten, und sein schrecklicher Schnabel pickte in das weiche, aufplatzende Fleisch. Andrej keuchte vor Entsetzen, und Abu Dun wirbelte blitzartig herum und ging auf den Vogel los, doch selbst seine übermenschliche Schnelligkeit reichte nicht. Der Rabe schnellte wie ein abgeschossener Pfeil in die Höhe, und noch bevor Abu Dun ihn erreicht hatte, erhob sich auch dieser Tote schwankend auf die Füße. Abu Dun heulte vor Entsetzen und Wut auf, riss seinen Krummsäbel hoch über den Kopf und wollte zuschlagen, doch der untote Seemann war schneller. Seine Hände krallten sich in die Brust des zwei Köpfe größeren nubischen Kriegers, rissen ihn scheinbar ohne die geringste Mühe hoch und herum und schmetterten den Nubier mit solcher Wucht gegen den Mast, dass das gesamte Schiff zu erbeben schien. Mit einem qualvollen Keuchen brach Abu Dun zusammen, und der Untote machte einen taumelnden, unsicheren Schritt auf ihn zu.

Andrej sprang mit einem Schrei vor, und seine Hand tastete nach dem Schwertgriff. Sie fand nichts. Zu spät erinnerte er sich daran, den Waffengurt in der vergangenen Nacht abgelegt zu haben, bevor er ins Wasser gesprungen war. Dennoch beschleunigte er seine Schritte, zog im letzten Moment den Kopf ein und rammte der grausigen Kreatur mit aller Gewalt die Schulter gegen die Brust.

Sie stürzten beide, doch während Andrej schwer auf die Knie fiel und einen Moment benommen hocken blieb, arbeitete sich der Untote schwankend und unsicher, aber mit schrecklicher Unaufhaltsamkeit wieder hoch und bewegte sich mit mühsam tappenden Schritten abermals auf ihn zu. An seinem ersten Opfer schien er jedes Interesse verloren zu haben.

Andrej reagierte instinktiv, nicht bewusst. Als der Untote über ihm war und nach im griff, versuchte er nicht, ihn abzuwehren oder von sich zu stoßen, sondern krallte die Finger in sein Gewand, das sich ebenso in Auflösung befand wie das schwammige Fleisch darunter, federte ein Stück in die Höhe und ließ sich dann blitzartig nach hinten fallen. Noch in der Bewegung setzte er den rechten Fuß auf den Leib des Ungeheuers, rollte über die Schultern ab und schleuderte die Kreatur in hohem Bogen über das gesamte Deck. Noch bevor die Kreatur mit einem gewaltigen Klatschen im Wasser verschwand, war Andrej wieder auf den Füßen und bei Abu Dun.

»Bist du verletzt?«, stieß er hervor. Die Frage war grotesk – Abu Dun konnte sich ebenso wenig ernsthaft verletzen wie er, und doch erfüllte ihn der Anblick seines Freundes mit einer Mischung aus Sorge und Entsetzen. Abu Duns schwarzes Gesicht war nun grau, und seine hünenhafte Gestalt wirkte kraftlos und erbärmlich. Und auch ihm selbst erging es kaum besser. Seine Schultern und sein rechtes Handgelenk fühlten sich dort, wo ihn die furchtbaren Kreaturen umklammert hatten, taub an. Hier schien auch die schreckliche Schwäche ihren Ursprung zu haben, die seinen Körper nun in lautlosen Wellen durchströmte und sich immer tiefer und tiefer in seine Eingeweide fraß; als hätten allein die Berührungen der unheimlichen Geschöpfe gereicht, ihn zu vergiften.

Abu Dun schüttelte trotzig den Kopf, versuchte sich ächzend in die Höhe zu hieven und schaffte es erst, als er seinen Säbel zu Hilfe nahm und sich darauf stützte, wie ein uralter Mann auf seinen Stock. »Bei Allah«, murmelte er. »Andrej!«

»Ich hätte es anders ausgedrückt, aber ich glaube, ich weiß, was du meinst«, sagte Andrej. Erst, als er den Ausdruck auf Abu Duns Gesicht sah, begriff er seinen Irrtum. Die Erschütterung des Nubiers hatte einen anderen Grund.

Andrej wirbelte herum und keuchte vor Schrecken, als er den Raben sah, der sich mit flatternden Flügeln auf einen weiteren Toten senkte. Sein Schnabel pickte rasch zu, riss ein Stück morsches Fleisch aus der Wange des Toten, und noch bevor auch dieser die Augen öffnete und sich schwankend aufzusetzen begann, landete das Tier mit einem Hüpfer auf dem vierten und letzten Leichnam und riss eine fast harmlos aussehende, fingerlange Furche in den aufgedunsenen Hals.

Abu Dun ließ ein wütendes Knurren hören, stemmte sich vollends hoch und schwang seinen Krummsäbel, während er auf die beiden unheimlichen Angreifer eindrang. Die Waffe fuhr mit einem scharfen Zischen nieder, trennte den rechten Arm eines der Geschöpfe dicht unterhalb der Schulter ab, doch der Tote verspürte offensichtlich keinen Schmerz und kannte keine Angst, denn seine verbliebene Hand packte unglaublich schnell nach dem Nubier und krallte sich in seinen Oberarm. Andrej konnte regelrecht zusehen, wie Abu Dun, wie zuvor er selbst, von einer gewaltigen Welle der Schwäche ergriffen wurde. Aus dem zornigen Hieb, der den zweiten Untoten hatte enthaupten sollen, wurde ein zahmer Streich. Das enorme Gewicht des riesigen Krummsäbels sorgte dafür, dass sich die Waffe dennoch tief in den Hals des Angreifers bohrte, sodass sein Kopf plötzlich haltlos hin und her pendelte – doch auch das hielt die Bestie nicht auf. Noch ein einziger, tapsender Schritt, und sie hatte Abu Dun erreicht und griff mit beiden Händen nach seinem Schwertarm. Und als sei all das noch nicht genug, entdeckte Andrej mit einem Mal zwei graue Krallenhände über der Bordwand, gefolgt von einem ausdruckslosen Totengesicht, das sich langsam in die Höhe arbeitete.

Andrejs Gedanken überschlugen sich. Abu Dun wankte und hielt sich noch auf den Beinen, während er sich vergebens bemühte, die beiden Kreaturen abzuschütteln, die sich mit unerschütterlicher Stärke an ihn krallten, doch Andrej konnte sehen, wie die Kraft aus ihm wich. Er würde nur noch wenige Augenblicke durchhalten können. Er musste dem Nubier helfen, doch wenn er es mit bloßen Händen tat, würden die Untoten ihn zweifellos ebenso überwältigen, wie sie es gerade mit Abu Dun taten.

Sein Schwert! Die Waffe lag neben dem schmalen Bett, auf dem er die Nacht verbracht hatte. Andrej wirbelte herum und schickte ein Stoßgebet zum Himmel, Abu Dun möge so lange durchhalten, bis er seine Klinge geholt hatte. Er konnte aber nur einen einzelnen, gewaltigen Schritt machen – dann sah er den Raben.

Sein mächtiger Schnabel hackte am morschen Holz der Ladeluke, fetzte Splitter und ganze Stücke heraus wie die Axt eines Nordmannes und schuf rasch und beharrlich ein Loch, das schon fast groß genug war, dass das Tier hindurchschlüpfen konnte. Eine Woge blanken Entsetzens erfasste Andrej, als ihm klar wurde, was das Ziel des Vogels war.

Der Frachtraum, in dem sich noch nahezu zwei Dutzend weiterer Toter befanden! Wenn der Rabe sie erreichte und ebenfalls zum Leben erweckte, war es um sie geschehen!

Abermals handelte Andrej, ohne wirklich nachzudenken. Seine Hand zuckte zum Gürtel, riss den schmalen Dolch hervor und schleuderte ihn mit aller Kraft. Das Tier schien die Gefahr im allerletzten Moment zu spüren, denn es spreizte die Flügel, um sich in die Luft zu schwingen, doch es war zu spät. Der Dolch bohrte sich bis zum Heft in seinen Leib und nagelte ihn regelrecht an die Planken. Der Rabe stieß noch ein letztes Krächzen aus, dann erschlaffte er mit weit ausgebreiteten Schwingen – und verschwand!

Im selben Moment hörten die Kampfgeräusche hinter Andrej auf. Der tote Seemann fiel wieder ins Wasser zurück, und auch die beiden Kreaturen, die Abu Dun gepackt hatten, sanken so plötzlich auf das Deck hinab wie Marionetten, deren Fäden durchschnitten worden waren. Abu Dun machte einen taumelnden Schritt zurück, ließ sich schwer gegen den Mast sinken und schloss die Augen. Ein dumpfes Stöhnen drang zwischen seinen zusammengebissenen Zähnen hervor, und Andrej konnte ihm ansehen, dass es ihn seine ganze Kraft kostete, sich auf den Beinen zu halten.

»Danke, Hexenmeister«, murmelte er. »Viel länger ... hätte ich nicht mehr durchgehalten.«

»Zu viel der Ehre, Pirat«, gab Andrej kopfschüttelnd zurück. »Das war nichts als reines Glück.«

Über ihnen auf dem Mast krächzte der verbliebene Rabe, nicht mehr spöttisch, sondern böse und drohend; ein düsteres Versprechen, an dessen Einhaltung es keinen Zweifel gab. *Ihr werdet sterben. Ihr habt euer Wort gebrochen.*

Andrej hätte gerne erleichtert aufgeatmet, als er feststellte, dass sich das Tier nicht regte und nur aus brennenden Augen starrte, doch leider wusste er nur zu gut, dass das Bild nichts Beruhigendes hatte. Der Rabe hatte nicht aufgegeben. Er *wartete*.

Mit schmerzenden Gliedern ließ Andrej seinen Blick über das Deck tasten und deutete schließlich auf die handgroße Öffnung, die der Rabe in die Klappe über dem Laderaum gepickt hatte. »Haben wir Werkzeug an Bord?«, fragte er.

Abu Dun öffnete mühsam die Augen. Sein Blick folgte Andrejs Hand, und als er begriff, was der Anblick bedeutete, malte sich Schrecken auf seinen Zügen ab. »Ja«, sagte er. »Unten. In einer Kiste unter dem Bett.«

Andrej nickte grimmig, trat einen Schritt zurück und streckte dann fordernd die Hand aus. »Gib mir dein Schwert«, verlangte er. »Ich halte hier Wache, bis du zurück bist. Bring Hammer und Nägel mit. Alle Nägel, die du findest.«

»So, das sollte reichen.« Abu Dun stöhnte erleichtert, als er sich mit dem Handrücken über die Stirn fuhr, um den Schweiß abzuwischen, bevor er ihm in die Augen laufen konnte. Seine Worte waren die ersten Laute, die das monotone Hämmern und Schlagen seit einer guten Stunde unterbrachen; abgesehen von einem gelegentlichen verärgerten Krächzen und Schimpfen, das von der Höhe des Mastes zu ihnen herabwehte.

Wohl zum hundertsten Mal sah Andrej zu ihrem ungebetenen Reisebegleiter hinauf. Der Rabe hatte sich nicht gerührt, sondern stumm, aber sehr aufmerksam zugesehen, wie Abu Dun und er einen guten Teil des ohnehin zerstörten Vorderkastells der *Schwarzen Gischt* aufgerissen und die Bretter dazu missbraucht hatten, nicht nur das Loch zu flicken, das der Rabe in die Ladeklappe gepickt hatte, sondern sie derart zuzunageln, dass es schon eines wütenden Elefantenbullen bedurft hätte, um sie wieder aufzubrechen. Das Ergebnis sah einigermaßen erbarmungswürdig aus, zugleich aber auch äußerst stabil, und das war es, worauf es im Moment ankam. Einen Schönheitswettbewerb würden sie mit diesem Schiff ohnehin nicht mehr gewinnen.

Ein Wettsegeln wohl auch nicht, fügte er in Gedanken bedrückt hinzu, während er seinen Blick mit einiger Mühe von dem gefiederten schwarzen Dämon über sich losriss und wieder in die Richtung blickte, von der er annahm, dass dort Norden war. Sicher sein konnte er nicht. Der weiße Schemen lag immer noch auf dem Horizont. Es war noch immer Tag, doch der Himmel über ihnen war eine einheitliche graue Masse aus tief hängenden Wolken, die die Sonne zuverlässig verbargen. Es war unmöglich, die Himmelsrichtungen zu bestimmen. Sie waren in nördlicher Richtung losgesegelt, vor zwei Tagen, die ihm jetzt wie zwei Ewigkeiten vorkamen, doch der Sturm hatte sie mit Sicherheit hoffnungslos von ihrem Kurs abgebracht, und der weiße Schimmer am Horizont konnte ebenso gut der weiße Kreidefelsen Britanniens sein wie die schwimmenden Gebirge aus Eis, von denen es hieß, dass sie hoch im Norden das Ende der Welt markierten. Vielleicht trieben sie aber auch auf die Gestaden eines Landes zu, das noch nie eines Menschen Fuß betreten und keines Menschen Auge erblickt hatte. Und vielleicht auch nicht sollte.

Andrej spürte, wie seine Gedanken schon wieder auf Pfade abzuschweifen begannen, die er nicht betreten wollte, und riss sich gewaltsam von diesem Anblick los.

»Wir sollten an deinem Segel weiterarbeiten«, sagte er, an Abu Dun gewandt.

Der Nubier starrte ihn wortlos an, bevor er demonstrativ zu der vernagelten Ladeklappe zu ihren Füßen hinabsah. Sie hatten nicht nur die toten Seeleute dort unten eingeschlossen, sondern auch das Segeltuch, in das sie eingewickelt waren und das sie so notwendig gebraucht hätten, um das angefangene Segel zu vollenden. Er sparte es sich jedoch, Andrej auf diesen wenig zweckdienlichen Umstand hinzuweisen, sondern zog nur eine Grimasse und maulte schließlich: »Du bist ein elender Sklaventreiber, Andrej Delãny, hat man dir das schon einmal gesagt?«

»Das muss wohl an meinem schlechten Umgang liegen«, antwortete Andrej schulterzuckend. »Ich habe mich ziemlich lange mit einem Sklaventreiber herumgetrieben, weißt du?«

»Sklaven*händler*«, verbesserte ihn Abu Dun. »Das ist ein Unterschied. Ich habe niemals Sklaven angetrieben.«

»Ich weiß«, erwiderte Andrej. »Du hast es vorgezogen, dich von ihnen rudern zulassen, nicht wahr?«

Abu Dun zog eine Grimasse. Das Gespräch war nicht nur müßig, sie hatten es auch schon unzählige Male geführt, denn als sie sich kennengelernt hatten, war Abu Dun tatsächlich ein gefürchteter Pirat und Sklavenhändler gewesen. Seither war so viel Zeit vergangen, dass sie längst aufgehört hatten, die Jahre zu zählen, ja, selbst die Jahrzehnte, doch Andrej war niemals müde geworden, den Nubier mit seiner wenig ruhmreichen Vergangenheit zu hänseln, auch wenn sie beide wussten, dass der Mann, der Abu Dun heute war, rein gar nichts mehr mit dem von damals gemein hatte. Ganz im Gegenteil – vielleicht gerade weil er einst selbst Sklavenhändler und -jäger gewesen war, hasste der Nubier die Sklaverei und jeden, der damit zu tun hatte, aus tiefstem Herzen. Dennoch war heute etwas anders. Andrej konnte selbst nicht genau sagen warum, doch seine eigenen Worte klangen schal in seinen Ohren, und die normalerweise gutmütigen Sticheleien hatten etwas Verletzendes und Böses, das er ganz bestimmt nicht hineingelegt hatte. Schaudernd blickte er wieder zu dem Raben hinauf. Das Tier hatte den Kopf unter dem rechten Flügel vergraben und zupfte gelangweilt an seinem Gefieder, und dennoch hatte Andrej das unheimliche Gefühl, dass es ihn und Abu Dun weiterhin anstarrte, weiter belauerte und verspottete. Es vergiftete ihre Gedanken.

Ein einzelner, noch ferner Blitz züngelte über den Horizont und explodierte in einer lautlosen Woge von Licht im Meer, und Andrej und Abu Dun fuhren im gleichen Moment erschrocken herum. Das grollende Echo des Donnerschlages, auf das sie warteten, kam nicht.

Abu Dun räusperte sich unbehaglich. »Du hast Recht«, sagte er, während er aufstand und den schweren Zimmermannshammer, mit dem er im Verlaufe der zurückliegenden Stunde hunderte von fingerlangen rostigen Kupfernägeln in das Deck getrieben hatte, wie ein Spielzeug zwischen den Fingern wirbeln ließ. »Ich weiß zwar selbst noch nicht genau, was uns ein Segel ohne Wind nutzt, aber Wind ohne ein Segel nutzt uns noch sehr viel weniger.«

Nichts wird euch etwas nutzen. Ihr habt euer Wort gebrochen. Ihr werdet sterben.

»Verdammt noch mal – was für ein Versprechen?!«, fauchte Andrej, indem er sich wieder zu dem Raben herumdrehte. Und etwas Unheimliches geschah: Genau in diesem Moment loderte ein weiterer lautloser Blitz über den Horizont, und was Andrej schon einmal beobachtet hatte, wiederholte sich. In dem zeitlosen Augenblick, während das Lodern des Blitzes bereits erlosch, die Dunkelheit aber noch nicht ganz zurückgekehrt war, glaubte er etwas anderes zu sehen, das dort oben hockte, etwas Düsteres und durch und durch Böses, das weder die Gestalt eines Menschen noch die des Vogels hatte, sondern eine grausige Mischung aus beidem und vielleicht noch etwas anderem, Unbeschreiblichem war. Es war nur in jenem unendlich kurzen Moment sichtbar, als enthüllte es dem Beobachter seine wahre Gestalt nur in einem Licht zwischen Raum und Zeit, das es eigentlich nicht gab.

»Wovon sprichst du, Andrej?«, erkundigte sich Abu Dun in gleichermaßen verwirrtem wie besorgtem Tonfall. »Was für ein Versprechen? Mit wem redest du?«

»Mit ihm.« Andrej deutete zu dem Raben hinauf. »Er spricht zu mir.«

»Ah … ha«, machte Abu Dun, doch das spöttische Lächeln gefror auf seinen Lippen, als sich Andrej zu ihm drehte und ihn ansah.

»Ich bin nicht verrückt«, sagte er. »Ich habe von ihm geträumt, von ihm und dem anderen. Sie haben zu mir gesprochen.«

»Ja, in der Tat«, sagte Abu Dun in nachdenklichem Tonfall. Er runzelte die Stirn. »Ich hatte einen Oheim, bei dem es genauso begann. Allerdings glaube ich mich zu erinnern, dass es bei ihm weiße Mäuse waren ... oder waren es Kamele?« Er zuckte mit den Schultern. »Ich erinnere mich nicht mehr genau. Es ist lange her. Danach haben wir lange nichts mehr von ihm gehört, aber es heißt, man hätte ihn noch ein paar Mal in den Bergen gesehen, wo er entlaufene Ziegen und Schafe um sich geschart haben soll, um ihnen aus dem Koran vorzulesen.«

Andrej blieb ernst. »Ich bin nicht verrückt«, sagte er noch einmal, und der Rabe über ihnen schnarrte zustimmend. »Sie haben von einem Versprechen geredet, dass wir gebrochen hätten.«

»Ich kann mich an kein Versprechen erinnern, dass ich einem Raben gegeben hätte«, sagte Abu Dun. »Oder irgendeinem anderen Vogel. Oder auch –«

Andrej sah abermals in Abu Duns Gesicht hinauf, als der Nubier mitten im Satz abbrach, und was er erblickte, das verstärkte sein ungutes Gefühl. Abu Dun grinste immer noch spöttisch, doch seine Miene wirkte erstarrt, schief, als kämpfe ein vollkommen anderes Gefühl darum, den Spott auf seinen Zügen zu ersetzen. »Was hast du?«, fragte er.

»Ich ... ich war es, der ihnen ein Versprechen gegeben hat«, murmelte er schließlich und deutete auf die vernagelte Ladeklappe zu ihren Füßen. »Den ... den Toten, Hexenmeister.«

Andrej sah ihn nur verständnislos an.

»Wir haben versprochen, sie nach Hause zu bringen.«

Und ihr habt euer Wort gebrochen. Dafür werdet ihr sterben.

»Aber wir haben unser Wort nicht gebrochen!«, begehrte Andrej auf. »Wir bringen sie nach Hause! Aus keinem anderen Grund sind wir hier!«

»Nein, Hexenmeister, das tun wir nicht.« Abu Duns Stimme klang flach, wie ein erschüttertes Flüstern. Andrej konnte nicht sagen, ob er die Worte des Rabenwesens nun ebenfalls gehört oder auf seinen Einwand antwortete. Es spielte auch keine Rolle.

»Was redest du da, du Narr?«, keuchte er. Der Rabe starrte aus glänzend schwarzen Augen auf sie herab.

Abu Dun wurde noch bleicher, als er unter seiner nachtschwarzen Haut ohnehin schon war. Einen endlosen Herzschlag lang starrte er zu dem unheimlichen Geschöpf über ihnen hinauf, dann drehte er sich herum und ging mit steifen Schritten über das Deck. Andrej folgte ihm, verwirrt und bis ins Mark beunruhigt, und aus dem Krächzen des Raben wurde … etwas anderes. Ein halbes Dutzend lautlos gleißender Blitze zerriss den Himmel rings um sie herum und ließ den weißen Schemen am Horizont geisterhaft aufleuchten.

»Dort.«

Abu Dun war stehen geblieben, hatte sich vorgebeugt und deutete auf eine Stelle am Heck des Schiffes, wo der Rumpf unmittelbar über der wie mit einem Lineal gezogenen reglosen Wasserlinie auf mehr als Manneslänge geborsten war. Im ersten Moment wusste Andrej nicht, was Abu Dun ihm bedeuten wollte und nahm an, dass er ihm erneut vor Augen führte, wie erbarmungslos der Sturm der *Schwarzen Gischt* zugesetzt hatte, doch dann erinnerte er sich: Es war gestern gewesen, während des Sturms, und unmittelbar bevor er ins Wasser gesprungen war, um die davontreibenden Toten zu bergen. Für einen Moment glaubte er den in schmutziges Leinentuch eingenähten Körper noch einmal zu sehen, der langsam, zugleich auch mit einer Beharrlichkeit, die nur von einem Toten auszugehen vermochte, gegen die morschen Wände seines Gefängnisses antrieb.

»Sag nicht, dass du –?«, keuchte er.

»Woher sollte ich denn das wissen?!«, unterbrach ihn Abu Dun gereizt. Er schrie fast.

»Er ist davongetrieben?«, krächzte Andrej. Ein Gefühl kalten Entsetzens begann sich in ihm auszubreiten. Er spürte die bohrenden Blicke eines schwarzen Augenpaares, das sie von der Höhe des Mastes herab anstarrte.

»Ich hatte damit zu tun, dich vor dem Ertrinken zu retten, du Narr!«, verteidigte sich Abu Dun. Doch auch in seiner Stimme schwang nun ein unüberhörbarer Unterton von Betroffenheit mit. *Ihr habt euer Versprechen gebrochen. Ihr werdet sterben.*

»Aber es war nicht unsere Schuld!«, verteidigte sich Andrej. »Woher sollten wir es denn wissen?«

Ihr habt euer Versprechen gebrochen. Ihr werdet sterben.

»Kennst du denn gar kein Erbarmen?«, murmelte Andrej.

Ein einzelner, diesmal ganz besonders greller Blitz spaltete den Himmel und die ganze Welt über ihnen in zwei ungleiche Hälften, und in seinem flackernd verlöschenden Licht schwang sich ein riesiges geflügeltes ... *Etwas* von der Rahe, breitete seine Schwingen unendlich weit aus und schoss ein kurzes Stück weit fast senkrecht in den Himmel hinauf. Dann erlosch das Gleißen des Blitzes und aus der Kreatur wurde wieder etwas, was ihren Augen vorzugaukeln versuchte, nichts anderes als ein Rabe zu sein. Für einen Augenblick schöpfte Andrej beinahe Hoffnung, dass seine Worte gehört worden waren, und als hätte der Dämon seine Gedanken gelesen, machte er mitten im Flug kehrt und stieß wie ein Raubvogel auf Abu Dun und ihn herab.

Andrej duckte sich instinktiv und machte einen hastigen Schritt zur Seite. Der Nubier aber hieb mit seinem Krummsäbel nach dem herabstoßenden Raben. Er verfehlte ihn um Haaresbreite; gerade dicht genug, dass sein Schwerthieb eine Handvoll abgetrennter Schwanzfedern des Vogels aufwirbelte, die ihn noch einen Moment lang umtanzten, wie um sich für den feigen Angriff zu rächen. Der Rabe selbst stieß in schrägem Winkel auf die Wasseroberfläche unter ihnen herab, verschwand in einem gewaltigen Aufklatschen darunter und wurde kurz zu einem schlanken, glitzernden Schemen, der schnell und elegant wie ein Fisch durch das Wasser glitt, bevor er zehn Schritte weiter wieder auftauchte – und in der Öffnung im Rumpf verschwand!

»Bei Allah!«, keuchte Abu Dun, und noch bevor Andrej verstand, welche Vorahnung ihn so erschreckte, vernahmen sie unter ihren Füßen ... *Geräusche*. Ein schreckliches Picken und Hacken und Reißen, gefolgt von Poltern und Stöhnen, dann kamen schwere, schlurfende Schritte die morsche Treppe herauf. Ein dumpfer Schlag traf die zugenagelte Klappe, ohne sie wirklich erschüttern zu können, dann hörten sie einen Laut wie von schartigen Fingernägeln, die über Holz und Metall kratzten.

Abu Dun zog knurrend sein Schwert, und auch Andrej begann die Hand auf die Waffe zu senken, aber er führte die Bewegung nicht zu Ende. Das Kratzen wurde lauter, und nun mischte sich das Hämmern von Fäusten und ein Klatschen, Zerren und Reißen hinein, eine Kakophonie der grässlichsten Laute, die nicht an menschliche Wesen erinnerten. Die verrammelte Deckklappe zitterte und ächzte, doch die schweren Bretter, die Abu Dun gleich drei- oder vierfach übereinandergenagelt hatte, hielt. Noch.

Das Deck unter ihren Füßen erzitterte, und eine erste, träge Welle brach sich klatschend am Rumpf des Schiffes. Wieder tanzte ein Blitz über den Horizont und tauchte das Deck der *Schwarzen Gischt* für einen Moment in flackernde Unwirklichkeit, und als das graue Zwielicht des Tages zurückkehrte, bewegten sich die Fetzen des Segels über ihren Köpfen mit einem schweren, nassen Flappen und erschlafften gleich darauf wieder. Das Meer war jetzt nicht mehr glatt. Schaumgekrönte Wellen liefen in komplizierten, rasend schnell wechselnden Mustern über seine Oberfläche und auf die *Schwarze Gischt* zu und ließen das Schiff immer heftiger erzittern.

»Das Segel«, schrie Andrej. »Schnell!«

Kostbare Sekunden vergingen, in denen Abu Dun das zerfetzte Segel über ihren Köpfen anstarrte, bis er begriff, wovon Andrej sprach. Dann fuhr er mit einer abrupten Bewegung zum Achterdeck herum, wo die kümmerlichen Ergebnisse seiner eigenen Segelmacherkunst lagen. Aber auch jetzt regte er sich nicht, sondern sah Andrej nur aus großen Augen an.

»Bist du verrückt geworden?«, murmelte er. Eine weitere Welle klatschte – nun schon spürbar heftiger – gegen den Rumpf des Schiffes.

»Nein, aber auch nicht lebensmüde«, antwortete Andrej grimmig. »Willst du warten, bis sie die Klappe aufgebrochen haben und heraufkommen?« Er wies heftig auf das helle Schimmern am Horizont. »So weit ist es nicht. Wir können es schaffen.«

Abu Dun zögerte immer noch. Dem Ausdruck auf seinem Gesicht war deutlich anzusehen, was er von dieser Idee hielt, und auch Andrej hatte das ungute Gefühl, dass die Begeisterung für seinen eigenen Vorschlag abnehmen würde, je länger er darüber nachdachte. Aber selbst eine verzweifelte Idee war in einer verzweifelten Lage immer noch besser als gar keine. Vielleicht war es besser, wenn er sich gar nicht erst die Zeit ließ, allzu lange über seinen verrückten Plan nachzudenken.

Das Kratzen und Scharren und Klopfen gegen die

zugenagelte Luke hielt an, und wenn man genau hinhörte, war noch ein anderes, schrecklicheres Geräusch auszumachen: Ein Reißen und Picken und Hacken, zu dem seine Fantasie hastig das Bild eines gewaltigen Schnabels zufügte, der fauliges Fleisch von blassen Knochen hackte.

Der Wind frischte weiter auf, während sie eilig auf das Achterkastell stürzten, und das Deck unter ihren Füßen erzitterte jetzt nicht nur unter den Schritten und Fausthieben der untoten Seeleute. Über ihnen flatterten die Fetzen des ehemaligen Segels protestierend im stärker werdenden Wind. So rasch sie konnten, trugen sie Abu Duns improvisierte Segel hinunter zum Deck. Andrej wollte unverzüglich am Mast hinaufsteigen, doch der Nubier riss ihn mit einem wortlosen Kopfschütteln zurück, warf sich das nasse, vom Regen schwer gewordene Tuch über die Schulter und kletterte mit der Geschicklichkeit eines Affen (und der Eleganz eines betrunkenen Nilpferdes) zur Rahe hinauf. Selbst seine gewaltigen Kräfte reichten kaum, um das mit Nässe vollgesogene Segel nach oben zu zerren. Beinahe wäre er von der Rahe gefallen. Abermals setzte Andrej dazu an, ihm zu folgen, und abermals schüttelte der Nubier abwehrend den Kopf, klammerte sich mit der linken Hand am Mast fest und warf ihm mit der anderen ein loses Tauende zu.

»Bind es irgendwo fest!«, rief er. Der Wind nahm weiter zu, und sein Heulen und Wehklagen war nun so laut geworden, dass er fast schreien musste, um sich darüber hinweg verständlich zu machen. Die

Fäuste und Fingernägel unter ihnen trommelten und kratzten immer wütender gegen das Holz, als ahnten die untoten Seeleute und ihr schrecklicher Herr, was sie vorhatten, und strengten alle Kräfte an, um ihre schon sicher geglaubte Beute am Entkommen zu hindern.

Und Andrej bezweifelte mittlerweile, dass sie ihnen entkommen würden. Es war zwar seine Idee gewesen, und wie es zuerst schien, hatte das Schicksal tatsächlich ein Einsehen mit ihnen, denn die *Schwarze Gischt* lag nun nicht mehr still, sondern bewegte sich sanft in der zunehmenden Dünung und hatte auch Fahrt aufgenommen. Doch je länger er Abu Duns verzweifeltem Herumturnen zusah, desto deutlicher erkannte er, wie erbärmlich der Fetzen Stoff war, von dem er behauptete, es wäre ein Segel, und desto größere Zweifel kamen ihm daran, dass sie das Schiff auf diese Weise in Fahrt bringen würden; geschweige denn, dass sie es auf Kurs lenken würden. Er drehte das Tauende, das der Nubier ihm zugeworfen hatte, zwischen den Fingern, und suchte hilflos nach irgendeiner Stelle, an der er es festbinden konnte. Die *Schwarze Gischt* hatte keine Reling mehr, und sie hatten nahezu jedes lose Brett und jedes Stückchen Holz, das sich nur irgendwie hatte herausreißen lassen, genutzt, um die Luke damit zuzunageln.

»Worauf wartest du?«, schrie Abu Dun von der Höhe des Mastes herunter. »Ich denke, du warst einmal Kapitän?«

Das entsprach der Wahrheit, auch, wenn es sehr lange zurücklag, doch Andrejs Blick verdüsterte sich. »Kapitän, ja«, knurrte er. »Nicht Schiffsjunge.«

Dennoch taten Abu Duns Worte ihre Wirkung. Tatsächlich hatte er jahrelang ein Kaperschiff im Mittelmeer befehligt, und auch wenn sein Platz dabei auf dem Kapitänsdeck, hinter dem Ruder und manchmal hinter den Geschützen gewesen war, so hatte er doch in dieser Zeit zumindest genug vom Segeln gelernt, um endlich zu begreifen, was Abu Dun von ihm wollte. Mit sehr viel mehr gutem Willen als wirklichem Geschick zog er das Tau straff (wobei er fast sicher war, dass die erste richtige Windböe das mürbe Tau einfach in Fetzen reißen würde), eilte zur anderen Seite der Rahe und hob die Arme, als Abu Dun dazu ansetzte, ihm ein weiteres Tau zuzuwerfen, und hätte auf dem schlüpfrigen Deck um ein Haar das Gleichgewicht verloren, als er aus den Augenwinkeln heraus einen Schatten gewahrte, der nach ihm stieß. Instinktiv duckte er sich weg.

Trotzdem traf ihn die Schwinge des Raben mit der Wucht einer Ohrfeige und ließ ihn straucheln. Mit einem wütenden Krächzen gewann das Tier mit zwei, drei kraftvollen Flügelschlägen an Höhe, in seinem Flug einen Sprühregen von schwarzen Wassertropfen hinter sich lassend, schwang sich weit über den Mast hinauf und stieß dann in einer blitzartigen Bewegung auf Abu Dun hinab. Der Nubier duckte sich weg und schlug nach dem gefiederten Angreifer, doch das Tier wich seinem Hieb nicht nur mühelos aus, sondern fügte ihm aus der gleichen Bewegung heraus eine tiefe, heftig blutende Wunde auf dem Handrücken zu. Abu Dun brüllte vor Schmerz und Wut und wäre beinahe vom Mast gefallen, und auch Andrej, der sein Gleichgewicht gerade eben erst mit einiger Mühe zurückgewonnen hatte, musste einen stolpernden Schritt zurück machen, als das Tier auch auf ihn herabstieß, den schrecklichen Schnabel weit aufgerissen und die Furcht einflößenden Klauen vorgestreckt, um ihm damit das Gesicht zu zerreißen.

Andrej wich zur Seite aus, nahm bewusst einen schmerzhaften Biss in seinen linken Arm in Kauf und erwischte den gefiederten Angreifer mit einem wuchtigen Rückhandschlag, als dieser an ihm vorbeischoss. Aus dem rasenden Sturzflug des Raben wurde ein hilfloses Taumeln, dann klatschte er zum zweiten Mal im Wasser auf und verschwand; diesmal aber nicht mehr annähernd so elegant wie zuvor. Andrej wirbelte herum und zog sein Schwert, darauf gefasst, die unheimliche Kreatur noch wütender wieder aus dem Wasser herausschießen zu sehen, doch das Tier blieb verschwunden. Nur das wütende Trommeln und Schlagen unsichtbarer Fäuste gegen die Deckluke schien lauter zu werden.

Andrej blieb noch eine geraume Weile geduckt am Rande des Decks stehen und suchte die Wasseroberfläche mit Blicken ab. Er hatte den Raben hart getroffen, so hart, dass seine Hand schmerzte, doch irgendetwas sagte ihm, dass die dämonische Kreatur so leicht nicht zu besiegen war.

Sie tauchte jedoch nicht wieder auf, und schließlich

entspannte er sich und wandte sich ab. Abu Dun hatte es mittlerweile geschafft, sein improvisiertes Segel festzubinden, und sprang die fünf Meter von der Rahe kurzerhand auf das Deck hinab, was das gesamte Schiff zum Erzittern brachte. In seiner rechten Hand hielt er den Säbel, die andere umklammerte ein Tau, mit dem er nun mit seiner ganzen gewaltigen Kraft am Mast und dem daran befestigten Segel zerrte, um den immer noch auffrischenden Wind einzufangen. Andrej sah nur flüchtig nach oben, wünschte sich dann aber, es nicht getan zu haben. Vorhin, ausgebreitet auf dem Achterdeck, hatte das zusammengestümperte Segel ... *seltsam* ausgesehen. Dort oben, hastig festgeknotet und nur von zwei geradezu lächerlich dünnen Stricken gehalten, sah es nicht einmal nach etwas aus, was einmal zu einem Segel werden konnte. Der erste kräftige Windstoß musste es in Fetzen reißen.

Der Lärm unter Deck hielt weiter an, doch jetzt glaubte Andrej noch ein anderes Geräusch zu hören; einen Laut, den er im ersten Moment nicht einordnen konnte, der aber ungemein beunruhigend war.

Abu Dun hob die Hand, in der er das Schwert hielt, und gab ihm mit Gesten zu verstehen, dass er Hilfe benötigte, doch Andrej ließ seinen Blick erneut und noch aufmerksamer über das Wasser gleiten. Die *Schwarze Gischt* hatte gegen jede Logik Fahrt aufgenommen und pflügte, nicht schnell, aber schneller werdend, durch ein Meer, das längst nicht mehr glatt, sondern jetzt wieder von grauen, schaumgekrönten Wellen zerfurcht war.

Von dem Raben war nichts zu sehen, doch Andrej spürte mit fast körperlicher Intensität, dass er da war, irgendwo ganz nahe, ihn belauerte und anstarrte.

Etwas berührte eiskalt aber mit solcher Kraft sein rechtes Bein und klammerte sich daran, dass er nicht nur vor Schmerz aufschrie, sondern instinktiv mit dem Schwert nach unten schlug. Der rasiermesserscharfe Stahl der Damaszenerklinge durchtrennte den grauen Leichenarm, ohne auf spürbaren Widerstand zu stoßen. Der tote Seemann glitt lautlos ins Wasser zurück, doch wie auch zuvor schon schloss sich seine Hand nur noch fester um Andrejs Fußgelenk, sodass dieser zurückstolperte, auf ein Knie herabfiel und beide Hände zu Hilfe nehmen musste, um das grausige Anhängsel abzustreifen.

Als er sich wieder aufrichtete, blickte er in die Gesichter von gleich drei weiteren toten Seeleuten, die sich mit ungelenken aber schrecklich zielsicheren Bewegungen auf das Deck der *Schwarzen Gischt* hinaufzogen. Hinter ihm schrie Abu Dun, vielleicht vor Schrecken, vielleicht, weil er ebenfalls attackiert wurde, und plötzlich war auch der gefiederte schwarze Todesbote wieder da, hoch über ihnen in der Luft mit ausgebreiteten Schwingen auf den Windböen reitend, doch Andrej achtete auf nichts von alledem, sondern war mit einem einzigen Satz wieder auf den Füßen und an der zertrümmerten Reling. Mit einem gewaltigen Schwerthieb enthauptete er einen der Untoten, der daraufhin lautlos im aufspritzenden Wasser verschwand, und es gelang ihm, einem zweiten Angreifer einen tiefen Stich in die Schulter zu versetzen, der ihn zwar nicht wirklich auszuschalten vermochte, ihn aber ebenfalls ins Wasser zurückschleuderte. Der dritte jedoch hatte sich bereits auf das Deck heraufgezogen und torkelte mit unsicheren Schritten an ihm vorbei. Andrej verschenkte eine halbe Sekunde, indem er ihm fassungslos hinterherstarrte, denn er hatte fest damit gerechnet, nun sofort attackiert zu werden, dann aber erblickte er zwei weitere grauhäutige Gestalten, die sich auf der anderen Seite des Schiffes in die Höhe arbeiteten, und ihm wurde klar, dass nicht er, sondern der Nubier das Ziel der Angreifer war.

Endlich überwand Andrej seine Lähmung, setzte dem torkelnden Angreifer mit einem gewaltigen Sprung nach und enthauptete auch ihn mit einem einzigen, beidhändig geführten Schwerthieb. Noch während sich der kopflose Torso in einer absurd anmutenden Pirouette zu Boden schraubte, war er an Abu Dun vorbei und empfing den nächsten Angreifer mit einem Stich in die Kehle, der ihn haltlos hätte zurücktaumeln und zusammenbrechen lassen müssen.

Stattdessen aber griff das Ungeheuer mit beiden Händen nach Andrejs Schwert, hielt es fest und versuchte es ihm zu entringen. Dabei büßte die Kreatur ein paar Finger ein, was sie aber nicht im Geringsten beeindruckte. Ganz im Gegenteil musste Andrej plötzlich all seine Kraft aufwenden, damit ihm das Schwert nicht aus den Händen gerissen wurde. Mit aller Gewalt trat er zu, spürte, wie morsche Knochen unter seinem Fuß zerbrachen, und der unheimliche

Angreifer sank auf die Knie, ohne aber den Griff um die Klinge zu lockern. Hinter ihm schrie der Rabe, und Abu Duns Schreie steigerten sich zu einem gleichermaßen wütenden wie schmerzerfüllten Gebrüll, und wieder hörte er schreckliche, klatschende, reißende Laute, doch ihm blieb keine Zeit, nach Abu Dun zu sehen. Irgendwie gelang es ihm, sein Schwert loszureißen, wobei der tote Seemann auch noch die restlichen Finger verlor, doch das Ding gab immer noch nicht auf. Andrej sprang so weit zurück, dass es ihm endlich gelang, genug Distanz zwischen sich und den Untoten zu bringen, um ihn mit einem wuchtigen Fußtritt über Bord zu schleudern.

Als er sich aufrichtete und herumdrehte, blickte er geradewegs in die Hölle.

Das Deck wimmelte von toten Kriegern.

Dutzende, die alle durch die gleiche Bresche, durch die der Rabe in das Schiff eingedrungen war (wie hatte er das nur vergessen können?), aus ihrem Gefängnis entkommen und auf das Deck hinaufgeklettert sein mussten. Die meisten waren noch damit beschäftigt, sich mit ungelenken Bewegungen aus dem Wasser zu ziehen, doch drei oder vier der schrecklichen Kreaturen hatten den Nubier bereits erreicht. Wie durch ein Wunder war es Abu Dun bisher noch gelungen, sie mit seinem Schwert auf Distanz zu halten, während er mit einer Hand noch immer das Tau hielt, mit dem er das Schiff auf Kurs zu halten versuchte; doch so schnell er die Angreifer auch zurückstieß, so rasch drangen sie erneut auf ihn ein.

Andrej war mit einem Satz neben ihm, schaltete einen der Angreifer endgültig aus, indem er ihn enthauptete, und stieß einen anderen so wuchtig zurück, dass er gegen zwei andere taumelte, die sich gerade auf das Deck hinaufziehen wollten, und sie mit sich zurück ins Wasser riss.

Dennoch wurde Andrej schon nach Sekunden klar, dass sie diesen Kampf nicht gewinnen konnten. Die Übermacht war zu groß, selbst für sie, und sie fochten gegen einen Feind, den praktisch nichts aufzuhalten vermochte. Und nicht nur die Untoten, auch der Rabe griff nun wieder in den Kampf ein. Immer wieder und wieder stieß das riesige Tier mit schlagenden Flügeln und zupackenden Klauen auf Abu Dun und ihn herab. Andrej schlug nach ihm, verfehlte ihn um Haaresbreite und fand sich plötzlich im unbarmherzigen Würgegriff eines Seemannes wieder, der lautlos hinter ihm aufgetaucht war.

Andrej wurde zurückgerissen und taumelte, und der Rabe ließ ein triumphierendes Krächzen hören und stieß mit aufgerissenem Schnabel auf ihn herab. Rasiermesserscharfe Krallen zerfetzten sein Gesicht und seine schützend hochgerissenen Hände, und der Würgegriff um seinen Hals wurde immer unbarmherziger. Andrej bekam keine Luft mehr, und die bloße Berührung der toten Hände brannte wie Säure auf seiner Haut.

Abu Dun warf mit einem der toten Seeleute nach dem Raben. Das groteske Wurfgeschoss verfehlte sein Ziel, doch einer der haltlos pendelnden Arme wischte wie beiläufig über den Rücken des Tieres, und der Rabe wurde in hohem Bogen über das Deck und bis zum Achterkastell hinaufgeschleudert, wo er mit einem dumpfen Schlag aufprallte und sich noch ein halbes Dutzend Mal überschlug.

Im gleichen Moment lockerte sich der erbarmungslose Würgegriff um seinen Hals. Andrej befreite sich mit einer letzten, gewaltigen Kraftanstrengung, fuhr herum und schickte den Seemann mit einem einzigen Hieb zu Boden.

Er blieb liegen. Das unheimliche, widernatürliche Leben wich nicht vollends aus ihm, aber er versuchte auch nicht, sofort wieder in die Höhe zu kommen und sich auf sein Opfer zu stürzen, und auch mit den anderen Untoten ging eine unheimliche Veränderung vonstatten. Sie hatten ihren Angriff eingestellt und standen jetzt reglos. Nicht einmal, als Abu Dun seinen gewaltigen Krummsäbel schwang und eine der Kreaturen in der Mitte durchhieb, kamen sie in Bewegung.

Schwer atmend wandte sich Andrej zum Achteraufbau des Schiffes um und suchte den Raben. Sein Blick fand ihn nicht, jedenfalls nicht auf Anhieb, denn irgendetwas stimmte an dieser Stelle des Schiffes nicht mehr mit dem Licht. Licht und Schatten begannen sich auf unheimliche Weise miteinander zu vermischen und wurden zu ... etwas *anderem*, was nicht in diese Welt gehörte, ballten sich schließlich zu einem riesigen verkrüppelten Schatten, der weder Mensch noch Tier war, weder Körper noch Geist. Was Andrej schließlich sah, das war ein uralter, faltiger Mann mit grausamen Zügen und mitleidlosen Augen, aber auch Flügeln und Krallen und einem schrecklichen Schnabel, ein grauenerregender Zwitter aus Mann und Rabe. Aber da war auch noch etwas Drittes, unbeschreiblich Fremdes und Böses, das er nicht genau erkennen konnte – und auch nicht erkennen wollte.

Die Umrisse der unheimlichen Kreatur flackerten, schienen zu verschwimmen und sich auf sinnverwirrende Weise neu zu ordnen, als hätte sie Mühe, ihre Form zu behalten. Es sah aus, als brauche sie all ihre Kraft, um sich in einer Welt festzuhalten, in die sie nicht gehörte. Doch sie wurde stärker. Andrej spürte es.

Doch er sah auch noch etwas: Das Wesen blutete leicht aus Mund und Nase. Es war nicht unverwundbar.

Blitzartig überschlug Andrej seine Chancen, die Kreatur zu erreichen und zu töten, bevor sie sich weit genug erholt hatte, um zu fliehen, und kam zu einem Schluss.

Er hob zwar sein Schwert, machte aber nur einen einzelnen, zögernden Schritt in Richtung des Achterdecks, während dessen er einen raschen Blick mit Abu Dun tauschte. Mehr war nicht nötig, nach so vielen Menschenaltern, die sie nun Gefährten waren.

»Was willst du von uns?«, fragte er, an den Rabenmann gewandt. Seine Stimme zitterte und war schrill, und sie hatte einen überreizten Unterton. »Wir haben dir nichts getan! Warum willst du unseren Tod?«

Ihr habt euer Wort gebrochen. Ihr werdet sterben. Dann gehört ihr mir.

»Das haben wir nicht!«, begehrte Andrej auf. Er riss sein Schwert in die Höhe und deutete anklagend auf den Nubier. »Es war seine Schuld! Er hat es gewusst und nichts gesagt! Du weißt, dass ich versucht habe, sie zu bergen. Ich wusste es nicht besser!«

»Du erbärmlicher Feigling«, stieß Abu Dun hervor.

Andrej starrte ihn eisig an. »Glaubst du, ich will sterben, nur weil du zu feige warst oder Angst hattest, deinen Mantel nass zu machen?«

Er fuhr erneut zu dem Rabenmann herum. Seine Gestalt hatte sich wieder gefestigt, und auch die Bewegungen seiner untoten Diener wirkten jetzt wieder zielgerichtet und sicher, aber sie machten keine Anstalten, ihren unterbrochenen Angriff fortzusetzen. Und auch in den Augen des Rabenmannes war ein neuer Ausdruck erschienen, etwas Lauerndes und Böses, bei dessen bloßem Anblick sich etwas in Andrej krümmte.

»Nimm ihn«, fuhr er fort und deutete abermals mit dem Schwert auf den Nubier. »Wenn du jemanden bestrafen willst, dann den Richtigen. Es war seine Schuld, nicht meine!«

»Du bist ein so jämmerlicher Feigling, Hexen –«, begann Abu Dun, und Andrej sprang ohne Warnung vor und stieß ihm die Klinge bis ans Heft in die Brust.

Abu Dun öffnete den Mund zu einem Schrei, der zu einem gequälten Seufzen wurde. Das Schwert entglitt seinen plötzlich kraftlosen Fingern und polterte mit einem hellen Klirren auf das Deck, und Abu Dun brach in die Knie und fiel schließlich nach hinten. Das Leben wich aus seinen Augen, noch bevor er schwer auf dem nassen Holz aufschlug.

Andrej riss sein Schwert heraus und fuhr wieder zu dem Rabenmann herum. »Er gehört dir«, sagte er. »Nimm ihn. Aber lass mich gehen.«

In den schwarzen Augen des Ungeheuers erschien ein Ausdruck vager Überraschung, aber auch noch größerer Bosheit und Vorfreude. Er rührte sich nicht.

»Ich verstehe«, sagte Andrej. Er senkte sein Schwert, trat einige Schritte zurück und deutete erneut auf den toten Nubier. »Er gehört dir. Keine Sorge, ich werde dich nicht angreifen. Ich stehe zu meinem Wort.«

Der Unheimliche starrte ihn noch einen Herzschlag lang an, dann verwandelte er sich wieder in einen Raben, schwang sich in die Luft und ließ sich mit kraftvollen Flügelschlägen auf der Brust des Nubiers nieder. Sein schrecklicher Schnabel hob und senkte sich und riss ein daumennagelgroßes Stück Fleisch aus Abu Duns Wange. *Ihr habt euer Wort gebrochen. Ihr werdet sterben. Jetzt gehörst du mir.*

»Oder du mir«, sagte Abu Dun, während er die Augen weit öffnete und mit beiden Händen zugleich nach dem Raben griff. Das Tier kreischte erschrocken und breitete die Schwingen aus, doch nicht einmal die geisterhaft schnellen Reaktionen dieser Kreatur reichten aus, um den blitzartig zupackenden Pranken des Nubiers zu entkommen. Abu Dun fasste den Raben, brach ihm mit einer einzigen, mühelosen Bewegung das Genick und zermalmte mit der anderen Hand seinen Leib.

Und im selben Moment, in dem das Krächzen des sterbenden Tieres verklang, sanken die toten Seeleute lautlos auf das Deck der *Schwarzen Gischt* zurück, und noch bevor der letzte gefallen war, verschwand der Rabe; so lautlos und schnell wie ein Gespenst und so spurlos, als hätte es ihn nie gegeben.

Abu Dun starrte seine plötzlich leeren Hände verblüfft an, ehe er sich ächzend in die Höhe stemmte, wobei er sich ununterbrochen die Hände an seinem Gewand abstreifte, als seien sie besudelt. Sein Blick wanderte über die kreuz und quer übereinanderliegenden Toten, die nun wieder nicht mehr als das waren: Tote.

»Das war knapp«, mummelte er.

»Ich habe ihn lange genug hingehalten, damit du dich erholen konntest«, antwortete Andrej.

»Das meine ich nicht«, sagte Abu Dun vorwurfsvoll. »Einen Finger breit höher, und du hättest mein Herz durchbohrt.«

»Es musste doch echt aussehen, oder?«, fragte Andrej. »Und dicht vorbei ist schließlich auch daneben.«

Abu Dun starrte ihn aus zusammengekniffenen Augen an – sein übertrieben geschauspielerter Zorn war leicht zu durchschauen – dann aber schüttelte er mit einem weinerlichen Seufzen den Kopf. »Warum muss *ich* eigentlich immer der sein, der niedergeschlagen, ertränkt, erstochen oder erstickt wird?«, fragte er vorwurfsvoll.

»Weil das eine gute alte Gewohnheit ist, und ich nichts davon halte, mit alten Gewohnheiten zu brechen; vor allem, wenn sie sich bewährt haben«, antwortete Andrej lakonisch. »Und weil du der Größere bist. Ich meine – du würdest doch wohl keinen Schwächeren schlagen wollen, oder?«

Abu Dun funkelte ihn an. »Manchmal frage ich mich, ob ich es nicht einfach einmal ausprobieren sollte ...« Er starrte Andrej noch einen Moment lang mit gespieltem Zorn an, dann seufzte er, ließ seinen Blick lange und sehr aufmerksam über das mit Leichen übersäte Deck des Schiffes gleiten und sah schließlich zum Mast hinauf.

»Du hattest Recht, Hexenmeister«, sagte er.

»Womit?«

»Mit dem Segel. Es wird nicht funktionieren.«

Andrej konnte sich nicht erinnern, etwas in dieser Art gesagt zu haben, aber er konnte dem Nubier auch nicht widersprechen. Das jämmerliche Etwas, von dem Abu Dun behauptet hatte, es wäre ein *Segel*, begann sich bereits wieder in seine Einzelteile aufzulösen. Es würde tatsächlich nicht funktionieren.

»So ganz nebenbei«, fuhr Abu Dun versonnen fort. »Wir sinken.«

Auch das hatte Andrej schon bemerkt. Die *Schwarze Gischt* lag tiefer im Wasser als noch vor dem entscheidenden Kampf. Nicht sehr, aber sie lag tiefer.

»Glaubst du, wir schaffen es bis dorthin?«, fragte er mit einer Kopfbewegung auf den weißen Schemen am Horizont.

»Sicher«, antwortete Abu Dun. »Nur nicht mit diesem Schiff.«

Andrej starrte ihn an, und Abu Dun drehte sich mit einem Seufzen herum und machte eine Kopfbewegung auf die Treppe, die zur Kabine hinunterführte. »Ich habe noch ein paar Nägel übrig gelassen«, sagte er. »Dein Gott war doch der Sohn eines Zimmermanns, oder?«

»So ... ungefähr«, antwortete Andrej misstrauisch. »Warum?«

»Na ja, dann kannst du mir ja auch sicher helfen, ein Floß zu bauen«, antwortete der Nubier fröhlich.

Gefangen im Geisterhaus

Am Ende hatte sie die *Schwarze Gischt* doch noch fast bis an die Küste gebracht. Andrej und Abu Dun – vor allem aber der Nubier – hatten bis zum Schluss ihr Bestes gegeben, aber all ihre Mühen hätten nichts genutzt, hätte nicht das Schiff selbst bis zum allerletzten Atemzug gekämpft, einem sterbenden Schlachtross gleich, das seinen Herrn noch im Todesringen in Sicherheit zu bringen versucht. Die Kogge war rings um sie herum buchstäblich in Stücke gebrochen, während die Küste quälend langsam näher gekommen war. Wie ein böser Spuk verschwand sie immer wieder in der tosenden See, um dann erneut daraus emporzutauchen, nur zu oft scheinbar weiter entfernt als zuvor.

Genutzt hatte es nichts. Das tapfere Schiff hatte allen Widrigkeiten, trotz allem, was sie ihm zugemutet hatten, bis zum allerletzten Moment getrotzt, doch schließlich war sein geschundener Rumpf von den Reißzähnen der tückischen Klippen, die hundert Meter von der Küste entfernt unter der Wasseroberfläche lauerten, aufgeschlitzt und zerfetzt worden. Das Floß, von dem Abu Dun gesprochen hatte, hatten sie nicht bauen können, und so hatten sie diese hundert Meter (die Andrej wie hundert *Meilen* vorgekommen waren) schwimmend zurücklegen müssen; Andrej wusste nicht mehr, wie. Es spielte auch keine Rolle. Sie waren am Leben, und das allein zählte.

Wie lange noch, das wusste Andrej nicht. Der Himmel über ihnen war grau, eine einheitliche, konturlose Fläche, in der es keine Wolken gab, aber auch keine Sonne, keinen Mond und keine Sterne. Er wusste nicht, ob es Tag oder Nacht war, oder irgendetwas dazwischen.

Andrej war niemals abergläubisch gewesen, und er hatte trotz – oder vielleicht gerade wegen – seines langen Lebens und all der unheimlichen, sonderbaren Dinge, die er gesehen und erlebt hatte, niemals an Übernatürliches oder gar Geister und Spuk geglaubt.

Vielleicht war ja heute der Tag, an dem sich das ändern sollte.

Selbst Andrejs Zeitgefühl, das normalerweise präziser und zuverlässiger war als jede Messmethode, hatte ihn im Stich gelassen. Vor zwei oder drei Tagen – vielleicht auch vor zwei oder drei Ewigkeiten, wer wusste das noch zu sagen? – waren sie losgesegelt, zwei einsame Männer an Bord eines kaum noch seetüchtigen Schiffes. Dessen schreckliche Fracht hatte aus einer Ladung toter Krieger bestanden, und sie hatten versprochen, die Leichen nach Hause zu bringen. Zuerst waren sie in nördliche Richtung gesegelt, dann, nachdem der Sturm über sie hergefallen war und zuerst den Tag, dann die gesamte Welt rings umher ausgelöscht hatte, geradewegs hinein ins Nirgendwo. Und schließlich, am Ende einer Reise, die so bizarr und grauenvoll gewesen war, dass Andrej das Erlebte bis jetzt nicht begreifbar schien, war die Küste am Horizont vor ihnen aufgetaucht. Vielleicht war dies das Ende der Welt, vielleicht aber auch etwas, was noch hinter dem Ende lag und nicht für Menschen bestimmt war.

Andrej versuchte, den unheimlichen Gedanken abzuschütteln und schlang den nassen Mantel enger um seine Schultern. Das Gefühl lähmender Kälte, das seinen Körper längst durchdrungen hatte und jede Kraft aus ihm herauszusaugen versuchte, wurde dadurch noch schlimmer, doch er versuchte nicht, dagegen anzukämpfen, sondern konzentrierte sich ganz auf den beißenden Schmerz, der in seinen Gelenken und seinen Muskeln wütete. Schon vor unendlich langer Zeit hatte er gelernt, dass körperlicher Schmerz das kleinere Übel war, wenn man die Wahl zwischen ihm und den eigenen Dämonen hatte.

Diesmal half es nicht. Statt ihn abzulenken, unterstrich der Schmerz die erschreckende Unwirklichkeit des Anblicks, der sich ihnen bot.

Andrej hatte gedacht, es könne nicht schlimmer kommen, nach der Hölle auf See, dem verzweifelten Wettrennen gegen die Zeit, das sie am Ende doch verloren hatten, und dem anschließenden kräftezehrenden Kampf gegen die Brandung, die sie schließlich achtlos auf einem Strand abgeladen hatte, der nicht aus weißem Sand, sondern aus eisenhartem Eis mit rasiermesserscharfen Graten und Kanten bestand. Doch es konnte immer noch schlimmer kommen. Das, was er sah, ließ ihn erstarren, so abrupt, als hätte ihn eine unsichtbare Hand gegriffen und festgehalten.

So stand er nun da, zitternd und mit den Zähnen klappernd, und wickelte sich immer enger in einen Mantel, der ihn nicht wärmte, sondern ihm noch das allerletzte bisschen Wärme nahm.

Er starrte auf die weiße zerklüftete Landschaft, die sich scheinbar endlos vor ihnen erstreckte. Der Anblick war bizarr, fremdartig und *falsch*.

Der Sturm, der das sterbende Schiff mit seiner Riesenfaust gepackt und mit aller Gewalt gegen die Riffe geschleudert hatte, war hier immer noch fühlbar, obgleich die Felsen die Küste wie eine natürliche, unsichtbar unter Wasser lauernde Wehrmauer abschotteten. Er war nicht mehr so kraftvoll wie in dem schrecklichen Moment, in dem sie aus dem eisigen Wasser auf den Grund gekrochen waren, den sie für Land gehalten hatten, aber doch immer noch verheerend genug. Die eisigen Klippen und Wände lenkten seine Gewalt in heulende Böen um, rissen sie in unzählige einzelne Wirbel und ließen winzige glitzernde Gespenster aus tanzendem Eis und Schneestaub über die Ebene hüpfen, die sich vor ihnen ausbreitete – bis hin zum Horizont.

»Habe ich schon erwähnt, dass es ein Fehler war, hierherzukommen, Pirat?«, murmelte er mit einer Stimme, die ebenso brüchig und kalt war wie das Eis, auf dem sie standen.

Abu Dun antwortete, doch Andrej nahm ihn nicht wahr. Er beschattete die Augen mit der Hand und suchte vergeblich nach einem Wort, einem passenden Begriff oder auch nur nach einem *Gefühl*, um das zu beschreiben, was sich ihnen hinter Schleiern aus aufgewirbeltem Pulverschnee offenbarte. Es waren Gebilde aus Eis und erstarrter Luft, die wie die gesplitterten Überreste eines gläsernen Waldes aus der gewellten Landschaft wuchsen, manche so klein, dass er sie eher erahnte als wirklich sah, andere größer als der nubische Hüne, mit dem es ihn hier an den Rand der Welt verschlagen hatte.

Was er sah, verwirrte seine Sinne. Er erkannte keine Regel, kein Muster, nach dem die unheimlichen Eisgebilde angeordnet waren, kein Gesetz, dem sie gehorchten. Nicht einmal das Licht hatte wirklich Bestand, sondern flackerte, kroch hierhin und dorthin, als wäre alles in ständiger Bewegung – eine Welt auf der Flucht vor sich selbst.

Wenn er einmal glaubte, eine vertraute Form zu erkennen, eine Linie, an die er sich klammern, ein Bild, das er erkennen konnte, dann musste er, wenn er den Blick in eine andere Richtung wandte, doch schnell einsehen, dass er sich geirrt hatte. Als wäre diese Welt zu keinem anderen Zweck geschaffen worden als zu dem, seine Sinne zu narren.

Eine weitere eiskalte Böe traf Andrej und ließ ihn schaudern. Seine Kleider klebten nass und schwer an seinem Körper, schutzlos den peitschenden Hieben des Windes ausgesetzt, der mit einem Mal noch heftiger als zuvor Fetzen weißer Wolken aus Schnee und Eis heranwirbelte. Winzigen, scharfen Zähnen gleich bissen sich feine Eisnadeln in sein ungeschütztes Gesicht, so hartnäckig, ungestüm und wütend, als wollten sie ihn davon abhalten, den glitzernden Eiswald näher in Augenschein zu nehmen. Sie gehörten nicht hierher. Niemand gehört hierher, dachte er, kein Mensch, nicht einmal Menschen wie wir.

Abu Duns schwere, auf dem Schnee knirschende Schritte rissen ihn aus seinen unguten Gedanken, wofür ihm Andrej im Stillen dankbar war. »Was, beim Barte des Propheten, ist das hier?«, murmelte der Nubier.

Andrej warf ihm einen schrägen Blick zu. Beim Barte des Propheten? Das war neu. Normalerweise war ein einfaches »Bei Allah!« der stärkste Ausdruck von Überraschung, den sich der Nubier gestattete. Er zuckte mit den Schultern.

»Eine Insel?«, schlug er vor.

Abu Dun schenkte ihm einen bösen Blick, der allerdings durch die Tatsache, dass sein Gesicht eisverkrustet war und seine schwarzen Augenbrauen zu staubig weißen Büscheln gefroren waren, viel von seiner beabsichtigten Wirkung einbüßte. »Eine Insel, auf der wir irgendeinen schiffbaren Untersatz finden?«, fragte er. Der riesige Nubier hielt neben Andrej an und schlug ihm so kräftig mit der flachen Hand auf die Schulter, dass er stöhnend in die Knie ging.

Sein Körper war so ausgekühlt, dass selbst dieser freundschaftliche Klaps schmerzte. »Aber vielleicht hast du ja eine brillante Idee, wie wir von dieser gastlichen Insel wieder herunterkommen – ohne Schiff?«

»Hm«, machte Andrej, während er seine schmerzende Schulter massierte. Entgegen seiner Gewohnheit antwortete er nicht mit einer bissigen Bemerkung oder einem Scherz, sondern ließ erst eine ganze Weile verstreichen, bevor er murmelte: »Ich verlasse mich da ganz auf dein Urteil. Schließlich bist du ein Pirat – und nicht ich.«

»*Fluss*pirat«, verbesserte ihn Abu Dun. »Und ich sehe hier keinen Fluss. Gib mir einen, und ich bringe uns hier raus, keine Frage.« Er winkte ab, als Andrej antworten wollte. »Außerdem ist das hundertfünfzig Jahre her – oder waren es zweihundert?« Er trat an Andrej vorbei und beschattete nun gleich ihm die Augen mit der Hand. »Was ist das da? Dort oben? Das sieht aus wie …«

»Wie was?«, fragte Andrej alarmiert, als der nubische Riese nicht weitersprach.

»Ich weiß nicht«, brummte Abu Dun, nachdem er etliche schwere Atemzüge lang aus zusammengekniffenen Augen in dieselbe Richtung gestarrt hatte. Andrej konnte dort rein gar nichts außer wirbelndem Eis und tanzenden Gespenstern ausmachen. »Eigentlich bist du ja für derartige Fragen zuständig, Hexenmeister.«

Andrej zuckte gegen seinen Willen leicht zusammen. Abu Dun nannte in bei jeder passenden – oder auch unpassenden – Gelegenheit *Hexenmeister*, so, wie er sich umgekehrt keine Gelegenheit entgehen ließ, den nubischen Riesen als *Piraten* zu titulierten. Beides stimmte, und beides war unendlich weit von der Wahrheit entfernt. Eine harmlose Frotzelei, die seit langem zwischen ihnen zu einem lieb gewordenen Zeremoniell geworden war. Hier und jetzt aber, an diesem besonderen Ort, bekamen die Worte eine Bedeutung, die er ihnen nicht zugestehen wollte.

Statt darauf einzugehen, neigte er den Kopf und murmelte: »Ich fürchte, uns bleibt keine andere Wahl als uns diese ... *Gebilde* näher anzusehen.«

Als Abu Dun ihn fragend ansah, begriff Andrej, dass seine Worte nicht verstanden worden waren. Seine Lippen waren taub vor Kälte, und seine Stimme versickerte in der eiskalten Luft. Ihm wurde klar, dass er seine Kräfte sammeln musste, wollte er nicht Gefahr laufen, den Kampf gegen die Kälte und die mit ihr einhergehende Lähmung zu verlieren. Es gab nicht vieles, was Abu Dun und ihm wirklich gefährlich werden konnte, aber Kälte gehörte ganz eindeutig dazu.

»Aber da *war* etwas«, beharrte der Nubier mit der Stimme eines nörgeligen Kindes. »Ich habe etwas gesehen.«

»Ja, ich auch«, knurrte Andrej. »Sogar mehr, als mir lieb ist.« Er zuckte mit den Schultern und machte eine deutende Geste in das weiße Schneegestöber hinein, die er sofort bereute, musste er doch die Hand unter dem schützenden Mantel hervorstrecken, der dem Wind offensichtlich doch mehr Einhalt gebot, als ihm bewusst gewesen war. Seine Finger schienen zu Eis zu erstarren, kaum, dass er sie den Reißzähnen des Sturmes ausgesetzt hatte. »Vielleicht ist es doch besser, wenn ich das Kommando übernehme ... da es doch hier keinen Fluss gibt.«

»Wie Ihr befehlt, Sahib«, antwortete Abu Dun geflissentlich. »Ich bin ja nur ein armer, dummer Mohr, und ...«

»Du bist nicht arm«, unterbrach ihn Andrej. »Und wir werden hier noch festfrieren, wenn wir weiter herumstehen und Maulaffen feil halten.« Er versuchte, sein steifes Gesicht zu einer Grimasse zu verziehen, die Abu Dun als entschuldigendes Lächeln deuten konnte – wenn er es denn wollte. »Wir sollten sehen, dass wir weiterkommen.«

»Oh ja«, erwiderte Abu Dun in übertrieben freudigem Tonfall. »Und wenn Ihr mir verzeiht, Sahib, dass es eine unwürdige Kreatur, wie ich eine bin, wagt, einen bescheidenen Wunsch zu äußern, dann würde ich gerne meine Füße an einem prasselnden Feuer in einem behaglichen Gasthaus wärmen.« Sein Blick wurde schmal, seine Stimme sanft. »Und wenn Ihr es einem unwürdigen Kretin wie mir verzeiht, dass er geboren wurde und auf der gleichen Erde wandelt wie Ihr und sie mit seiner Anwesenheit besudelt, wäre ich Euch noch mehr verbunden, könntet Ihr dafür sorgen, dass mich keine schwindsüchtige alte Jungfer mit der Gesichtsfarbe von gebleichten Kamelknochen bedient, sondern eine ausgesuchte Schönheit, deren Hautfarbe der besten Ebenholzes gleicht, und deren Körper nach Rosen und kostbaren Essenzen duftet. Wäre es Euch vielleicht möglich, dies mit Euren Hexenkräften zu bewirken?«

Andrej seufzte leise. »Ich fürchte, ich habe mein Zauberbuch vergessen«, gab er zurück und machte eine herrische Geste, um dann seine Hand wieder unter dem schützenden Mantel verschwinden zu lassen. Es nutzte nichts. Die Kälte fand dennoch ihren Weg. Wenn Abu Dun in einer Verfassung wie dieser war, war es sinnlos, vernünftig mit ihm reden zu wollen.

Abu Dun war aber auch nicht in der Stimmung, einfach aufzugeben. »Also«, fuhr er fort. »In welche Richtung wird mich mein Herr und Gebieter nun führen, falls er sich in seiner Großmut so weit herablässt, mein unwürdiges Leben zu retten?«

Andrej wandte nun doch den Kopf und sah Abu Dun an – genauer gesagt, er sah zu ihm hoch. Der Nubier war mindestens einen Kopf größer als er, obwohl auch Andrej alles andere als kleinwüchsig war. Dabei war er massig, sodass er schon durch seine pure Anwesenheit so manchen Feind in die Flucht geschlagen hatte. Sein tiefschwarzes Gesicht, das so gar nicht arabisch wirkte, sondern wie das eines Europäers, war ausdruckslos, was im Moment noch von den glitzernden Eiskristallen auf seiner Haut unterstützt wurde. Zu seinen Füßen entstanden zwei allmählich größer werdende Pfützen aus gefrorenem, wieder tauendem und erneut gefrierendem Salzwasser. »Ich meine es ernst, Abu Dun«, sagte Andrej. »Du solltest dich selbst sehen.«

Abu Dun maß ihn mit einem schrägen Blick, in dem aber auch ein gehöriger Anteil Sorge mitschwang. »Das ist nicht nötig, Andrej«, sagte er, plötzlich überhaupt nicht mehr spöttisch, sondern erschrocken. »Ich sehe *dich*.«

Eine weitere Antwort erschien Andrej mit einem Mal zu mühsam und anstrengend. Er schüttelte nur den Kopf, sah noch einmal lange, konzentriert und so vergebens wie das erste Mal in die Richtung, in die Abu Dun gerade gedeutet hatte. Sein erneuter Seufzer hörte sich an wie ein kleiner Schrei, der auf dem Weg aus seiner Kehle gefroren war. »Also dann«, murmelte er, »lass uns sehen, ob wir irgendwo dein ... *Gasthaus* finden.«

Der Tag nahm kein Ende. Sie waren durch endlose Wüsten aus Eis marschiert, hatten Orkanböen getrotzt und Messerebenen aus erstarrter Kälte überwunden, hatten himmelhohe Festungswälle aus schimmerndem Eis überstiegen und sich durch Wälder aus nadelspitzen Eisdornen getastet, die Gesichter hinter dem steif gefrorenen Stoff ihrer Mäntel verborgen und die Lungen voller brennender Kälte, jeder Schritt eine größere Qual als der vorherige.

Der Himmel über ihnen war unverändert.

Andrej wusste nicht, wie lange sie schon unterwegs waren. Stunden, die ihm wie Ewigkeiten vorgekommen waren, hatte er doch bei jedem Schritt das Gefühl gehabt, es wäre der letzte, zu dem er seine in Flammen stehenden Muskeln zwingen konnte, und dieser verdammte Himmel hing noch immer so grau und konturlos und unbeteiligt über ihnen wie im allerersten Moment. Andrej hatte es auch aufgegeben, den Blick zu heben und nach einer Sonne zu suchen, die nicht da war. Er wollte die Gewissheit nicht haben. Der Anblick machte ihm Angst.

»Ich glaube, ich kann nicht mehr«, sagte Abu Dun neben ihm … Seine Stimme klang dumpf und rau, fast tonlos, und Andrej brauchte nicht in sein Gesicht zu sehen, um zu wissen, dass der Nubier mehr als nur ein bisschen erschöpft war. Er versuchte sich zu erinnern, wann er das letzte Mal ein solches Eingeständnis aus dem Mund des afrikanischen Riesen gehört hatte, aber er kam zu keinem Ergebnis. Vielleicht nie.

»Ich auch nicht«, antwortete er mit einer Offenheit, die ihn selbst überraschte. »Du musst mich nur darum bitten, und wir machen eine Pause.« Er versuchte zu lächeln, um Abu Dun klarzumachen, wie seine Worte wirklich gemeint waren, doch seine Physiognomie versagte ihm den Dienst. Die Kälte hatte längst sein Gesicht erstarren lassen; seine Muskeln waren ungefähr so geschmeidig wie das Eis, über das sie seit Stunden marschierten.

Dennoch erfüllten seine Worte den gewünschten Zweck. Abu Dun starrte ihn so finster an, wie es sein ebenfalls erstarrtes Gesicht nur zuließ, sagte aber nichts mehr, sondern schürzte nur trotzig die Lippen (sie waren so spröde vor Kälte, dass sie aufplatzten und zu bluten begannen) und stampfte so schnell weiter, dass Andrej plötzlich Mühe hatte, nicht zurückzufallen.

Allerdings beeilte er sich auch nicht über die Maßen, zu ihm aufzuholen. Er musste mit seinen Kräften haushalten, und es bestand kaum die Gefahr, dass er den Anschluss an Abu Dun verlor. Vor ihnen lag nichts als eine sacht ansteigende Ebene aus schimmerndem Eis, die irgendwo auf halbem Wege zum Horizont in einen messerscharf gezogenen Grat mündete, und über die glitzernde Windhosen tanzten, um die beiden unwillkommenen Eindringlinge zu verspotten. Er glaubte kaum, dass der Nubier ihm davonlaufen würde.

Er tat es auch nicht, sondern wurde im Gegenteil schon bald wieder langsamer, sodass Andrej ihn einholte, lange bevor sie den Grat erreichten und erschöpft stehen blieben. Andrej war fast sicher, dass das ein Fehler war; sie waren mittlerweile beide in einem Zustand, in dem der Moment abzusehen war, in dem einer von ihnen (wahrscheinlich er, wie er sich mit emotionsloser Sachlichkeit eingestand) stehen bleiben und dann einfach nicht mehr weitergehen würde.

Und wohin auch?

Andrej hätte vor Enttäuschung aufgestöhnt, wäre es ihm nicht viel zu anstrengend erschienen, als er neben Abu Dun stehen blieb und mühsam die Hand hob, um sich Schnee und halb gefrorene Tränen aus den Augen zu wischen. Es wurde ihm erst im Nachhinein klar, doch die waagerechte Linie, hinter der sich der Horizont verborgen hatte, hatte ihm Hoffnung auf das gegeben, was sich dahinter verbergen mochte, aber dort war ... nichts.

Vor ihnen lag nichts anderes als das, was sie hinter sich gelassen hatten: Eine schier unendliche Ebene aus erstarrtem Weiß, übersät von bizarren Skulpturen und zyklopischen Findlingen, die man tatsächlich für Felsen hätte halten können – hätten sie nicht das Licht der nicht vorhandenen Sonne hindurchgelassen und dabei zu Millionen winziger Regenbögen zersprengt. Aber es gab auch gewaltige Abgründe mit zerschundenen Rändern, aus denen weißer Dunst emporstieg. Irgendwo, unendlich weit entfernt, türmten sich gewaltige Berge vor dem Horizont. Vielleicht war das aber auch nur ein weiterer böser Streich, den ihm seine schläfrigen Sinne spielten.

»Und wo ist jetzt dein Gasthaus?«, fragte er erschöpft.

»Ich *habe* etwas gesehen«, beharrte Abu Dun leise, aber in einem Ton, der klang, als wolle er noch eine ganze Menge mehr zu diesem Thema sagen. Schließlich beließ er es aber bei einem stummen Kopfschütteln und drehte sich schwerfällig wieder in die Richtung, aus der sie gekommen waren.

Andrej erschrak, als ihm die einschüchternde Größe der eisigen Einöde bewusst wurde, die sie umgab, und er zugleich sah, wie erbärmlich kurz die Strecke war, die sie bisher zurückgelegt hatten. Der Anblick hinter ihnen unterschied sich nicht von dem auf der anderen Seite; allenfalls dadurch, dass dort ein Ozean die eisigen Einöden begrenzte, nicht die Gipfel eines Gebirges, das nur deshalb nicht von Eis und Schnee gekrönt war, weil es zur Gänze aus Eis und Schnee bestand.

»Vielleicht sind wir tot«, murmelte Abu Dun, »und das hier ist die Hölle.«

»Dazu ist es zu kalt«, antwortete Andrej. »Außerdem bist du hier.«

Abu Dun rang sich zu einem halb gefrorenen Lächeln durch. »Willst du damit sagen, dass du nicht glaubst, dass ich in die Hölle komme?«

»Das musst du schon mit deinem eigenen Gott ausmachen«, erwiderte Andrej. »Falls es so etwas wie Gott und eine Hölle gibt, dann werde ich mich ganz bestimmt dort wiederfinden. Aber nicht einmal der Teufel kann so grausam sein, mich dort auch auf dich treffen zu lassen.«

»Bei allem, was du Gutes in deinem Leben getan hast?«, fragte Abu Dun spöttisch.

»Eine Untat, die so schlimm wäre, um auf diese Weise bestraft zu werden«, antwortete Andrej, »würde mich wohl zum größten Konkurrenten des Teufels machen. Und nähme er jemanden in sein Reich auf, der ihm vielleicht den Rang abläuft?« Er wartete vergeblich auf eine Antwort des Nubiers und fügte nach einem Moment hinzu: »Außer dir, versteht sich.«

Er bekam auch darauf keine Antwort. Dies war so ungewöhnlich, dass er seine letzten Kräfte zusammennahm, um sich zu Abu Dun umzudrehen. Dann wurde ihm klar, warum der Nubier ihm nicht widersprochen hatte.

Abu Dun war verschwunden.

Wo er gerade noch gestanden hatte, nicht einmal eine Handbreit von Andrej entfernt, gähnte nun ein mehr als ein Meter messendes kreisrundes Loch mit so perfekten Rändern im Boden, als wäre es von Menschenhand gestanzt. Andrej starrte das unglaubliche Bild eine geschlagene Sekunde an, weil sein Kopf nicht begreifen wollte, was seine Augen sahen. Dann prallte er zurück, mit hoffnungsloser Verspätung, dafür umso heftiger, und drehte sich mit einem halblauten Keuchen einmal um seine eigene Achse. Als ob er nicht genau wüsste, dass der Nubier verschwunden war und sich nicht etwa heimlich hinter ihn geschlichen hatte, um ihm einen kindischen Streich zu spielen!

Erst dann gestattete sich Andrej, zu begreifen, was er sah – oder genauer gesagt: *nicht* sah. Abu Dun war verschwunden, einfach verschluckt von einer tückischen Lücke im Eis, die sich ohne Vorwarnung unter ihm aufgetan hatte.

Wenn es denn eine Eisspalte war ...

Andrej fühlte Panik in sich aufsteigen. Und einen noch vagen, ungläubigen Schmerz über den Verlust seines Freundes. Das eine kämpfte er nieder, das andere gestattete er sich – noch – nicht. Hastig ließ er sich auf Hände und Knie sinken, kroch behutsam bis an den Rand des Lochs und erwartete, dass das Eis nun auch unter seinem Gewicht nachgeben würde. Doch nichts geschah. Ganz im Gegenteil fühlte sich der Boden so massiv wie Fels an.

Überhaupt war an diesem Loch etwas nicht so, wie es sein sollte.

Andrej hatte von solcherlei Dingen gehört, auch wenn er es noch nie mit eigenen Augen gesehen hatte: Tückische Fallgruben aus Eis, die sich nur zu oft unter einer Decke aus dünnem Schnee verbargen und darauf warteten, dass ein unvorsichtiger Wanderer seinen Fuß darauf setzte, um ihn zu verschlingen. Aber das hier war keine Eisspalte. Andrej bezweifelte, dass es überhaupt durch die Hand der Natur erschaffen worden war. Das Loch hatte einen guten Meter Durchmesser und war so perfekt rund, als hätte ein begnadeter Handwerker all sein Geschick aufgewandt, um an ihm sein Meisterstück zu vollbringen. Und noch etwas wurde ihm klar: Abu Dun war ohne jeden Laut verschwunden. Er hatte keinen Schrei ausgestoßen, kein überraschtes Keuchen, ja, Andrej war plötzlich sicher, nicht einmal das Geräusch gehört zu haben, mit dem Eis und Schnee unter seinem Gewicht nachgegeben haben mussten. Irgendetwas ... Unheimliches ging hier vor.

Andrej schüttelte den Gedanken ab. Möglicherweise hatte Abu Dun ja Recht gehabt, und sie waren tot in der Hölle, und das hier war nichts als der Auftakt zu einer Qual, die bis in alle Ewigkeit dauern würde. Doch wenn es so war, nutzte es nichts, sich den Kopf darüber zu zerbrechen. Andrej prüfte noch einmal, so gut es eben ging, die Festigkeit des Untergrundes, dann schob er sich behutsam weit genug vor, um in die Tiefe blicken zu können.

Der Schacht setzte sich unter ihm auf den ersten vielleicht drei oder vier Metern senkrecht fort, bis sich seine Wände ganz allmählich nach links neigten und schließlich aus seinem Blickfeld verschwanden. Ein leichter Dunst stieg aus der Tiefe empor, berührte sacht wie schwebender Altweibersommer sein Gesicht, feucht und sonderbarerweise *warm*.

»Abu Dun?«, rief Andrej. Die wattigen Schneemassen ringsum sogen seine Worte auf, und aus der Tiefe kam keine Antwort, nicht einmal ein Echo. Andrej zögerte, lauschte, versuchte es noch einmal und noch einmal, immer ein bisschen lauter, bis er schließlich aus Leibeskräften schrie. Doch nichts geschah. Es blieb ihm nur noch eine Wahl.

»Verdammter Pirat«, brummte er, während er sich mühsam am Rande des unheimlichen Schachtes aufrichtete und mit steif gefrorenen Fingern versuchte, seinen Mantel zu öffnen. Der bretthart gewordene Stoff knisterte, als wolle er zerbrechen, und als Andrej den Dolch aus dem Gürtel zog, durchfuhr ihn stechender Schmerz. Um ein Haar hätte er die Waffe fallen gelassen. Er blies einige Male in seine rechte Hand und bewegte prüfend die Finger, doch das Ergebnis war nicht ermutigend. Selbst sein Atem schien kälter zu sein als die Luft um ihn herum.

Andrej überlegte einen Moment, dann rollte er sich vorsichtig zur Seite und hielt die Hand in den grauen Nebel, der aus der Tiefe des Schachtes emporstieg. Er hatte sich nicht getäuscht. Es war kein Dunst, sondern Dampf, und er war warm. Als er die Hand zurückzog, glänzte sie feucht, als hätte er einen durchsichtigen nassen Handschuh übergezogen. Der Tau begann augenblicklich auf seiner Haut zu gefrieren, doch Andrej schöpfte neue Hoffnung. Er rief – ohne große Hoffnung – noch einmal Abu Duns Namen, suchte sich dann einen sicheren Halt dicht am Rand des Schachtes und streckte den rechten Arm aus, um die Hand in die Dampfschwaden zu halten. Er verharrte lange, und als das Leben allmählich wieder in seine abgestorbenen Glieder zurückkroch, schmerzte es so sehr, dass ihm Tränen in die Augen schossen. Doch er biss die Zähne zusammen, und was sein Wille allein nicht vollbracht hätte, schaffte sein Körper, der zehnmal so stark war wie der eines normalen Menschen und ungleich zäher. Irgendwann war er so weit, dass er die Finger der rechten Hand wieder bewegen und ein paar Mal prüfend zur Faust ballen konnte. Andrej hätte die Prozedur gerne mit der linken Hand wiederholt, doch ihm war klar, dass er, würde er beide Hände in den heißen Dunst halten, das Gleichgewicht verlieren und kopfüber hinter Abu Dun herstürzen würde. Die rechte Hand musste eben reichen.

Andrej griff nach dem Dolch, den er neben sich in den Schnee gelegt hatte, stützte sich mit beiden Händen am Rand des Schachtes ab und ließ seine Füße behutsam in die Tiefe gleiten. Instinktiv versuchte er, Halt an den spiegelglatten Wänden zu finden, war aber nicht überrascht, als es ihm nicht gelang. Gerade, als er den Punkt erreicht hatte, an dem seine Kräfte zu versagen drohten, rammte er den Dolch mit aller Gewalt in die Wand. Die Klinge drang mühelos in die halb durchsichtige Wand ein. Damit hatte er selbst nicht gerechnet, wusste er doch, dass Eis hart wie Stahl sein konnte. Doch als er sein improvisiertes Steigeisen vorsichtig mit dem ganzen Körpergewicht belastete, gab es nicht im Mindesten nach. Mutiger geworden, ließ sich Andrej weiter nach unten gleiten, stemmte beide Füße gegen die Wand vor sich und den Rücken gegen die hinter sich, um sich auf diese Weise Halt zu verschaffen wie ein Bergsteiger, der durch einen Kamin klettert. Auch das gelang ihm besser, als er zu hoffen gewagt hatte, und Andrej wurde noch mutiger. Er zog den Dolch heraus. Auf der Stelle verlor er jeglichen Halt.

Mit einem gellenden Schrei stürzte er in die Tiefe.

Er fiel nur wenige Meter, bevor er die Krümmung des Schachtes erreichte und die eisige Wand seinen Sturz abzubremsen begann. Andrej schrie vor Entsetzen und Überraschung. Die Neigung des Schachtes nahm allmählich ab und mit ihm die Geschwindigkeit seines Sturzes, der schon bald zu einer rasenden Schlitterpartie wurde und sich irgendwann doch verlangsamte. Die winzige Münze aus grauem Tageslicht war längst über ihm verschwunden, aber es wurde dennoch nicht dunkel, denn aus den Wänden des Schachtes sickerte ein mattgraues Licht, das nicht schwächer wurde, während er weiter nach unten schlitterte. Andrej schrie seine Angst weiter hinaus.

Immer verzweifelter griff er um sich, doch es gelang ihm nicht, seine rasende Schussfahrt abzubremsen. Die Eiswände des Schachtes glichen einer Kinderrutsche, auf die ein boshafter Spielkamerad Seifenlauge gekippt hatte.

Das Ende seiner Schussfahrt kam ebenso überraschend wie ihr Beginn. Mit einem Mal war um ihn herum Leere. Andrej zog instinktiv die Beine an den Körper, als er einen Schatten vor sich aufwachsen sah und einen überraschten Schrei hörte.

Immerhin war die Landung fast perfekt; jedenfalls *wäre* sie es gewesen, hätten seine Füße nicht den Nubier genau vor die Brust getroffen, ihn herum- und in die Höhe gerissen und ihn dann mit solcher Wucht gegen die Wand geschmettert, dass er mit einem erstickten Ächzen zusammensackte. Auch Andrej fiel und prallte schwer auf einen Boden auf, der aus demselben harten Eis bestand wie der Schacht ... und auch ebenso glatt war. Hilflos schlitterte er davon, bis eine weitere Wand aus Eis seiner Rutschpartie ein abruptes Ende setzte.

Eine geraume Weile blieb er benommen liegen und wartete darauf, dass sein Schädel aufhörte, zu dröhnen wie eine angeschlagene Glocke.

»Nicht wieder schlagen, Sahib!«, drang Abu Duns Stimme wie von weit her an sein Ohr. Sie hatte einen unheimlichen Klang, verzerrt und mehrfach gebrochen, als spräche er vom Grunde eines unendlich tiefen Schachtes zu ihm. Mühsam öffnete Andrej die Augen, setzte sich auf und schüttelte ein paar Mal den

Kopf, um die Benommenheit endgültig loszuwerden. Er lauschte in sich hinein und stellte überrascht fest, dass er sich nicht ernsthaft verletzt, ja, nicht einmal wirklich wehgetan hatte, sah man davon ab, dass ihm so schlecht war, als hätte er einen ganzen Tag auf einem Jahrmarktskarussell verbracht, das von einem Dutzend durchgehender Pferde gezogen wurde. Außerdem stimmte etwas mit seinen Augen nicht. Sehen konnte er, aber alles schimmerte in einem unwirklichen Grün.

»Dass du mich schlägst, daran habe ich mich ja schon gewöhnt«, fuhr Abu Dun irgendwo hinter ihm fort. Auch mit seinem Gehör schien etwas nicht in Ordnung zu sein, denn die Worte des Nubiers wurden von einem sonderbaren plätschernden Laut untermalt, den er sich nicht erklären konnte. »Aber wenn du jetzt auch noch anfängst, mich zu treten, muss ich vielleicht doch einmal ernsthaft über die Basis unserer Freundschaft nachdenken, Hexenmeister.«

»Nenn mich nicht so«, murmelte Andrej automatisch, stemmte sich höher und drehte sich zu dem Nubier um.

Im nächsten Augenblick hielt er verblüfft inne. Abu Dun kniete in einigen Schritten Entfernung am Boden und schöpfte Wasser aus einer halbrunden Pfütze, von der Dampf in dichten Schwaden aufstieg. Erst jetzt fiel Andrej auf, wie warm es in der Höhle war. Und auch seinen Augen konnte er offensichtlich immer noch trauen. Das unwirkliche Licht, das von allen Seiten zu kommen schien und die Eishöhle schattenlos erfüllte, war tatsächlich grün; ein blasser, türkisfarbener Schimmer, der aus den Wänden und der Decke drang.

»Und dabei wollte ich dich gerade zu einem gemütlichen Dampfbad einladen«, fuhr Abu Dun fort, bleckte die Zähne zu einem strahlend weißen Pferdegrinsen und schöpfte sich zwei weitere Hände voll Wasser ins Gesicht. Allein bei diesem Anblick lief Andrej wieder ein eisiger Schauer über den Rücken. Abu Duns Gesicht glänzte vor Nässe, aber der Panzer aus Eiskristallen war verschwunden, und auch der Schnee, der sich in seinen Augenbrauen verfangen hatte, war nicht mehr da. Die grauen Schwaden, die Andrej im ersten Moment für seinen eigenen Atem gehalten hatte, waren *Dampf*.

»Was zum Teufel ist das?«, fragte er verstört.

»Das weiß ich nicht«, antwortete Abu Dun, badete erneut sein Gesicht im warmen Wasser und fügte prustend hinzu: »Aber es ist mir auch egal. Wenn das hier die Hölle ist, soll es mir Recht sein.«

Andrej war nicht sicher, ob diese letzte Bemerkung wirklich klug gewesen war. Seit sie das verfluchte Schiff und vor allem das verfluchte Stück Land hinter dem Ende der Welt betreten hatten, hatte er ernsthaft angefangen, über seine Einstellung zu Göttern, Geistern und Dämonen nachzudenken. Aber verstehen konnte er den Nubier.

Er stand endgültig auf, ging zu Abu Dun und kniete neben ihm nieder. Der Nubier machte eine einladende Geste zu der warmen Quelle hin, und als Andrej zögerte, seinem Beispiel zu folgen, bespritzte er ihn lachend mit Wasser. Mehr war nicht nötig. Andrej ließ sich nach vorne sinken, tauchte die Hände fast bis zu den Ellbogen in die warme Quelle und schloss die Augen. Irgendein ... *sonderbarer* Laut drang an sein Gehör, aber er achtete nicht darauf. Das Gefühl köstlicher Wärme, die seine Hände und Unterarme umhüllte, durchdrang ihn ganz und gar. Es vermochte die Kälte nicht gänzlich zu vertreiben; nach endlosen Stunden, die sie durch den Sturm und über Eis und Schnee gestolpert waren, war sie einfach zu tief in seinen Körper gekrochen. Doch er hatte das Gefühl, niemals etwas Köstlicheres gespürt zu haben. Erst nach einer kleinen Ewigkeit richtete er sich wieder auf und betupfte sich zuerst behutsam das Gesicht mit dem warmen Nass, ehe er endgültig dem Beispiel des Nubiers folgte.

Abu Dun bespritzte ihn erneut, diesmal nicht mit wenigen Tropfen, sondern dem ganzen Schwall, den seine gewaltigen Pranken schöpfen konnten, und Andrej starrte ihn einen Atemzug lang verärgert an. Dann aber lachte er und revanchierte sich auf die gleiche Weise, und eine kurze Weile tollten sie herum wie Kinder, bespritzten sich gegenseitig mit dem dampfenden, heißen Wasser und hätten vermutlich am Ende versucht, den anderen ganz in die Quelle zu stoßen und unterzutauchen, wären sie nicht beide viel zu erschöpft gewesen. So ließen sie sich schließlich lachend zurücksinken.

»Und wie geht es jetzt weiter?«, fragte Andrej nach

einer Weile. Er lag auf dem Rücken und starrte die Decke hoch über ihren Köpfen an. Ein einzelner Wassertropfen fiel ihm ins Gesicht und ließ ihn blinzeln. Er war eiskalt.

»Wenigstens werden wir nicht erfrieren«, antwortete Abu Dun, »und das ist im Moment alles, was mich interessiert.«

Andrej setzte sich auf und tauchte die rechte Hand erneut ins Wasser, das ihm jetzt schon nicht mehr annähernd so warm vorkam wie gerade noch. »Oder verdursten«, fügte er hinzu. Er trank einen Schluck, zog eine Grimasse und musste sich beherrschen, um es nicht sofort angeekelt auszuspucken.

»Was ich dir noch sagen wollte«, kicherte Abu Dun neben ihm. »Das Wasser schmeckt scheußlich. Aber Allah sei Dank kann man uns ja nicht vergiften.«

Andrej wollte gerade antworten, als er abermals ein Geräusch vernahm, das nicht hierher zu gehören schien. Er fuhr hoch. Alarmiert sah er sich um, erkannte jedoch nichts, was seine Beunruhigung erklären konnte. Zumindest nichts, das beunruhigender gewesen wäre als der Anblick, den die Höhle ohnehin schon bot. Aber er wusste, das musste nichts bedeuten. Das unwirkliche grüne Licht verwirrte seine Sinne. Und vielleicht nicht nur sie …

»Was hast du?«, fragte Abu Dun. Auch er setzte sich auf und es hörte sich an wie ein kleines Erdbeben.

»Nichts«, antwortete Andrej zögernd. »Ich dachte, ich hätte etwas gehört, aber …« Er zuckte mit den

Schultern, stand auf und drehte sich langsam, um sich zum ersten Mal wirklich aufmerksam in der Höhle umzusehen. Er hatte erwartet, dass seine Augen sich an das seltsame grüne Licht gewöhnen würden, doch das Gegenteil war der Fall: Er erkannte weiterhin nicht viel mehr als Schemen in allen nur denkbaren Grüntönen (und in ein paar Schattierungen, die er sich bisher nicht einmal hatte *vorstellen* können). Aber jetzt sah er doch, dass die Höhle wesentlich größer war, als er bisher angenommen hatte. Die heiße Quelle, die Abu Dun gefunden hatte, war nicht die einzige ihrer Art, und der überall aufsteigende Dampf tat ein Übriges, um seine Sinne zu narren.

»Erstaunlich«, murmelte Abu Dun hinter ihm.

Andrej blinzelte ein paar Mal, aber das Bild vor seinen Augen wollte nicht klarer werden. »Was?«, fragte er.

Abu Dun langte nach oben und klopfte mit den Fingerknöcheln gegen etwas, was sonderbarerweise nach Holz klang. Andrejs Blick folgte der Bewegung, und die undeutlichen Umrisse von etwas Knorrigem, Gewundenem schälten sich aus dem Eis; wie unzählige Schlangen, die in der grünen Kälte erstarrt waren.

»Das ist Wurzelwerk«, sagte Abu Dun. »Kein Zweifel!«

Andrej hätte ihm gern widersprochen, doch Abu Dun hatte Recht – es waren Wurzeln, die Lebensadern mächtiger Bäume, die sich in die Erde gegraben hatten. *Warum erschreckte ihn dieser Gedanke so?*

»Unheimlich«, kleidete er seine Gefühle in Worte.

»Was ist daran unheimlich?«, wollte Abu Dun wissen. »Schließlich sind wir irgendwo tief unter der Erde.«

»In einer Höhle, unter dem *Eis*«, verbesserte ihn Andrej. »Und das sind Baumwurzeln.« Er sah Abu Dun demonstrativ fragend an. Irgendetwas polterte hinter ihnen in der grünlichen Dämmerung, aber Andrej ließ sich nicht ablenken, sondern machte eine Handbewegung, die dem Weg der Wurzelschlangen nach oben folgte. »Vielleicht gibt es in diesem sonderbaren Land ja Bäume, die im Eis wachsen, aber ich habe dort oben keine gesehen.«

Abu Dun wirkte im ersten Moment verärgert; als nähme er es Andrej übel, ihm seine Entdeckung zerredet zu haben. »Wer weiß, wie lange es her ist, dass hier etwas gewachsen ist«, brummte er schließlich mürrisch und hörbar selbst wenig überzeugt von seiner Erklärung.

Da Andrej spürte, dass die Stimmung des Nubiers abermals umzuschlagen drohte, ging er vorsichtshalber nicht weiter auf das Thema ein. Er selbst traute seinen Gedanken ebenso wenig und hatte Angst vor den Wegen, die sie, einmal von der Leine gelassen, beschreiten könnten. Daher drehte er sich um und versuchte noch einmal, die Höhle mit Blicken zu erkunden. Ohne Erfolg. Einen Moment lang blieb sein Blick an der Öffnung des Schachts hängen, durch die Abu Dun und er gefallen waren, und ihm lief ein kalter Schauer über den Rücken. Auch dieses Ende des Schachts war vollkommen rund und perfekt. Es gehörte wahrlich nicht viel Fantasie dazu, sich vorzustellen, wie sich etwas geduldig und mahlend durch das Eis gefressen und diesen Gang erschaffen hatte, etwas Riesiges, mit Schuppen und Zähnen und glühenden Augen.

Hastig schüttelte Andrej auch diesen Gedanken ab, hob die Hand, um in den im grünen Schatten verborgenen Teil der Höhle zu deuten. Er wollte gerade den Vorschlag machen, dorthin zu gehen, als er das Poltern und Schleifen, das er schon früher wahrgenommen hatte, wieder hörte.

Aber diesmal war es deutlicher. *Zu* deutlich, um es nicht zu hören.

Neben ihm fuhr auch Abu Dun leicht zusammen. Er hatte es ebenfalls wahrgenommen.

Sie waren nicht allein. Die Geräusche, die zu erkennen er sich bisher mit Erfolg geweigert hatte, waren nun eindeutig.

Es waren Schritte. Und sie hielten direkt auf sie zu.

»Bleib, wo du bist!«, zischte Abu Dun.

Andrej hatte spontan die Hand auf den Schwertgriff gelegt. Der war so kalt, dass er sich fragte, ob es ihm im Zweifelsfall überhaupt gelingen würde, die Waffe zu ziehen, oder ob sie nicht vielmehr in ihrer Scheide festgefroren war. Jetzt nickte er schweigend und sah zu, wie Abu Dun mit wenigen eleganten Schritten im hinteren Teil der Höhle verschwand und dabei mit den Schatten zu verschmelzen schien. In Gedanken zählte er bis fünf, dann wandte er sich betont langsam abermals dem unheimlichen Gewirr aus ineinander verschlungenen Adern und Schatten in der milchigen Wand aus Eis zu. Dabei gab er sich alle Mühe, einem heimlichen Beobachter gegenüber den Eindruck zu erwecken, seine ganze Aufmerksamkeit gelte den erstarrten Wurzelschlangen und dem Geheimnis, das sich hinter ihnen verbergen mochte. Abu Dun hatte beschlossen, dass Andrej heute den Lockvogel spielen sollte, und vermutlich hatte er recht damit. Eine Überrachung war umso unangenehmer, je stärker derjenige war, der im Hinterhalt lag. Andrej war zwar zehnmal stärker als jeder andere Mann und hundertmal schwerer umzubringen. Doch der Nubier hatte die gleiche, unheimliche Verwandlung erfahren wie Andrej und war schon vorher dreimal (mindestens) so stark wie er gewesen. So war das ursprüngliche Verhältnis gewahrt geblieben. Andrej lauschte. Er hörte ein Huschen und Trippeln, das jetzt deutlicher aus der grünen Dämmerung an sein Ohr drang. Es war nicht das Geräusch von Tieren, das wusste er. Zugleich aber hörte es sich nicht an, als käme hier an diesem unwirklichen Ort ein Mensch aus Fleisch und Blut auf sie zu.

Dann sah er etwas. Obwohl er den hinteren Teil der Höhle und damit dem Ursprung der Geräusche den Rücken zuwandte, flackerte ein Schatten über das grüne Eis vor seinen Augen; kaum mehr als ein Huschen, die bloße Ahnung von Bewegung, von etwas, was in dem grünen Schimmer Gestalt annehmen wollte, aber sofort wieder auseinandertrieb. Andrej drehte sich nun doch um, kniff die Augen zusammen und versuchte das diffuse grüne Halbdunkel zu durchdringen, doch was immer sich in den Schatten verbarg entzog sich immer wieder aufs Neue auf gespenstische Weise seinem Blick.

Ihm wurde noch unbehaglicher zumute. Seine Hand schloss sich fester um den Griff des Schwertes, doch er zog die Waffe immer noch nicht. Aus dem kaum wahrnehmbaren Huschen wurden Wirbel, in der türkisfarbenen Dämmerung tanzende Schatten, flüchtig und kaum greifbar.

Andrej ließ die Hand auf dem Schwertgriff liegen, lehnte sich nun aber mit Schultern und Hinterkopf gegen die eisige Wand und schloss die Augen bis auf einen haarfeinen Spalt. Wer immer ihn beobachtete, musste annehmen, dass er sich entspannte und gegen den Schlaf kämpfte.

Zu dem Trippeln gesellten sich nun andere Geräusche, ein Rascheln da, ein leises Klirren dort. Die Höhle füllte sich mit Wispern und Raunen und Zischeln, das sich kaum von dem entfernten Plätschern der Wassertropfen unterschied. Nichtsdestotrotz konnte sein Ohr die Laute jetzt so deutlich ausmachen, dass sein Herz schneller zu pochen begann. Seine Fantasie gaukelte ihm vor, Gestalten stürzten sich aus den Schatten auf ihn, mit erhobenen Schwertern, Knüppeln und Äxten zum Zuschlagen bereit und mit wilder Entschlossenheit in den zu tierischen Fratzen verzerrten Gesichtern. Sein Blick flackerte unter halb geschlossenen Lidern hin und her, versuchte vergeblich, das wogende Grün mit Blicken zu halten, eine vertraute Form zu erkennen. Doch so sehr er sich auch konzentrierte, es gelang ihm nicht.

Plötzlich war er da, ein kleiner, schwächlicher Schatten, grau und fahl. Nicht grün, wie alles andere hier, und auch nicht dort, wo er ihn erwartet hätte, sondern näher, kaum mehr als zwei Manneslängen von ihm entfernt. Andrej fuhr so heftig zusammen, dass sein noch immer steifgefrorener Mantel knisterte, riss das Schwert aus dem Gürtel und wirbelte herum.

Dennoch nicht schnell genug, denn in diesem Moment war Abu Dun schon herangesprungen und schwang seinen gewaltigen Krummsäbel.

»Nicht!«, kreischte eine helle, sonderbar dünne Stimme.

Abu Dun stoppte seine Bewegung im letzten Augenblick. Die Schneide seines gewaltigen Säbels verharrte zitternd eine Handbreit über ihrem Ziel, dann schwenkte der Nubier die riesige Klinge herum und rammte sie mit einer wuchtigen, wütenden Bewegung in den Gürtel zurück.

»Verdammt!«, schrie er. »Bist du lebensmüde, Bengel?«

Auch Andrej hatte Mühe, seine Überraschung zu verbergen. Was da lautlos aus den Schatten vor ihnen ... *erschienen* war, war kein mythisches Ungeheuer, kein Drache, sondern ein Junge, höchstens neun oder zehn Jahre alt. Der kleine, in schäbige Fetzen gekleidete Kerl zitterte am ganzen Leib – vor Schreck, nicht vor

Kälte. Andrej ahnte, dass dem Jungen die Temperaturen nichts ausmachten. Der blickte zu dem Nubier hoch, eine Maus, die von der Katze in die Enge getrieben worden war, und die wusste, das es keinen Ausweg mehr gab.

»Bitte«, stammelte er. »Bitte tötet mich nicht, Herr!« Seine Stimme war ängstlich.

»Wenn du nicht umgebracht werden willst, solltest du dich nicht an Fremde heranschleichen«, maulte Abu Dun.

Andrej sah ihm seinen Schrecken deutlich an. Um ein Haar hätte er ein Kind umgebracht. Schließlich aber schüttelte er den Kopf und zwang sich zu einer Grimasse, die niemand außer ihm selbst für ein Lächeln halten konnte. Und noch nicht einmal er selbst konnte glauben, dass diese Fratze das angsterfüllte Kind beruhigen konnte. »Warum sollte ich dich umbringen? Wer bist du überhaupt, und was machst du hier?«

»Vielleicht ...«, stammelte der Junge, wobei er den zweiten Teil von Abu Duns Frage geflissentlich überhörte, »vielleicht ... weil Ihr zu *ihnen* gehört ...«

»Ach?«, grollte der Nubier. Seine Hände zitterten noch immer. »Und wer sind *die,* zu denen wir deiner Meinung nach gehören?«

Der Junge warf einen unsicheren Blick zu Andrej hoch, als wolle er seine Hilfe gegen den schwarzen Riesen erflehen. Dann aber fuhr er ein weiteres Mal zusammen, als er in dessen Augen offensichtlich nicht das las, was er sich erhofft hatte, und Andrej wurde schuldbewusst klar, dass er immer noch seine Waffe drohend auf das Kind richtete. Hastig senkte er das Schwert.

»Es waren …«, der Junge zögerte, »Männer hier.« Er wandte sich wieder an den Nubier. »Große Männer. Sie haben irgendetwas gesucht. Sie hatten Waffen, wie Ihr.«

»Nun, wir suchen auch etwas.« Abu Dun trat einen raschen Schritt zurück und deutete misstrauisch in die Richtung, aus der der Junge zwar nicht gekommen war, aber eigentlich hätte kommen müssen. Was er dort sah, schien ihm nicht zu gefallen. Es konnte ihm nicht gefallen, dachte Andrej, denn das Wogen und Huschen hatte nicht aufgehört, sondern eher noch an Intensität zugenommen.

Er räusperte sich, um die Aufmerksamkeit des Knaben auf sich zu lenken, und tatsächlich huschte der Blick des Jungen für einen Moment über sein Gesicht, saugte sich dann aber an seiner rechten Hand fest, die das Schwert zwar weggesteckt hatte, den Griff aber noch immer fest umklammert hielt. Hastig zog er sie zurück. »Wie ist dein Name, Junge?«, fragte er.

»Lif«, antwortete der Knabe. »Mein Name ist Lif.«

»Lif, gut.« Andrej nickte. »Ich bin Andrej, und das da ist Abu Dun. Wir sind Schiffbrüchige. Unser Boot ist auf die Riffe gelaufen und dicht vor der Küste untergegangen. Wir brauchen Hilfe. Wo sind deine Eltern?«

»Oh.« Das Gesicht des Jungen hellte sich für einen Moment auf. »Dann … dann gehört Ihr nicht zu … zu *ihnen*?«

Erneut fiel Andrej auf, auf welch sonderbare Weise der Junge dieses Wort betonte, aber er schüttelte den Gedanken ab. Es war nur ein Kind. »Nein«, sagte er. »Keine Sorge. Wir haben nicht vor, dir etwas zuleide zu tun. Oder sonst jemandem.«

Der Junge wirkte nun ehrlich erleichtert, warf aber trotzdem einen weiteren unsicheren Blick zu Abu Duns schwarzem Gesicht hinauf, bevor er antwortete. »Ich kann Euch zu unserem Haus bringen«, sagte er. »Aber nur, wenn Ihr versprecht, auch wirklich niemandem etwas zu tun.«

Andrej verstand die Sorge nur zu gut, die sich hinter dieser naiven Forderung verbarg. Dennoch fiel es ihm für einen Moment schwer, nicht die Geduld zu verlieren. Er hatte nicht Übel Lust, den Knirps einfach zu packen und so lange zu schütteln, bis er endlich mit der Sprache herausrückte. Sah er denn nicht, dass Abu Dun und er gar nicht in der Verfassung waren, irgendjemandem *zu schaden*? Ganz im Gegenteil – sie waren froh, wenn ihnen niemand etwas tat.

Er beherrschte sich aber, rang sich ein – wie er hoffte – beruhigendes Lächeln ab und sagte: »Du hast mein Wort, Lif. Wir suchen nur einen warmen Platz.«

»Und vielleicht etwas zu essen«, fügte Abu Dun hinzu.

»Dann kommt«, sagte der Junge. Er drehte sich um und winkte aufgeregt mit beiden Händen. »Ich bringe Euch zu unserem Haus.« Unverzüglich machte er einen Schritt, blieb aber sofort wieder stehen, als sich weder Andrej noch Abu Dun rührten, sondern nur einen erstaunten Blick miteinander tauschten.

»Worauf wartet Ihr?«

»Dort?« Abu Dun deutete in das unheimliche grüne Wogen der anderen Seite der Höhle hinein. Man musste nicht Gedanken lesen können, um zu erkennen, wie wenig ihm die Vorstellung behagte, dort hineinzugehen.

Der Junge nickte jedoch nachdrücklich und wirkte jetzt sogar ein bisschen ungeduldig. »Kommt mit!«, forderte er sie erneut auf. »Unser Haus wird Euch gefangen. Es ist nicht weit.«

Gefallen, dachte Andrej. Ganz sicher hatte sich der Junge nur versprochen und *gefallen* gemeint.

Abu Dun rührte sich immer noch nicht, sondern warf einen sehnsüchtigen Blick über die Schulter zum Ende des Schachtes hin, der Andrej und ihn hierhergeführt hatte. Der Junge schien zu verstehen, was er meinte.

»Ihr könnt nicht nach oben«, sagte er. Bewundernd fügte er hinzu: »Ihr kommt von dort?«

Andrej nickte, und der Junge versuchte nun, seinen Worten in einem hoffnungslos übertrieben ernsten Tonfall, den er vermutlich von einem Erwachsenen aufgeschnappt hatte und nun nachzuäffen versuchte, Nachdruck zu verleihen: »Dann habt ihr großes Glück, noch am Leben zu sein.«

»Warum?«, fragte Andrej.

»Weil es nicht der Wille der Götter ist, dass Menschen dort oben leben«, antwortete der Junge, und obwohl er es in dem gleichen, albern klingenden Ton tat, jagten die Worte Andrej wieder einen kalten Schauer über den Rücken. Abu Dun schwieg, doch Andrej sah ihm an, dass auch der sonst so unerschrockene Riese sich unbehaglich fühlte.

»Ihr lebt hier?«, vergewisserte er sich. »Unter der Erde?«

»Die Götter haben uns diesen Ort geschenkt«, bestätigte Lif. »Es gibt hier alles, was wir brauchen. Wasser, Essen und Quellen, deren Wasser so heiß ist, dass sie Euch verbrühen würden, wolltet Ihr Euch daran erwärmen.«

Abu Dun wirkte weder überzeugt noch erleichtert; plötzlich las Andrej den Ausdruck neu erwachenden Misstrauens auf seinem Gesicht. »Wie kommt es, dass du unsere Sprache so gut sprichst?«, wollte Abu Dun wissen.

Der unkindliche Ernst verschwand schlagartig vom Gesicht des Jungen und machte wieder Schrecken und mühsam unterdrückter Furcht Platz, als hätte er Angst, geschlagen zu werden. »Die ... die dunklen Männer«, stammelte er. »Die, von denen ... von denen ich Euch erzählt habe.«

»Ja?«, fragte Andrej, als der Junge nicht weitersprach, sondern sich auf die Unterlippe biss und beide Hände zu Fäusten ballte, als koste es ihn all seine Kraft, die Tränen zurückzuhalten.

»Sie ... sie haben mich und meine Schwester ...« Er brach ab, als seine Stimme endgültig versagte. Sein Blick flackerte, und seine Augen schimmerten nass.

Seltsam – Andrej spürte, dass seine Tränen echt waren, und dennoch wollte es ihm einfach nicht gelingen, seinen Worten zu glauben.

»Was?«, knurrte Abu Dun. »Was haben sie mit dir und deiner Schwester gemacht, Junge?«

»Nichts Schlimmes«, versicherte Lif hastig, aber in einem Tonfall, der das genaue Gegenteil besagte. »Ihr ... Ihr könnt euch selbst überzeugen«, fuhr er fort. Er tat einen tiefen, keuchenden Atemzug, der ihm nicht half, seine Angst zu besiegen, denn obwohl seine Stimme sicherer klang, war sein Blick weiter furchtsam. Sein Körper straffte sich. »Ich bringe euch zu unserm Haus. Zum Haus meiner Sippe.«

»Deiner Sippe?«, vergewisserte sich Abu Dun und tauschte einen weiteren beunruhigten Blick mit Andrej.

»Ja«, bestätigte der Junge. Stolz blitzte in seinen Augen auf, erlosch aber sofort wieder. »Ihr werdet sehen, es ist das größte Haus, das es je gegeben hat, seitdem der erste Mensch die Reise über das große Meer gewagt und seinen Fuß auf diese Insel gesetzt hat.«

Was immer das bedeuten mochte, dachte Andrej. Aber er sprach es nicht aus.

Das unheimliche grüne Licht schien Abu Dun und den Jungen aufzusaugen, während sie vor ihm hergingen. Andrej folgte ihnen in größer werdendem Abstand. Er fühlte sich immer unwohler, je weiter sie vordrangen, und verlangsamte, ohne es selbst zu merken, seinen Schritt. Die Umgebung ... machte ihm Angst, und ihm schien, als hörte er plötzlich noch einmal Abu Duns Worte: *Vielleicht sind wir ja tot, und das hier ist die Hölle.* Natürlich glaubte Andrej das nicht wirklich; er *wollte* es nicht glauben. Aber mit diesem Jungen stimmte etwas nicht, und dasselbe galt für den unheimlichen Eisdom, der sie umgab. Die Höhle war keine Höhle im eigentlichen Sinne, sondern der Eingang zu einem gewaltigen, tief unter der Erde gelegenen Labyrinth aus Eis. Die Wände flohen regelrecht vor ihnen; sie wichen zurück, je näher sie ihnen kamen, um sich dann wieder hinter ihnen zusammenzuziehen, als wollten sie die Besucher verschlingen. Es kam Andrej vor, als folgten sie dem Jungen in das weit aufgerissene Maul eines Drachen.

Und das war noch nicht alles. Die flüchtigen Schatten, die Andrej bereits zuvor so erschreckt hatten, umtanzten sie immer noch. Wann immer Andrej versuchte, einen von ihnen mit seinem Blick einzufangen, löste er sich wie ein flüchtiger Spuk auf, nur um unmittelbar darauf in grünen Wirbeln neu zu entstehen. Er erwartete jeden Moment, dass sich die tanzenden grünen Gespenster zu einer Gestalt verdichteten, die ihn angreifen würde.

Aber nichts dergleichen geschah. Stattdessen begann das Schattengewirr aus Wurzelwerk in den Wänden dünner zu werden und verschwand schließlich ganz. Dafür gewahrte er jetzt andere, formlose Gestalten, die das Eis für ewig eingeschlossen hatte. Etwas in ihm weigerte sich, sie genauer zu betrachten.

Und doch musste er ab und zu hinsehen, fast gegen seinen Willen. Hinter den grauen Schlieren in Eis verbargen sich Formen, die sich seinem Blick auf dieselbe unheimliche Weise zu entziehen versuchten, wie die tanzenden Schemen zuvor. Waren das ... Körper? Eine Hand, nach einem Halt ausgestreckt, den sie niemals erreichen würde? Ein Krieger, erstarrt in einer Bewegung, die er vor tausend Jahren begonnen hatte? Andrej hatte plötzlich das Gefühl, über einen Friedhof zu schreiten oder sich im Inneren eines gewaltigen, eisigen Grabes zu befinden.

Er riss seinen Blick fast gewaltsam von den beklemmenden Schemen im Eis los und ging ein wenig schneller, um zu Abu Dun und dem Jungen aufzuschließen. Die beiden waren mittlerweile weit genug von ihm entfernt, um zu bloßen Schatten geworden zu sein, die manchmal mit dem grünen Wogen zu verschmelzen schienen, und er befürchtete, den Anschluss zu verlieren.

Die Anzahl der dampfenden Quellen nahm ab, je tiefer sie in das Eislabyrinth vordrangen, und es wurde kälter. Andrej schritt noch rascher aus, stolperte und konnte gerade noch einen hastigen Schritt machen, um nicht zu stürzen.

Verwirrt blieb er stehen, senkte den Blick und runzelte überrascht die Stirn. Der Boden, über den er schritt, bestand nach wie vor aus Eis, war aber nun von unzähligen dünnen, ineinander gedrehten und gewundenen Ranken übersät. In seinem ersten Schrecken kamen sie ihm vor wie heimtückische Tentakel, große Nester voller glitzernder, sich windender Würmer, die nach ihm zu greifen schienen. Doch als er genauer hinsah, entdeckte er nichts anderes als dünne, gewundene Stränge aus Wurzelwerk, die sich zu einem knorrigen Teppich verbanden. Mehr als einmal blieb er mit der Stiefelspitze an einem der Stränge hängen und geriet abermals ins Stolpern.

Irgendwann – endlich – wurde es vor ihnen heller. Gelbliche Lichtfinger stahlen sich durch das Grün, und von weiter oben drang ein sanfter Schimmer auf sie herab, gebrochen und abgeschwächt, aber so ungewohnt … normal wirkend, dass Andrej vor Erleichterung beinahe laut aufgelacht hätte.

Der Junge und Abu Dun wurden langsamer, dann bogen sie auf einen Pfad ein, der ein Stück weiter in die Tiefe führte. Trotzdem wurde das Licht vor ihnen heller. Andrej beeilte sich aufzuschließen. Die Helligkeit nahm nun rasch zu, sodass es ihm leichter fiel, den Stolperfallen der Wurzeln und Ranken auszuweichen.

»Das ist es!« Der Junge blieb stehen und drehte sich zu Andrej um. Er winkte ihm aufgeregt zu. »Das Haus! Dort könnt ihr euch ausruhen!«

Andrej war mit zwei schnellen Schritten bei seinem Freund und ihrem kleinen Führer. Ihm entfuhr ein Ausruf des Erstaunens.

Nachdem das Licht heller geworden war – und vor allem nach den Worten des Jungen – hatte Andrej angenommen, dass sie nun das Ende der Eishöhle erreicht hatten und wieder ins Tageslicht hinaustreten würden. Doch das Gegenteil war der Fall: Sie kamen lediglich in eine weitere Eishöhle, wenngleich in eine, deren schiere Größe ihm im ersten Moment den Atem verschlug.

»Da vorne ist unser Haus! Seht ihr? Genau, wie ich es euch gesagt habe!« Lif deutete, heftig mit beiden Armen gestikulierend, nach vorne, und Andrej riss sich mit einiger Mühe von dem unglaublichen Anblick los und sah in die angegebene Richtung. Tatsächlich, der Junge hatte Recht. Das Dach des Hauses war nur als schwarzer, schwerer Schatten zu erkennen, der auf mächtigen Wänden ruhte. Aber er sah auch Fensteröffnungen, erkannte ein Geländer, das eine schwere und erstaunlich breite Holztreppe einrahmte, die irgendwo unter ihnen in der Dunkelheit endete. Es war ein Haus unter der Erde – ein sehr *großes Haus!* – so bizarr Andrej der Gedanke auch vorkam.

»Lif!«

Ein heller, dünner Schrei schallte vom Haus zu ihnen herüber. Aber Andrej und Abu Dun zuckten zusammen, als hörten sie das Signal für einen Angriff. Auch der Junge duckte sich, dann jedoch fuhr er herum und begann auf das Haus zuzuhetzen.

»Liftrasil!«, schrie er. »Wo bist du? Bleib da! Ich habe Gäste mitgebracht.«

»Gäste«, knurrte Abu Dun. »Nun ja, das ist vielleicht nicht ganz der richtige Ausdruck.«

Ehe Andrej ihn fragen konnte, was er damit meinte, eilte er Lif auch schon hinterher. Seine Schritte polterten laut und sonderbar hart auf dem abschüssigen Boden. Andrej folgte ihm, wenn auch deutlich langsamer. Er war noch immer verwundert von dem, was er sah. Die Höhle war nicht einfach nur eine weitere Höhle – sie war gigantisch, eine ungeheuerliche unterirdische Schlucht von einer Breite von vielleicht hundert Manneslängen und einer Länge, die er nicht einmal zu schätzen vermochte, mit Wänden, die steil in die Höhe strebten, als hätte ein leibhaftiger Gott eine Axt von der Größe eines Landes gehoben und die Welt damit gespalten. Der Himmel aus Eis befand sich mehr als hundert Meter über ihren Köpfen, und das Grün, das auch hier die vorherrschende Farbe war, kam nicht allein aus den Wänden. Auch hier war der Boden von einem dichten Pflanzenteppich bedeckt, und in einiger Entfernung wuchsen sogar Bäume, zwischen denen sich der Lauf eines dampfenden Baches schlängelte, gespeist vermutlich von einem der zahllosen Geysire, von denen Lif gesprochen hatte.

Das Bild war unheimlich und faszinierend zugleich, und doch spürte Andrej noch mehr: Das Gefühl, geradewegs in eine Falle zu laufen, verdichtete sich nun zur Gewissheit. Es war ganz offensichtlich, das hier etwas nicht stimmte.

Lif machte sich nun keine Mühe mehr, sich zu ihnen umzudrehen oder ihnen etwas zuzurufen. Er eilte hastig die Treppenstufen empor, strauchelte, fing sich dann wieder, und hielt auf den Eingang zu, aus dem, wie auch aus den Fenstern, warmes gelbes Licht fiel. Abu Dun war ihm jetzt so dicht auf den Fersen, dass sein Schatten den Jungen einholte und wie eine riesige fingerlose Hand nach ihm zu greifen schien.

Andrej beschleunigte seine Schritte, aber er war trotzdem nicht schnell genug, denn der Junge hatte die Tür bereits erreicht, stieß sie auf und verschwand im Inneren des Hauses, dicht gefolgt von Abu Dun. Andrej hörte einen spitzen Schrei, dann einen dumpfen Laut, der von Abu Dun stammte, und danach ein Poltern und Scheppern, als bräche hinter der Tür ein ganzes Gebirge zusammen.

Vielleicht war es auch nur Abu Dun.

Andrej zog noch im Laufen sein Schwert. Die Treppenstufen waren erstaunlich hoch, trotzdem nahm er immer gleich zwei auf einmal. Die Kampfgeräusche aus dem Haus wurden lauter, und er glaubte jetzt auch Schreie zu hören. Mit einem Satz rammte Andrej die Tür auf. Sie prallte mit einem dumpfen Laut gegen etwas Weiches, das einen keuchenden Schmerzenslaut hören ließ. Andrej achtete nicht darauf, sondern sprang durch die halb geöffnete Tür und stolperte noch zwei, drei Schritte weiter in den Raum hinein, bevor er begriff, dass das sich ihm bietende Bild nicht das war, was er erwartet hatte. Es war nicht Abu Dun, auf den er hinabsah, und auch die Angreifer fehlten, von denen er sicher gewesen war, einige mit zerschmetterten Knochen am Boden liegen zu sehen. Stattdessen starrte er auf jemanden, mit dem er nicht gerechnet hatte.

Es war ein Mädchen, das in der Mitte des Raumes stand und ihn aus weit aufgerissenen Augen anstarrte. Ihre Erscheinung war so unwirklich, dass sie ganz unzweifelhaft in dieses sonderbare Haus passte.

Das Gewand, das sie trug, leuchtete in beißenden Grüntönen, die in den Augen schmerzten. Die gleiche Farbe spiegelte sich in ihren Augen, tanzte über ihr strähniges Haar und verschmolz mit ihrem schmalen Gesicht, sodass es für Andrej unmöglich war, ihre Gesichtszüge zu erkennen ... Er wollte einen Schritt auf sie zumachen und die Hand nach ihr ausstrecken, aber bevor er dazu kam, hörte er hinter sich ein schabendes Geräusch, dann knallte die Tür mit solcher Wucht ins Schloss, dass der Fußboden zitterte.

Mit erhobenem Schwert wirbelte er herum. Es war Abu Dun, in dessen Gesicht er starrte. Der schwarze Hüne wirkte alles andere als erfreut, ihn zu sehen. »Verdammt noch mal!«, herrschte er ihn an, während er sich den nackten Schädel rieb. »Kannst du nicht besser aufpassen?«

Andrej starrte ihn einen Moment lang verwirrt an, dann drehte er sich wieder um. Das Mädchen war verschwunden. Sie beide waren allein in einer geräumigen Eingangshalle. Zwei Truhen standen an den Wänden, und weiter hinten war ein Tisch aufgebaut, auf dem sich Dinge stapelten, die Andrej im Halbdunkel nicht erkennen konnte. An der gegenüberliegenden Wand hingen zwei gewaltige, gekreuzte Schwerter, die so schwer aussahen, als könne nicht einmal Abu Dun sie hochheben. Ansonsten war der Raum leer.

»Ich wäre dir äußerst dankbar, wenn du das nächste Mal nicht wie ein durchgedrehter Wasserbüffel hier hereinstürmen und mir die Tür gegen den Kopf knallen würdest«, sagte Abu Dun, als er neben ihn trat.

»Ich merke es mir, wenn wir das nächste Mal in ein Gespensterhaus eindringen, das in einer Eishöhle hinter dem Ende der Welt liegt, versprochen.« Andrej schüttelte argwöhnisch den Kopf. »Wo ist das Mädchen?«

»Welches Mädchen?« Abu Dun rieb sich demonstrativ über die Beule, die auf seiner Stirn wuchs, und drehte sich einmal um seine eigene Achse. »Ich sehe hier niemanden.«

»Ich auch nicht«, gab Andrej ungehalten zurück. »Deswegen frage ich ja auch. Wo ist sie?«

»Ich habe nicht die geringste Ahnung, von wem du sprichst«, sagte Abu Dun gereizt.

»Und die Männer, mit denen du dich geprügelt hast?«, setzte Andrej nach. »Hast du von denen auch keine Ahnung?«

»Ich – mich geprügelt?« Abu Dun legte seine schwere Pranke auf Andrejs Schulter und drehte ihn so mühelos zu sich herum wie ein Erwachsener, der ein Kind zwingt, ihn anzusehen. »Ich habe mich nicht geschlagen«, sagte er. »Oder siehst du hier vielleicht Tote?«

Andrej streifte seine Hand ab. »Ich habe doch ganz deutlich Kampfgeräusche gehört.«

»Kampfgeräusche?« Abu Dun wirkte jetzt ehrlich verwirrt. »Ich habe nicht die geringste Ahnung, wovon du sprichst.«

Andrej stieß scharf die Luft aus. »Wenn du jetzt auch noch behauptest, du wärst nicht Lif hinterhergerannt, du Sturkopf, dann ...«

»Natürlich bin ich das«, unterbrach ihn Abu Dun.

»Und was ist mit dem Mädchen?«

»Das Mädchen, das du gesehen haben willst?«, fragte Abu Dun. »Hat sie vielleicht etwas gesagt?«

»Nein«, brachte Andrej mit mühsam unterdrückter Wut hervor. »Sie hat nichts gesagt. Sie war es aber, die nach Lif gerufen hat. Und streng genommen weiß ich noch nicht einmal das mit Sicherheit. Aber eines weiß ich: Irgendjemand hat mit einer sehr hellen Stimme aus dieser Richtung nach uns gerufen, als wir noch auf dem Weg zum Haus waren. Erst auf diesen Ruf hin ist Lif wie ein Besessener zum Haus gelaufen – und du hinter ihm her.«

»Aha«, machte Abu Dun. Sein Gesicht wirkte wie versteinert, aber Andrej kannte ihn viel zu gut, um nicht zu wissen, dass die Gedanken hinter seiner Stirn rasten. »Und hast du sonst noch irgendetwas ... äh ... *gehört?*«

Andrej zögerte. Er hätte ihm gerne von den unheimlichen Lauten erzählt, von dem Rascheln und Raunen um sie herum, als sie auf das Haus zugegangen waren. Aber er wusste nicht, ob das eine gute Idee war. Wie es schien, hatte Abu Dun nichts von alledem vernommen.

»Also«, brummte Abu Dun. »Was ist nun?«

»Wenn ich es dir sage, wirst du mich nur für verrückt halten.«

»Das tue ich doch sowieso schon«, antwortete Abu Dun humorlos. »Also: Was hast du gehört?«

»Ich bin ... nicht ganz sicher«, begann Andrej zögernd. »Aber mir war, als hätte ich auf unserem Weg etwas ... gesehen. Etwas ... *Fremdes*.«

»Du meinst die Schatten?« Zu Andrejs Erleichterung nickte Abu Dun. »Ich habe sie auch gesehen«, fuhr er leise fort. »Was meinst du, was es damit auf sich hat?«

»Auf jeden Fall nichts Gutes.« Andrej hob unbehaglich die Schultern.

Abu Dun seufzte. »Das hat auch mich erschreckt«, brummte er.

»Wann ist mir eigentlich das letzte Mal etwas Gutes widerfahren, seit ich mit dir zusammen bin?«, seufzte Andrej.

Abu Dun tat so, als müsse er einen Moment lang angestrengt überlegen und neigte dann fragend den Kopf. »Nie?«

»Ich meine es ernst«, sagte Andrej.

Abu Duns Grinsen erlosch. »Ich auch.« Er deutete in Richtung des nächstliegenden Fensters. »Ist dir sonst nichts aufgefallen, als wir auf dieses ... Haus zugegangen sind?«

Warum betonte er das Wort so sonderbar? »Wir sind in einer Höhle«, sagte Andrej, »unter der Erde.«

Abu Dun nickte so heftig, dass sein Turban verrutschte und für einen Moment die immer größer werdende Beule auf seiner Stirn verbarg. »Genau!«, sagte er triumphierend. »Und wer hätte jemals von einem

Haus gehört, das unter der Erde gebaut ist? Aber da ist noch etwas.«

Er sah Andrej erwartungsvoll an, doch dieser konnte nur mit den Schultern zucken. An diesem sonderbaren Haus war so vieles falsch, dass es ihm unmöglich war zu erraten, was Abu Dun meinte.

Schließlich machte der Nubier eine weit ausladende Geste durch die Gänze des Raumes. »Als ich draußen war, habe ich Licht gesehen, das durch die Fenster gefallen ist. Siehst du hier eine Kerze, eine Fackel oder eine Lampe?«

Andrej sah sich überrascht um. Abu Dun hatte natürlich vollkommen Recht. Die offen stehenden Fenster und auch die Tür waren erleuchtet gewesen, und auch hier drinnen herrschte ein mildes Licht, doch genau wie vorhin in der Eishöhle schien es aus keiner bestimmten Quelle zu kommen, sondern einfach *da* zu sein.

Abu Dun nickte grimmig, sah Andrej einen Moment lang Beifall heischend an und schürzte dann enttäuscht die Lippen, als dieser nicht reagierte. Dann wandte er sich schroff um und ging zu einer der beiden Truhen, die fast die gesamte Einrichtung der großen Halle bildeten, um den Deckel aufzuklappen.

»Wenn du mich fragst«, Abu Dun war nur noch undeutlich zu verstehen, als er sich vorbeugte und den Oberkörper in der gewaltigen Truhe versenkte, »ist das hier das reinste Geisterhaus.«

Andrej setzte zu einer Antwort an, doch irgendwo in den Schatten des großen Raumes knarrte etwas, und als er überrascht herumfuhr, bemerkte er eine Tür, die sich so perfekt in das Muster der hölzernen Wände einpasste, dass er sie bisher noch nicht bemerkt hatte. Jetzt begann sie sich langsam und mit dem Knirschen uralter Scharniere zu öffnen.

Auch Abu Dun fuhr so schnell aus der Truhe hoch, dass sein Hinterkopf unsanft gegen ihren Deckel krachte. Der Krummsäbel erschien wie hingezaubert in seiner Hand. Andrej hingegen machte einen Schritt zurück, um sowohl den Eingang als auch die so plötzlich erschienene Tür im Auge zu behalten; erst dann zog auch er seine Waffe.

»Entschuldigt«, drang eine aufgeregte Stimme hinter der Tür hervor, noch bevor ihr Besitzer zu sehen war. »Ich musste noch schnell mit meiner Schwester sprechen. Seit *sie* hier waren, hat sie furchtbare Angst vor allen Fremden.«

Lif drückte die Tür ganz auf, machte einen Schritt und starrte Andrej und Abu Dun mit einer Mischung aus Staunen und neu aufkeimendem Schrecken an. »Warum ... warum habt ihr eure Schwerter gezogen? Niemand wird euch hier etwas tun!«

»Nein?«, knurrte Abu Dun. Er senkte seinen Krummsäbel ein wenig, machte aber keine Anstalten, ihn wegzustecken. »Das scheint mir auch so zu sein. Zumal niemand hier ist, der uns etwas tun könnte.« Sein Tonfall wurde lauernd. »Oder kannst du uns vielleicht verraten, wo die übrigen Mitglieder deiner ... Sippe sind – oder wohnst du vielleicht ganz allein mit deiner Schwester hier?«

»Nein, bestimmt nicht!«, versicherte Lif hastig. Der Blick des Jungen wanderte angstvoll zwischen Abu Dun und Andrej hin und her, dann aber gab er sich einen sichtbaren Ruck und trat weiter in den Raum herein. »Ihr ... ihr könnt euch ruhig ein paar Kleidungsstücke aus der Truhe nehmen«, sagte er, an Abu Dun gewandt. »Es ist genug da. Die vom dicken Ra-, äh, vom *hünenhaften* Ragon, wollte ich sagen, spannen bestimmt nicht über Eurem ...« Er suchte einen Moment nach Worten und rettete sich schließlich in ein verlegenes Lächeln, während er sich nervös mit der Zungenspitze über die Lippen fuhr. »Ich meine: Sie könnten Euch trotz Eurer stattlichen Statur passen.«

Abu Dun tat sein Bestes, um ihn noch finsterer anzustarren, während Andrej Mühe hatte, ein Grinsen zu unterdrücken. Der Junge trat an dem Nubier vorbei, um nun selbst Kopf und Schultern in der Truhe zu versenken und einen Moment lang hektisch darin herumzukramen. »Hier«, sagte er, während er einen schweren Mantel hervorzerrte und etwas, was wie eine Bärenmütze aussah. »Das müsste Euch eigentlich passen.«

Eine flüchtige Bewegung hinter der Tür lenkte Andrej ab. Es ging so schnell, dass er sich zuerst nicht sicher war: Ein grünlicher, unstet flackernder Schemen schien in den Raum hineinzuwehen und war im nächsten Moment einfach verschwunden, noch bevor Andrej reagieren oder auch nur sicher sein konnte, ihn wirklich gesehen zu haben. Dennoch bewegte er sich ein paar Schritte in die entsprechende Richtung und hob sein Schwert. Das Flackern und Wogen erschien erneut – und verdichtete sich schließlich zu einer schlanken, mädchenhaften Gestalt.

Andrej riss erschrocken die Augen auf, aber das unglaubliche Bild blieb. Vor ihm stand tatsächlich ein Mädchen. Sie war kaum größer als Lif, aber sehr viel schlanker, und sicherlich zehn Jahre älter; noch keine Frau, aber auch kein Kind mehr. Gekleidet war sie in die gleichen erbärmlichen Fetzen wie der Junge, der gerade behauptet hatte, es gäbe hier keinen Mangel an Kleidungsstücken. Das musste seine Schwester sein. Liftrasil. Die Namen – Lif und Liftrasil – brachten irgendetwas in Andrej zum Klingen, aber er wusste nicht, was es war, und der Gedanke entglitt ihm, bevor er wirklich danach greifen konnte. Auch wenn sich Andrej nicht erklären konnte warum, war er wie schon beim ersten Mal nicht in der Lage, ihre Gestalt mit den Augen zu erfassen.

Und doch war diesmal alles anders.

Das Mädchen sah direkt in seine Richtung. Er begegnete dem Blick ihrer Augen, und obwohl auch sie aus nichts anderem als geronnenem Grün zu bestehen schienen, erkannte Andrej eine Schwärze in ihnen, die sein Innerstes berührte und zu Eis erstarren ließ.

Das Mädchen hob die Hand, wie um ihm zu bedeuten, dass er still sein sollte, drehte sich um, und dann war sie so schnell wieder verschwunden, dass sich Andrej fragte, ob er nicht erneut einem Trugbild aufgesessen war.

Und dennoch. Liftrasil hatte ihn aufgefordert, sie

zu begleiten, und er musste es wohl tun, wenn er das Geheimnis dieses mysteriösen Hauses jemals lösen wollte. Da war eine leise innere Stimme, die ihm zuflüsterte, dass er dabei war, einen schrecklichen Fehler zu begehen. Dass er und Abu Dun dieses furchtbare Haus verlassen sollten, so schnell sie nur konnten – und solange sie es noch konnten. Allein bei der Erinnerung an die Schwärze, die er in Liftrasils Augen gelesen hatte, schien sich erneut etwas in ihm zu krümmen und voller Pein aufzuschreien. Aber das war nur die Stimme seiner Vernunft, und sie hatten längst jenen Teil der Wirklichkeit verlassen, in dem *Vernunft* noch Bedeutung hatte.

Er warf einen letzten Blick über die Schulter zurück zu Abu Dun, der die wuchtige Bärenmütze, die Lif ihm gegeben hatte, mit hilflosem Gesichtsausdruck in den Händen drehte und offensichtlich nicht recht wusste, was er damit anfangen sollte. Dann ging er auf die schmale Tür zu, hinter der das Mädchen verschwunden war.

Kaum war er durch die Tür getreten, da glitt sie lautlos hinter ihm zu. Es gab keinen Knall, mit dem sie ins Schloss fiel, keinen Schlag, nicht einmal ein Klicken, mit dem das Schloss einrastete. Verwirrt und vielleicht gerade durch die Lautlosigkeit alarmiert, blieb Andrej noch einmal stehen, streckte die Hand nach der Klinke aus und rüttelte. Doch sie rührte sich nicht.

»Gib dir keine Mühe.«

Andrej drehte sich abermals um, nicht schnell diesmal, sondern langsam, bedächtig, innerlich aber zugleich aufs Äußerste gespannt. Aus dem Flüstern seiner inneren Stimme war Gewissheit geworden. Es war eine Falle, und er tappte offenen Auges hinein.

Das unheimliche Mädchen stand vielleicht fünf oder sechs Schritte von ihm entfernt in einem schmalen Flur, der sich hinter ihr noch ein beträchtliches Stück fortsetzte, noch immer umtanzt von schimmerndem grünen Licht und noch immer auf irritierende Weise unkenntlich, kaum mehr als ein flüchtiger Schemen, dem es nicht gelang, vollends in die Welt zu wechseln, in der er eigentlich zu Hause war. Und doch hatte sie sich verändert. Andrej hätte nicht einmal sagen können, woran es lag, aber sie schien … *stofflicher* geworden zu sein, greifbarer, als hätte sie allein durch die Tatsache, von ihm gesehen zu werden, mehr Wahrhaftigkeit erlangt. Als ihm klar wurde, was er da dachte, hätte er beinahe laut gelacht.

»Gib dir keine Mühe«, sagte das Mädchen noch einmal. »Diese Tür lässt sich nicht öffnen. Jedenfalls nicht von dir.«

Hinter Andrejs Stirn jagten die verrücktesten Gedanken, und nicht wenige von ihnen hatten damit zu tun, dass Liftrasil ihn absichtlich in diese Falle gelockt hatte. Jeden Moment würde ihre Sippe über ihn herfallen, allen voran der dicke Ragon, von dem Lif gesprochen hatte. Dann schüttelte er den Kopf, verärgert über den Unsinn, den er dachte. So einfach würde es nicht sein.

»Also«, sagte er gedehnt, während sein Blick aufmerksam an ihr vorbeitastete und versuchte, die Schatten am Ende des unmöglich langen Ganges, der sich hinter dem Mädchen auftat, zu durchdringen. Sein Suchen blieb ergebnislos. »Was willst du von mir?«

»Ich?« Liftrasil wirkte ehrlich überrascht. »*Ich* will nichts von dir. Jedenfalls nicht jetzt. Es ist nur so, dass …« Ihre Stimme brach, und gleichzeitig ging ein sichtbares Zittern und Beben durch ihre zerbrechliche Gestalt. »Lif«, sagte sie schließlich.

»Lif?«, wiederholte Andrej. »Was ist mit ihm?«

»Lif ist ein … ein guter Bruder«, antwortete Liftrasil. »Er ist nicht böse, das musst du mir glauben. Er versucht nur zu helfen. Mir und den anderen.«

»Den anderen?«, fragte Andrej misstrauisch.

Liftrasil starrte eine Zeit lang aus ihren unheimlichen Augen auf das Schwert in seiner Hand. »Warum steckst du nicht deine Waffe ein und folgst mir? Ich kann dich an einen Ort bringen, der dich alles besser verstehen lässt.«

Andrej warf einen raschen Blick über die Schulter zurück zur Tür. Er verstand nicht, wo Abu Dun blieb. Lif konnte ihn unmöglich so lange mit seinen albernen Kleidern abgelenkt haben; und dass Andrej verschwunden war, konnte ihm ebenfalls kaum entgangen sein. Prüfend drückte er noch einmal die Klinke herunter, nur um abermals festzustellen, dass sie sich nicht bewegen ließ, ganz egal, wie sehr er es auch versuchte.

Einen Moment lang spielte er mit dem Gedanken, nach Abu Dun zu rufen, verwarf ihn aber rasch wieder. Zumindest im Augenblick fühlte er sich nicht so, als wäre er in unmittelbarer Gefahr, und er konnte sich gut vorstellen, was der Nubier sagen würde – zu Recht –, wenn Andrej nicht allein in der Lage gewesen wäre, eine Tür zu öffnen. Wahrscheinlich wird es für die nächsten fünfzig Jahre sein Lieblingsthema werden, dachte er. Er nahm die Hand von der Klinke und fuhr noch einmal prüfend mit den Fingerspitzen über die Tür. Sie sah aus und fühlte sich an wie uraltes raues Holz, aber sie war so kalt wie Eis.

Das Mädchen sah ihn einen Herzschlag lang aus Augen an, die ihm noch dunkler als zuvor erschienen; schwarzer Granit, der aus dem tiefsten Schoß der Erde stammte und nie das Licht der Sonne gesehen hatte. Ihr Blick hatte auf unheimliche Weise an Glaubwürdigkeit gewonnen. Unwirkliches grünes Licht umflackerte ihre Gestalt und tanzte über ihrem Gesicht, und es schien etwas mitzubringen, von dem er nicht wusste, was es war.

Andrej fuhr sich nervös mit dem Handrücken über das Kinn, wie um die verwirrenden Gedanken und Gefühle fortzuwischen, die plötzlich in seinem Inneren tobten. Es blieb dabei: Liftrasil erschreckte und verunsicherte ihn. Aber da war auch noch mehr.

»Komm«, sagte sie. Mehr nicht. Es war kein Befehl, und auch keine Bitte, sondern ein Drängen, dem er sich auf schwer zu fassende Weise nicht entziehen konnte, vielleicht, weil er es tief in sich nicht wollte. Mit einer

Bewegung, die elfenhaft und gespenstisch zugleich war, wandte sie sich um und begann den Flur entlangzugehen. Andrej hatte das Gefühl, dass sie den Boden dabei nicht berührte und das tanzende Licht ihr vorauseilte, aber auch dieses Phänomen vermochte er nicht mit Blicken zu fixieren.

Er folgte dem Mädchen.

Der Flur schien sich endlos hinzuziehen. Flüchtig kam Andrej in den Sinn, dass das Haus von außen betrachtet groß ausgesehen hatte, aber nicht groß genug, um einen solchen, vollkommen geraden Korridor zu beheimaten, doch auch diesen Gedanken konnte er nicht festhalten.

Dass hier irgendetwas nicht mit rechten Dingen zuging, das war ihm schon längst klar gewesen. Vielleicht war er nun auf dem Weg, endlich Antworten auf einige seiner Fragen zu bekommen.

Dann und wann kamen sie an niedrigen, allesamt geschlossenen Türen vorbei. Der Korridor beeindruckte ihn durch seine enorme Länge, war aber ansonsten vollkommen schmucklos.

Andrej versuchte ein oder zweimal, zu dem Mädchen aufzuschließen, was ihm aber sonderbarerweise nicht gelingen wollte. Ganz gleich, wie schnell oder langsam er auch ging, sie bewegte sich stets eine Winzigkeit rascher, wenn auch nicht schnell genug, um ihn ganz zurückfallen zu lassen.

Endlich wurde sie langsamer, blieb vor einer der geschlossenen Türen stehen und hob die Hand. Als das Mädchen den wuchtigen Riegel berührte, sprang die

Tür mit einem leisen Knarren auf, das sich in Andrejs Ohren nicht wie das Geräusch von Metall anhörte, sondern wie der Laut von Eis, das über Eis scharrt.

Liftrasil ließ ihm jedoch keine Zeit, sich den Kopf darüber zu zerbrechen, sondern trat einen halben Schritt zurück und machte eine einladende Geste. »Tritt ein.«

Andrej, der mittlerweile hoffnungslos verwirrt war, gehorchte, doch ein winziger Teil von ihm blieb noch auf der Hut. Als er an ihr vorüberging, schmiegte er die rechte Hand um den Schwertgriff, und ein kurzer Schatten huschte über Liftrasils Züge, als hätte sie die Bewegung nicht nur gesehen, sondern auch richtig gedeutet, und gäbe sich Mühe, ihn ihre Verletztheit nicht spüren zu lassen.

Und noch etwas Sonderbares geschah. Andrej war ihr bisher nicht wirklich nahe gekommen, und als er so dicht an ihr vorüberging, dass er die Schultern drehen musste, um sie nicht zu berühren, hatte er das Gefühl, von einem eisigen Hauch gestreift zu werden, der ihn erschauern ließ.

Der Raum, in den er nun trat, war nicht so riesig wie die große Eingangshalle, in der er Abu Dun zurückgelassen hatte, dennoch erstaunlich groß, dabei aber ebenso wie die Halle nahezu leer. Es gab einen Tisch, einen einzelnen Stuhl und ein niedriges Bett, das mit Tierfellen bedeckt und so groß war, dass auch drei oder vier Menschen bequem darauf hätten liegen können.

Auch dieser Raum war von einem unwirklichen

Lichtschein erfüllt, der aus dem Nichts zu kommen schien. Doch das Licht wirkte wärmer, sanfter, und was für das Licht galt, galt auch für die Temperaturen.

Es war spürbar wärmer hier drin, doch die Wärme stammte nicht von einem Kamin oder einem Feuer, sondern von einem kreisrunden Becken im Boden, von dem Dampf aufstieg, und das mit sprudelndem Wasser gefüllt war.

»Was tun wir hier?«, fragte Andrej, indem er sich übertrieben nach rechts und links umsah, bevor er sich wieder zu Liftrasil umdrehte. »Hier ist niemand.«

Das Mädchen (Mädchen? Er musste sich getäuscht haben. Jetzt, in dem veränderten Licht, in dem sie vor ihm stand, sah er, dass sie alles war, nur kein Mädchen, kein Kind mehr. Sie war eine Frau, eine sehr junge, aber auch unbeschreiblich schöne Frau) stand einfach da und lächelte ihn an.

Dieses Lächeln hätte ihn dahinschmelzen lassen wie eine Schneeflocke in der Sonnenglut der Wüste, wäre da nicht noch immer die unheimliche Schwärze in ihren Augen gewesen; eine Dunkelheit, die älter war als die Welt, und vielleicht mächtiger, sicher aber gnadenloser als die Götter.

»Was wollen wir hier?«, fragte Andrej noch einmal. »Spiel keine Spielchen mit mir, Kind!«

»Kind?« Liftrasil kam mit langsamen, fließenden Schritten auf ihn zu. Ihr Haar schimmerte jetzt nicht mehr grün, sondern in der Farbe von gesponnenem Gold, und Andrej gestand sich – widerwillig – ein, dass er sich abermals getäuscht hatte. Sie war keine schöne

Frau. Sie war die schönste Frau, die er jemals gesehen hatte. Ein Verlangen erwachte in ihm, das ihm in diesem Moment denkbar unpassend vorkam, gegen das er aber wehrlos war.

»Bist du wirklich der Meinung, ich wäre ein Kind, Andrej?«, fragte sie.

Andrej schwieg. Seine Kehle war plötzlich wie zugeschnürt. Etwas fegte seinen Willen und vor allem seine Vernunft beiseite. Alles, was er tun konnte, war dazustehen und sie anzustarren.

Erst, als sie Andrej fast erreicht hatte, blieb sie stehen, legte den Kopf in den Nacken, um ihm ins Gesicht sehen zu können, und fragte noch einmal: »Glaubst du wirklich, ich wäre noch ein Kind?«

Andrej antwortete auch darauf nicht, aber er kapitulierte vor sich selbst. Er hob die Hand, wollte sie ergreifen und an sich ziehen, doch sie entschlüpfte ihm mit einem Lachen, zog sich rasch zwei, drei Schritte zurück und sah ihn einen endlosen Moment lang herausfordernd an.

Als er einen Schritt auf sie zu machen wollte, machte sie eine herrische, abwehrende Geste, wandte sich um und eilte auf die heiße Quelle auf der anderen Seite des Zimmers zu.

Noch im Gehen streifte sie ihre Kleider ab, aber – war es Zufall oder Absicht? – was die schäbigen Fetzen, in die sie gehüllt gewesen war, bisher vor seinen Blicken verborgen hatten, das verschwand nun ebenso zuverlässig hinter dem grauen Dampf, der vom Wasser aufstieg. Andrejs Augen weiteten sich erschrocken, als er sah, wie sie ohne das mindeste Zögern in den kochenden Wasserkessel hineinstieg, obwohl seine Oberfläche brodelte und zischte.

»Liftrasil«, murmelte er. »Was … was tust du da? Bist du verrückt?«

»Verrückt vor Einsamkeit, vielleicht«, antwortete Liftrasil. Als mache ihr das kochende Wasser nicht das Geringste aus, ließ sie sich langsam bis zu den Schultern hineingleiten, legte den Kopf in den Nacken und tauchte dann ganz unter. Andrej hielt vor Schreck den Atem an, doch es verging nur ein Moment, bis sie wieder auftauchte. Er staunte, dass ihr goldfarbenes Haar nicht einmal nass geworden zu sein schien.

»Ich bin schon so lange allein«, sagte sie. »Mein Bruder und ich sind die letzten unserer Sippe. Es ist lange her, dass jemand wie du den Weg zu unserer Insel gefunden hat.«

Es fiel ihm immer schwerer, einen klaren Gedanken zu fassen. Obwohl er sie hinter den wirbelnden Dampfschwaden kaum erkennen konnte, war es ihm doch unmöglich, den Blick von ihrer ebenmäßigen Gestalt loszureißen, an irgendetwas anderes zu denken als an ihre Schönheit, an das Versprechen, das in ihrer sanften Stimme und dem Blick ihrer unergründlichen Augen mitschwang. Und dennoch …

»Du hast gesagt, du wolltest mich zu den anderen Mitgliedern deiner Sippe bringen«, sagte er lahm. Seine Stimme klang schleppend, selbst für seine Ohren. Er musste eine enorme Willenskraft aufbieten, um die Worte auszusprechen, und er schämte sich fast dafür.

»Und dein Bruder erzählte, es wären Männer hier gewesen.«

»Das ist wahr«, antwortete Liftrasil. Das Wasser plätscherte, als sie sich genüsslich darin räkelte, noch einmal untertauchte und mit einem einzelnen, eleganten Schwimmzug zur anderen Seite des kleinen Kessels gelangte. Hier legte sie die Hände auf dem Rand des Kessels übereinander, stützte das Kinn ab und lächelte zu ihm hoch. »Aber sie waren nicht unseretwegen hier. Sie haben etwas gesucht, und sie hatten Waffen.«

»Was haben sie gesucht?«

Liftrasil deutete ein Schulterzucken an. » Das weiß ich nicht. Sie haben es nicht gesagt«, antwortete sie. »Suchen Männer, die eine so beschwerliche Reise auf sich nehmen, nicht immer nach irgendwelchen Schätzen?«

»Und?«, fragte Andrej. »Haben sie sie gefunden?«

»Wer weiß?« Liftrasil stieg aus dem Wasserbecken. Grauer Dampf umhüllte sie wie eine kostbare, filigrane Robe aus Spinnfäden, und der Anblick war fast mehr, als Andrej ertragen konnte.

»Sie haben es uns nicht gesagt. Aber von mir haben sie jedenfalls nicht das bekommen, was sie wollten – wenn es das ist, was du wissen willst. Mein Bruder und ich konnten ihnen entkommen. Wir haben uns versteckt und abgewartet, bis sie wieder fort waren. Deshalb hat Lif euch zuerst auch gefürchtet. Er ist noch ein Kind.«

Sie machte einen einzelnen Schritt, mit dem sie aus

den Dampfschwaden heraustrat, und Andrej stockte der Atem. »Ich bin es nicht mehr, Andrej. Und jetzt sag mir: Was suchst du?«

Andrej war nicht in der Lage zu antworten. Er konnte sie nur weiter anstarren. Wie hatte er jemals glauben können, einer Erscheinung gegenüberzustehen, die nicht wirklich war? Sie war so real, wie es nur sein konnte, und von einer Schönheit, die beinahe schmerzhaft anzuschauen war.

»Ist es das, was du willst, Andrej?«, hauchte Liftrasil. »Sind es nicht am Ende immer die einfachen Dinge, die wir wirklich wollen? Eine Mahlzeit? Sicherheit? Oder einfach nur Wärme? Dann komm zu mir. Ich wärme dich.«

Was sollte er tun? Seine innere Stimme sagte ihm, dass hier irgendetwas nicht so war, wie es sein sollte. Irgendetwas war schrecklich *falsch*. Aber dieser Gedanke hatte keine Bedeutung mehr. Sein Gefühl war stärker. Er wollte sie. Jetzt.

Liftrasil kam mit einer gleitenden Bewegung auf ihn zu. Grünes Licht umschmeichelte ihre Gestalt, explodierte in ihrem goldfarbenen Haar, und ihre Augen waren so tief und schwarz wie der Abgrund, aus dem die Welten entstanden waren.

Schwarz. Etwas war wichtig an dieser Farbe. Er spürte, er hatte etwas vergessen. Aber es spielte keine Rolle. Da waren nur noch sie und er, und was immer vorher war und was immer hinterher geschehen mochte, spielte keine Rolle mehr, nicht einmal mehr die Frage, ob es ein *Hinterher* gab.

»Komm«, hauchte sie noch einmal. »Ich wärme dich.«

Andrej rührte sich nicht. Er konnte es nicht. Jeder Muskel seines Körpers war angespannt und loderte vor Verlangen, und Liftrasil kam noch näher, schlang die Arme um seinen Nacken und stellte sich auf die Zehenspitzen, um ihn zu küssen.

Andrej! Hilf mir!

Die Stimme verklang in dem Orkan explodierender Gefühle, der in Andrej tobte. Liftrasils Lippen waren süß, unbeschreiblich verlockend, ihre Hände, die über seinen Nacken und seinen Rücken glitten, setzten jeden einzelnen Nerv in seinem Leib in Flammen ... und sie waren *kalt*.

Andrej! Hilf mir! Hilf mir!

Nicht nur ihre Hände waren kalt. Auch die Lippen, die sanft über seinen Mund und sein Gesicht glitten, seinen Hals und seine Augen liebkosten, waren frostig, und plötzlich spürte er auch, wie eisig ihre Hände waren, und hart auf seinem Nacken, seinem Rücken, Hände, die seinen Leib und seine Schenkel liebkosten ... *gleichzeitig*.

Die Wirklichkeit zerbrach und wurde wieder zu sich selbst.

Plötzlich waren die samtweichen Lippen verschwunden, und an ihrer Stelle gruben sich grausame, scharf gebogene Fänge in seinen Hals und suchten nach seinem Blut. Statt der samtweichen Hände waren da viele – zu viele – chitinharte Klauen, die seine Haut zerrissen und sich gierig in sein Fleisch wühlten, nach seinem Blut, seinem Leben gruben und jedes bisschen Wärme aus ihm herausrissen …

Andrej schrie angeekelt auf, warf sich herum und schlug blindlings zu. Seine Faust traf auf etwas Hartes und Glattes, das mit einem hellen Laut zersplitterte. Ein grässlicher Schmerz explodierte in seinem Hals, und er spürte, wie warmes Blut aus seiner aufgerissenen Halsschlagader sprudelte. Blind vor Schmerz schlug er noch einmal und mit noch größerer Kraft zu und traf erneut, und wieder zersplitterte etwas.

Ein schrilles Kreischen erschallte, und irgendetwas Großes, Glitzerndes glitt von seiner Brust und humpelte auf viel zu vielen Beinen davon. Schmerzen tobten auf feurigen Schwingen durch seinen Körper, und eine wattige Schwärze begann ihn einzulullen. Ihm war kalt, unglaublich kalt.

Wieder war es Abu Duns Stimme, die ihn rettete.

»Andrej«, stöhnte der Nubier. »Hilf mir!«

Mühsam wälzte sich Andrej auf den Rücken, presste die Hand gegen seine aufgerissene Kehle und versuchte, des grausamen Schmerzes Herr zu werden, der in seinem Leib wühlte. Seine fantastischen Kräfte, die ihn schon so oft gerettet hatten, drohten ihn nun im Stich zu lassen. Er fühlte sich schwach, und ihm war entsetzlich kalt, als hätte die Kreatur ihm nicht nur alle Wärme genommen, sondern noch viel mehr. Er wollte sich nur noch fallen lassen.

Er hatte keine Kraft mehr, zu kämpfen.

Aber da war noch Abu Dun, aus dessen Flehen mittlerweile ein kraftloses Wimmern geworden war. Wenn er starb, wenn er aufgab, dann würde auch Abu Dun sterben.

Stöhnend öffnete er die Augen, wälzte sich herum und stöhnte noch einmal auf; dieses Mal aber vor Entsetzen, als er den Nubier sah. Abu Dun lag nur eine Handspanne neben ihm auf dem Rücken. Seine Glieder zuckten, als hätte er Krämpfe, und auf seiner Brust hockte ein großes, aufgedunsenes … Ding, schwarz und glitzernd und mit zahllosen Beinen und glotzenden Augen wie eine Faust voller fauliger Beeren, und mit schrecklichen Fängen, die sich tief in Abu Duns Kehle gegraben hatten und ihn ausschlürften.

Andrej schrie vor Ekel und Entsetzen gellend auf, riss sein Schwert aus dem Gürtel und schlug mit aller Gewalt zu.

Das Unglaubliche geschah.

Vielleicht lag es an der unglücklichen Lage, aus der heraus er den Hieb führte, vielleicht hatte das Ungeheuer ihm doch mehr Kraft genommen, als er geahnt hatte.

Die Klinge aus rasiermesserscharfem Damaszenerstahl prallte vom Panzer der Kreatur ab, ohne ihn durchdringen zu können. Aber sie kappte die letzten Glieder seines hinteren Beinpaars. Mit einem schrillen, an das Geschrei hysterischer Hyänen erinnernden Kreischen rutschte das grauenhafte Geschöpf von Abu Dun herunter, fiel auf den Rücken und verspritzte einen Moment lang schwarzes Blut, als es wild mit den

Beinen strampelte, bevor Andrei ihm mit aller ihm verbliebenen Kraft einen Fußtritt gab.

Mit einem dumpfen Knall prallte es gegen die Wand, rappelte sich wieder auf und stieß ein wütendes Zischen aus, als es zu Andrej herumfuhr. Wenn es ihn jetzt angriff, das wusste er, dann wäre er zu schwach, sich zu wehren.

Doch das Ungeheuer fauchte ihn noch einmal böse an und huschte dann hastig und auf verkrüppelten Beinen davon.

Andrej drohten die Sinne zu schwinden. Die schreckliche Wunde in seinem Hals blutete schon nicht mehr so heftig und würde sich in wenigen Augenblicken ganz schließen. Aber seine Kräfte schwanden von Minute zu Minute und die Kälte nahm von seinem Körper Besitz.

Mit einer Willensanstrengung, von der er selbst nicht wusste, woher er die Kraft dazu nahm, stemmte er sich hoch, kroch zu Abu Dun und beugte sich über ihn. Der Nubier hatte das Bewusstsein verloren, aber er lebte, und die Bisswunden an seinem Hals waren nicht annähernd so tief wie die, die er selbst davongetragen hatte, sodass Abu Dun nicht in Gefahr war, zu verbluten.

Dennoch erschrak Andrej bis ins Mark, als er das Gesicht seines Freundes betastete und spürte, wie kalt der Nubier war. Nur einen Moment später ...

Etwas raschelte hinter ihm. Andrej fuhr alarmiert herum, und für einen winzigen Moment glaubte er, dem Blick grausamer schwarzer Augen zu begegnen, die ihn voller Hass und unstillbarer Gier anstarrten, doch dann entfernte sich das Rascheln und Scharren chitingepanzerter Beine wieder, und sie waren allein.

Der Hexenfelsen

»Dort!« Fjalars Hand deutete nach Norden, oder zumindest in die Richtung, von der sie annahmen, dass dort Norden war. Ganz sicher sein konnte Andrej nicht, in einem Land, das für alle Zeiten auf dem schmalen Grat zwischen Dämmerung und Nacht erstarrt zu sein schien. Er wusste längst nicht mehr, wann er das letzte Mal einen Sonnenauf- oder -untergang gesehen hatte, ebenso wenig, wann er das letzte Mal die Sonne selbst gesehen hatte. Der Himmel über ihnen war eine monotone graue Fläche, auf die sich nicht einmal eine Wolke wagte. Natürlich wusste Andrej, dass in Wahrheit erst wenige Tage vergangen sein konnten, seit es Abu Dun und ihn an die Küste dieser feindseligen, nur aus schwarzem Fels und weißem Eis bestehenden Inseln verschlagen hatte, und doch kam es ihm manchmal vor, als wanderten sie nun schon seit Ewigkeiten durch eine Welt, die in ihrer Ödnis und Kälte selbst die Götter verschreckte.

Er schüttelte den Gedanken ab und konzentrierte

sich mit einiger Mühe wieder. Nichts war wichtiger als das Hier und Jetzt, denn es ging um nichts Geringeres als Abu Duns Leben. »Bist du sicher?«, wandte er sich an seinen Begleiter.

Fjalar würdigte ihn zwar eines beleidigten Blickes, aber keiner Antwort. Er zog die Kapuze seines schmuddeligen Mantels tiefer in die Stirn, dann schlurfte er weiter. Andrej folgte ihm einen Moment lang mit Blicken, bevor auch er sich in Bewegung setzte und dabei die Füße sorgsam in die schlampigen Abdrücke setzte, die der Zwerg im Schnee hinterlassen hatte. Etwas in ihm scheute sich instinktiv davor, in diesem Land, das nur dem Wind und der Kälte gehörte, auch nur die allermindeste Veränderung zu hinterlassen.

Andrej dachte diesen Gedanken ganz bewusst, denn es war rein gar nichts Komisches oder Absurdes daran. Auch das war etwas, was er in zunehmendem Maße – und mit zunehmender Sorge – an sich selbst beobachtete: Seine Gedanken begannen sich auf Pfaden zu bewegen, die ihn erschreckten, und während sie immer verworrener und abstruser wurden, nahmen sie zugleich an Wahrhaftigkeit zu. Das machte ihm Angst. Vielleicht galten in diesem öden Fleckchen Land hinter dem Ende der Welt ja nicht nur die Regeln der Zeit nicht mehr, sondern auch die der Logik, und vielleicht waren die Dinge hier einfach ... *anders.* Nicht zum ersten Mal glaubte er noch einmal das zu hören, was Abu Dun gleich nach ihrer Ankunft gesagt hatte: *Vielleicht sind wir tot, und das ist die Hölle.* Damals hatte Andrej darüber gelacht, jetzt kamen ihm die Worte des Nubiers mehr und mehr wie eine düstere Prophezeiung vor.

Er verjagte auch diesen Gedanken und beeilte sich nun, zu seinem kleinwüchsigen Führer aufzuschließen, obwohl in der flachen Einöde, die sie umgab, kaum die Gefahr bestand, ihn aus den Augen zu verlieren.

»Wie weit ist es noch?«, fragte er, um das bedrückende Schweigen zu durchbrechen, das nur seinen düsteren Gedanken neue Nahrung gab. Im nächsten Augenblick bedauerte er die Frage schon zutiefst, denn sie durchbrach den Faden seiner Gedanken, die sich um Fjalar, seinen Führer, drehten. Nun glitt eine Ahnung zurück in die Tiefen seines Unterbewusstseins, von der er doch wusste, dass sie bedeutungsvoll war, und er vergaß, was er nicht hatte vergessen wollen. Doch es war zu spät.

»Nicht mehr weit«, sagte der Gnom, wandte im Gehen den Kopf und warf Andrej einen schrägen Blick unter seiner Kapuze hervor zu, bei dem sich sein Gesicht in noch mehr Falten und Runzeln legte. Fjalar – Fjalar, der Späher, darauf legte der kindergroße Zwerg Wert – war der mit Abstand hässlichste Bursche, dem Andrej jemals begegnet zwar. Andrej argwöhnte, dass er sich seiner Hässlichkeit bewusst war, denn der Zwerg trug seinen schwarzen Mantel auch im Haus, und selbst dort hatte er die Kapuze meist hochgeschlagen und weit in die Stirn gezogen.

Unglückseligerweise war Fjalar aber nicht nur der

hässlichste Mensch, dem Abu Dun und er bisher auf dieser Insel begegnet waren, sondern auch der *einzige*.

Woher der Zwerg kam, was seine Wünsche und Absichten waren und wovon er lebte, das wussten sie nicht. Andrej hatte ein paarmal versucht, ihn besser kennenzulernen, und Fragen gestellt, denen Fjalar entweder ausgewichen war oder die er einfach ignoriert hatte. Schließlich hatte Andrej es aufgegeben; letzten Endes zählte nur, dass er versprochen hatte, ihnen zu helfen.

»Wenn du nicht dauernd stehen bleiben und neugierige Fragen stellen würdest, kämen wir wahrscheinlich besser voran«, fuhr der Gnom fort.

»Oder wenn du schneller gehen würdest«, knurrte Andrej – ein weiterer Fehler, wie ihm sehr wohl bewusst war. Wenn es etwas gab, was die Hässlichkeit des Zwerges noch übertraf, so waren es zweifellos sein rechthaberisches Wesen und seine Schwatzhaftigkeit. Andrej kannte den Zwerg jetzt seit fünf oder sechs Stunden, und er hatte in dieser Zeit nahezu ununterbrochen geredet.

»Du hast gut reden, Langer«, antwortete Fjalar schnippisch. »Hätte ich Beine wie du, wäre ich auch schneller – so lang und so kräftig, wie sie sind.« Er runzelte die Stirn, setzte dazu an, noch etwas zu sagen, und stolperte über einen Stein. Im letzten Moment fing er sich, fauchte aber nun: »Da siehst du, was du angerichtet hast!«

Andrej war klug genug, darauf nichts zu sagen, doch

Fjalar brauchte kein Stichwort. »Statt Maulaffen feilzuhalten und mir meine selbstlose Hilfe zu danken, indem du mich beschimpfst, Langer, könntest du mich ja tragen – dann wären wir wahrscheinlich schneller am Ziel.«

Falls es dieses Ziel überhaupt gab, dachte Andrej. Er sprach auch das nicht aus, schon weil er wusste, wozu eine solche Bemerkung führen würde, doch Fjalar machte nur noch zwei, drei trippelnde Schritte, blieb dann stehen und deutete triumphierend noch einmal in dieselbe Richtung wie eben.

»Dort! Siehst du?«

Auch Andrej blieb stehen und strengte die Augen an. Im ersten Moment sah er nichts, jedenfalls nichts anderes als zuvor. Irgendein boshafter Gott hatte alle Farben aus diesem Land gewaschen, das nur aus Felsen und Eis bestand. Tanzende Schneeflocken und der Dampf der heißen Quellen begannen seine Sinne in zunehmendem Maße zu verwirren, sodass er meinte, Bewegung zu sehen, wo keine war. Ganz plötzlich wurde Andrej klar, wie vollkommen er sich diesem Zwerg ausgeliefert hatte, den er nicht einmal richtig kannte. Hätte Fjalar aus reiner Bosheit beschlossen, ihn einfach so lange im Kreis herumzuführen, bis seine Kräfte erschöpft waren, er hätte es nicht einmal gemerkt. Für ihn sah hier einfach alles gleich aus.

Dann aber bemerkte er doch etwas. Weiter vor ihnen, vielleicht eine Meile, vielleicht auch hundert – in einem Land ohne Horizont und ohne Bäume und Häuser und Menschen war es fast unmöglich, die Entfernungen zu schätzen –, erhob sich ein Schatten gegen den Himmel, dunkelgrau und hart. Eine Form, die ihm Unbehagen bereitete, auch wenn er nicht wusste, warum.

»Das ist es?«, fragte er leise.

»Das ist der Hexenfelsen«, bestätigte Fjalar. Seine Augen wurden schmal. Andrej hätte noch vor einer Minute seine Seele darauf verwettet, dass es nicht möglich war, doch sein Gesicht wirkte jetzt noch abstoßender, vielleicht weil es plötzlich etwas Verschlagenes hatte. »Dort lebt Gryla, die Hexe. Was hast du erwartet, Großer? Ein prachtvolles Schloss aus Eis und Gold, das von Drachen beschützt wird?«

»Nein«, antwortete Andrej knapp. Er ging weiter und gab dem Gnom mit einer Geste zu verstehen, ihm zu folgen. Fjalar gehorchte auch, doch mit so kurzen, trippelnden Schritten, dass er noch langsamer wurde. Er sagte nichts, doch die Blicke, die er Andrej immer wieder unter seiner Kapuze hervor zuwarf, waren eindeutig.

Andrej kämpfte noch einen Moment lang mit seinem Stolz, dann resignierte er und nahm den Zwerg kommentarlos auf die Arme. Am liebsten hätte er ihn an den Füßen ergriffen und so lange geschüttelt, bis alle Antworten aus ihm herausfielen, die er ihm trotz aller Schwatzhaftigkeit bisher verweigert hatte. Doch Andrej hatte keine Wahl, er war auf den Zwerg angewiesen. Es ging hier nicht um seinen Stolz. Wenn sie nicht bald auf Gryla trafen, wenn die Hexe nicht die war, die Fjalar versprochen hatte, oder wenn sich der

Gnom einfach nur wichtig gemacht hatte – auch das war eine Möglichkeit, die er ganz ernsthaft erwogen und einzig wieder verworfen hatte, weil dann ohnehin alles verloren war –, dann würde Abu Dun sterben.

Der Weg war doch weiter gewesen, als Andrej geglaubt hatte, und der Zwerg, den er am Anfang locker in der Armbeuge getragen hatte, schien mit jedem Schritt schwerer zu werden; schließlich hatte Andrej ihn sich wie ein Kind auf die Schultern gesetzt, und Fjalar hatte diesen unerwarteten Ritt auch mit ganz kindlicher Freude genossen. Er erinnerte allerdings mehr an ein boshaftes Kind, das sich einen Spaß daraus machte, sein zweibeiniges Reittier nach Kräften anzutreiben und auch nicht mit Hohn und Spott zu geizen, als sich der Weg dahinzog und Andrejs Kräfte nachzulassen begannen.

Jetzt aber hatten sie es geschafft. Der Hexenfelsen lag vor ihnen, und Andrej dachte noch einmal daran, was ihm schon beim ersten Blick auf das monströse Gebilde aus Fels und erstarrten Schatten durch den Kopf geschossen war: Dieser Felsen war durch und durch unheimlich.

Er vermochte sein Gefühl nicht in Worte zu kleiden. Was er sah, schien ganz normaler grauer und schwarzer Granit zu sein, nicht mehr, aber auch nicht weniger, und doch ging irgendetwas ... *Sonderbares* von den Steinen aus. Trotz der Kälte und der unendlichen Einöde aus Eis und tanzendem Schnee, die den steinernen Turm umgab, so weit der Blick nur reichte, gab es auf diesen Felsen kein Eis. Nicht das winzigste Fleckchen Eis hatte sich in die unzähligen Ritzen und Spalten des granitenen Riesen gekrallt, nicht einer seiner Vorsprünge und Überhänge hatte dem Schnee, den der Wind in unzähligen tanzenden Schwaden vor sich hertrieb, Halt gegeben. Doch das war nur das Sichtbare. Da war noch mehr. Etwas wie eine andere, viel schlimmer Kälte, die von der mächtigen Flanke des verwitterten Felsenpfeilers ausging. Andrej hatte plötzlich das Bedürfnis wegzulaufen.

»Wir sind da«, sagte Fjalar überflüssigerweise. Andrej hatte den Zwerg für einen Moment vollkommen vergessen. Nun hob er ihn unsanft von den Schultern und setzte ihn so grob zu Boden, dass der Kleinwüchsige einen ungeschickt stolpernden Schritt nach hinten machte und beinahe gestürzt wäre, worauf er mit einer wahren Schimpfkanonade und einer Flut von Verwünschungen reagierte, bei denen vielleicht sogar Abu Dun rote Ohren bekommen hätte.

»Das sehe ich«, antwortete Andrej mit einiger Verspätung auf die Worte des Spähers. »Und jetzt?«

Fjalar starrte feindselig zu ihm hoch und klopfte sich nicht vorhandenen Schnee und Staub von seinem Mantel.

Andrej machte einen weiteren – zögerlichen – Schritt auf den Felsen zu und streckte die Hand aus. Der Stein war rau und hart, wie er erwartet hatte, aber er fühlte sich auch warm an; nicht wie ein Fels, der seit Anbeginn der Zeit dem Wüten eines Eissturmes trotzt, sondern wie der warme Sandstein aus Abu Duns Heimat, den für ebenso lange Zeit das Licht der Sonne umschmeichelt hatte.

Vielleicht, dachte Andrej nervös, war das ja schon die Erklärung. Aus irgendeinem Grund war dieser Felsen warm; vielleicht reichte er bis tief hinunter in die Erde und wuchs direkt aus dem heißen Wasser empor, das sich überall in Form von sprudelnden Geysiren und heißen Quellen seinen Weg an die Oberfläche gegraben hatte. Möglich war aber auch eine ganz andere Erklärung. *Vielleicht sind wir tot, und das hier ist die Hölle,* flüsterte Abu Duns Stimme irgendwo in seinen Gedanken.

»Wo ist jetzt deine Hexe?«, wandte er sich an den Zwerg, während er beinahe hastig die Hand wieder zurückzog.

»Es ist nicht *meine* Hexe«, giftete Fjalar. »Und sie hat uns schon bemerkt, mein Wort darauf. Wenn sie mit uns reden will, dann wird sie kommen.«

»Wenn?«, wiederholte Andrej misstrauisch. »Was soll das heißen? Du hast mir versprochen –«

»– dass ich dich zu ihr bringe, mehr nicht«, fiel ihm Fjalar ins Wort. Er reckte kampflustig das Kinn vor. »Und das habe ich getan, oder etwa nicht?«

»Du hast mich zu einem öden Felsen am Ende der Welt gebracht«, stellte Andrej Fjalars Behauptung richtig. »Ich sehe hier keine Hexe.«

Fjalar setzte zu einer patzigen Antwort an, doch in diesem Moment hörte Andrej ein Geräusch hinter sich, fuhr alarmiert herum und legte in der gleichen Bewegung die Hand auf den Schwertgriff. Dann riss er erstaunt die Augen auf.

Sie waren nicht mehr allein. In dem gerade noch so massiv erscheinenden Felsen hatte sich eine Öffnung aufgetan, und unter dieser lautlos entstandenen Tür war eine Gestalt erschienen, die Fjalar auf den ersten Blick so verblüffend ähnlich sah, dass sich Andrej fragte, ob es dem Gnom vielleicht gelungen sein mochte, sich hinter ihn zu schleichen, um ihn auf diese Weise zu foppen. Dann jedoch sah er genauer hin und begriff nicht nur seinen Irrtum, sondern entschuldigte sich auch in Gedanken bei seinem Gegenüber für seine Vermutung.

Vor ihm stand kein hässlicher Gnom, sondern eine Frau. Sie war nicht sehr viel größer als Fjalar, dafür aber um etliches schlanker, und die vermeintliche Ähnlichkeit rührte wohl nur von ihrem schwarzen Mantel her, der tatsächlich an den des Zwerges erinnerte, auch wenn er sich in einem viel besseren Zustand befand. Das Gesicht der Frau – sonderbarerweise war es ihm nicht möglich, ihr Alter zu schätzen – war nicht unbedingt das einer Schönheit, aber attraktiv. Die dunklen Augen, die Andrej aufmerksam, wohl auch ein bisschen vorsichtig, aber ohne die geringste Falschheit musterten, verrieten einen wachen Geist.

Einen Moment lang stand sie reglos da und betrachtete Andrej ebenso neugierig wie er umgekehrt sie, dann fragte sie: »Eine Hexe?«

Andrej überwand endlich seine Überraschung, trat einen weiteren halben Schritt zurück und nahm nun demonstrativ die Hand vom Schwertgriff. »Bist du Gryla, die Hexe?«, fragte er.

Für einen Moment blitzte etwas wie Ärger in den dunklen Augen der Frau auf, der jedoch sofort von einem spöttischen Funkeln abgelöst wurde. »Ich bin Gryla«, bestätige sie, schüttelte aber zugleich den Kopf, »aber ich bin keine Hexe.«

Andrej drehte sich mit einer ärgerlichen Bewegung herum und sagte: »Aber das hat –« Er brach überrascht ab, hinter ihm war niemand mehr. Fjalar war fort.

»Hat wer gesagt?«, hörte er Grylas Stimme hinter sich. Jetzt klang sie eindeutig spöttisch.

Langsam und ein wenig verlegen wandte sich Andrej wieder zu ihr um, sah dann aber noch einmal prüfend in den Schnee. Tatsächlich, er hatte sich nicht getäuscht: Fjalar war zwar verschwunden, doch seine Fußabdrücke im Schnee endeten genau hinter Andrej. Er musste auf seiner eigenen Spur zurückgegangen sein. Aber warum? »Fjalar hat gesagt, dass du –«

»Fjalar, der Späher?«, unterbrach ihn Gryla. Eine senkrechte Falte erschien zwischen ihren wie mit dünnen Tuschestrichen gemalten Brauen. »Nun, da hat er dich angelogen. Ich bin keine Hexe.«

»Aber vielleicht kannst du mir trotzdem helfen«, erwiderte Andrej. Seltsam, er war nicht einmal überrascht. Nun verstand er, warum Fjalar sich aus dem Staub gemacht hatte.

Gryla sah ihn eine geraume Weile durchdringend an, dann aber nickte sie, trat zurück und machte zugleich mit der linken Hand eine einladende Geste. Sie fragte nicht, wobei sie ihm helfen konnte oder wer er überhaupt war. »Tritt ein«, sagte sie. »Es ist nicht viel, was ich dir anbieten kann, nur ein warmer Platz und eine bescheidene Mahlzeit.«

Was im Moment schon beinahe alles war, was er sich wünschte. Andrej beeilte sich, ihrer Einladung nachzukommen, warf aber doch noch einmal einen raschen beunruhigten Blick auf die so jäh abgebrochene Spur des Gnoms. Erst jetzt erkannte er, dass Fjalar nicht in seinen eigenen Fußstapfen zurückgegangen war. Seine Spur brach einfach ab, als hätte er sich in Luft aufgelöst.

»Zerbrich dir nicht den Kopf«, sagte Gryla.

Überrascht blieb Andrej stehen und sah sie an. »Worüber?«

Die Frau lachte leise. »Ich bin vielleicht keine Hexe«, sagte sie, »doch unter gewissen Umständen kann ich durchaus Gedanken lesen. Vor allem, wenn sie so deutlich auf dem Gesicht eines Mannes geschrieben stehen wie im Moment auf deinem. Du fragst dich, wohin Fjalar verschwunden ist und wieso er keine Spuren im Schnee hinterlassen hat, habe ich recht?« Andrej nickte verblüfft, und Gryla fuhr mit einem neuerlichen leisen Lachen fort: »Er nennt sich nicht umsonst Fjalar, der Späher. Diese kleine Kröte hat eine Menge übler Angewohnheiten, aber sie ist auch ein Kind dieses Landes, und ich kenne niemanden, der sich so leise anschleichen oder seine Spuren besser zu verwischen vermag wie er.«

Andrej sagte nichts dazu, und er widerstand auch der Versuchung, noch einmal zurückzublicken; stattdessen folgte er ihr. Sie hatten erst ein paar Schritte getan, als es rings um sie herum dunkler wurde. Überrascht sah Andrej über die Schulter zurück und stellte fest, dass sich die Tür im Fels ebenso rasch und lautlos wieder geschlossen hatte, wie sie sich vorhin geöffnet hatte. Gryla war möglicherweise keine Hexe, dachte er, aber sie tat ihr Bestes, um den Eindruck zu erwecken, sie wäre es doch.

Es wurde nicht ganz dunkel. Die Decke des hohen, offensichtlich grob aus dem Fels herausgemeißelten Ganges wies in regelmäßigen Abständen schmale Löcher oder Schlitze auf, durch die graues Tageslicht hereinsickerte; nicht genug, um den Gang tatsächlich zu erhellen, aber immerhin ausreichend, um sich nicht in völliger Dunkelheit den Weg ertasten zu müssen. Sie gingen eine lange Treppe hinauf, die aus unterschiedlich hohen und breiten Stufen bestand, dann betraten sie einen halbrunden Raum, in dem es wieder heller wurde. Die gegenüberliegende Wand bestand aus einem großen Fenster, das kein Glas hatte, sodass Kälte und Wind ungehindert hereindringen konnten. Dennoch war es erstaunlich warm.

»Wie ist dein Name, Fremder?«, fragte Gryla, während sie mit einer Handbewegung auf einen großen, offenbar ebenfalls aus Stein gemeißelten Tisch deutete, an dem zwei einzelne Stühle standen, selbst aber mit schnellen Schritten in die entgegengesetzte Richtung weiterging. »Meinen kennst du ja schon.«

»Andrej«, antwortete Andrej. Gehorsam trat er an den Tisch, machte aber keine Anstalten, sich zu setzen. Alles hier verwirrte ihn über die Maßen. Und Gryla am allermeisten. Was stimmte hier nicht?

Gryla verschwand einen Moment im Nebenzimmer, und Andrej nutzte die Gelegenheit, sich ein zweites Mal und aufmerksamer umzublicken. Der Raum war schlicht, aber sehr zweckmäßig eingerichtet. Es gab keinen Kamin, die Temperaturen hier drinnen waren jedoch angenehm, und das lag nicht nur daran, dass er, nach dem stundenlangen Marsch durch den Schneesturm, vermutlich alles, was um eine Winzigkeit über dem Gefrierpunkt lag, als angenehm empfunden hätte; nicht einmal mehr sein Atem erschien als grauer Dampf vor seinem Gesicht, ein tatsächlicher Beweis dafür, wie warm es in dem Raum sein musste.

Abgesehen von den beiden Stühlen und einer aus schweren Brettern grob zusammengezimmerten Truhe schien das gesamte Mobiliar aus Steinen zu bestehen und war – wie der ganze Raum – direkt aus dem Fels herausgemeißelt worden. An den Wänden hingen keine Teppiche und keinerlei Bilder, mit Ausnahme von etwas, was er auf den ersten Blick für ein Kruzifix gehalten hatte, bis er genauer hinsah und erkannte, dass es sich um einen Thorhammer handelte und somit um das Symbol einer viel älteren Religion.

Gryla kam zurück. Sie trug ein hölzernes Tablett mit einem dampfenden Krug, einem Teller mit Obst und ein wenig Fleisch sowie frisch gebackenem Brot, dessen bloßer Duft Andrej schon das Wasser im Munde zusammenlaufen ließ. Während sie ihre Last vor ihm auf der steinernen Tischplatte ablud, bedeutete sie ihm mit eine Kopfbewegung, sich zu setzen, nahm anschließend auf dem zweiten Stuhl Platz und winkte noch einmal auffordernd mit der Hand.

»Greif zu, Andrej«, sagte sie. »Du musst hungrig sein.«

Das war er. Andrej konnte sich noch daran erinnern, wann er das letzte Mal gegessen hatte – in dem schmuddeligen Eisloch unter der Erde, in dem Fjalar sie aufgenommen und beköstigt hatte –, aber nicht mehr daran, wann er das letzte Mal *satt* geworden war. Ohne sich weiter den Kopf darüber zu zerbrechen, woher in diesem lebensfeindlichen Land all diese Köstlichkeiten kommen mochten, griff er zu und versuchte sogar, einigermaßen zivilisiert zu essen, doch schon die ersten Bissen fachten seinen Hunger so sehr an, dass er sich bald beherrschen musste, um nicht regelrecht zu schlingen. Gryla sah ihm mit unbewegtem Gesicht, aber spöttisch funkelnden Augen zu, war jedoch höflich genug, nichts zu sagen, sondern wartete ab, bis Andrej den Teller fast zur Gänze gelehrt hatte und nach dem dampfenden Krug griff. Er enthielt ein süßlich schmeckendes alkoholisches Getränk, von dem er annahm, dass es sich um heißen Met handelte; ein Trank, der fremd, aber unerwartet gut schmeckte.

»Danke«, sagte er, nachdem er endlich zu Ende gegessen hatte und den Teller mit dem letzten Krümel anstandshalber von sich schob. »Du bist sehr gastfreundlich.«

»Das bleibt wohl nicht aus, wenn man so selten Gäste hat wie ich«, erwiderte Gryla. »Nun aber erzähle mir, warum du gekommen bist. Was gibt es, was eine Hexe für dich tun könnte?«

»Hast du nicht gesagt, du wärst keine?«, gab Andrej zurück.

»Aber du hast Fjalar gebeten, dich zu einer Hexe zu bringen«, erwiderte Gryla.

Andrej versuchte vergeblich, in ihrem Gesicht zu lesen. Jetzt, ohne ihren Mantel und in dem hellen Licht, das durch das große Fenster hereinströmte, erkannte er, dass sie deutlich älter sein musste, als er bisher angenommen hatte. Doch so verstörend es auch war, er war außerstande zu sagen, wie alt.

»Ich bin es nicht, der Hilfe braucht«, sagte er. »Es geht um meinen Freund, Abu Dun.«

»Abu Dun?« Gryla machte ein nachdenkliches Gesicht, ohne dass der Blick ihrer unergründlichen Augen die seinen auch nur für einen Atemzug losgelassen hätte. »Ein ... ungewöhnlicher Name.«

»Abu Dun ist auch ein ungewöhnlicher Mann«, bestätigte Andrej. »Aber im Moment auch ein sehr kranker Mann. Ich bin auf der Suche nach jemandem, der ihm helfen kann.«

»Ich finde, dass *du* schon ein ungewöhnlicher Mann bist, Andrej«, antwortete Gryla. »Ein Mann, den du als außergewöhnlich bezeichnest, muss wahrlich etwas Besonderes sein.« Sie hob die Hand, als Andrej antworten wollte, und deutete auf den Griff seines Schwertes. »Bist du ein Krieger?«

»Manchmal«, erwiderte Andrej ausweichend. »Ich fürchte, im Moment bin ich einfach nur ein Schiffbrüchiger, der sich um seinen Freund sorgt.«

»Woher kommt ihr?«, wollte Gryla wissen. »Männer wie dich habe ich hier noch nie gesehen.«

Andrej zögerte einen Moment – er wusste selbst nicht, warum, doch etwas warnte ihn davor, Gryla zu viel über Abu Dun und sich zu erzählen. Dann aber berichtete er mit knappen Worten von ihrer Reise, dem Sturm, der die *Schwarze Gischt* gegen die Riffe geworfen und zerschmettert hatte, und dem, was ihnen anschließend passiert war, nachdem es ihnen mit Mühe und Not gelungen war, die Küste eines Landes zu erreichen, wie sie es noch nie zuvor gesehen hatten.

Gryla hörte schweigend zu, doch auf ihrem Gesicht machte sich ein Ausdruck zunehmenden Staunens breit, in dem sich Zweifel und dann beinahe so etwas wie Bewunderung mischten, als er davon erzählte, wie Abu Dun und er in eine heimtückische Falle getappt und beinahe von einem Paar grässlicher Spinnenungeheuer getötet worden wären, die nicht nur ihren Körper, sondern vor allem ihren Geist vergiftet hatten.

»Und ihr seid ihnen entkommen?«, fragte sie, unüberhörbar zweifelnd. »Das ist bisher nur sehr wenigen gelungen. Sehr wenige glauben, dass es diese Ungeheuer überhaupt gibt.« Sie deutete ein Schulterzucken an. »Was natürlich daran liegen kann, dass kaum jemand bisher eine Begegnung mit den Traumspinnen überlebt hat, um davon berichten zu können.«

Andrej dachte schaudernd an die Eishöhle zurück, in der Abu Dun und er erwacht waren. »Wir hatten Glück«, sagte er mit einem schiefen Lächeln. »Aber es war knapp. Wir sind ihnen entkommen, doch seither ist Abu Dun krank.«

Gryla schwieg eine ganze Weile, während ihr Blick geradewegs durch Andrej hindurchzugehen schien. Dann gab sie sich einen kleinen Ruck und sagte mit wissendem Lächeln: »Dein Freund hat Fieber und Krämpfe, und ihn plagen Alpträume, nicht nur während der Nacht, sondern auch tagsüber.«

Fieber und Krämpfe konnte Abu Dun nicht bekommen, die Alpträume aber waren Realität. Sie hatten begonnen, kaum dass sie aus der Falle der Ungeheuer entkommen waren, zuerst nur nachts, dann aber waren sie schlimmer geworden und kamen immer häufiger, und schließlich hatte Abu Dun auch tagsüber zu fantasieren begonnen. Einmal hatte er Andrej sogar angegriffen.

»Es stimmt«, sagte er.

»Und du?«, wollte Gryla wissen.

Andrej hatte das Gefühl, dass von seiner Antwort mehr abhing, als ihm jetzt schon klar war. »Ich hatte diese Träume am Anfang auch«, antwortete er wahrheitsgemäß. »Doch sie haben nachgelassen. Bei Abu Dun sind sie schlimmer geworden. Ich weiß nicht, warum.«

»Ihr hattet großes Glück«, sagte Gryla noch einmal.

»Kaum ein Mann überlebte den Biss der Traumspinne. Dein Freund muss mehr von ihrem Gift abbekommen haben als du.« Sie schüttelte noch einmal den Kopf, seufzte, als fiele es ihr immer noch schwer, zu glauben, was sie gehört hatte, und richtete sich dann auf ihrem Stuhl auf. »Und wieso glaubst du, dass ich deinem Freund helfen kann?«

Weil du die einzige Chance bist, die er überhaupt noch hat, dachte Andrej. Laut sagte er: »Ich hatte die Hoffnung auf Hilfe schon fast aufgegeben. Aber heute Morgen sind wir auf Fjalar gestoßen. Er hat uns in seiner Höhle aufgenommen, uns zu Essen angeboten und Abu Dun einen Platz an seinem Feuer. Und er hat von dir erzählt.«

»Von der Hexe?«, fragte Gryla amüsiert.

Andrej sah keine Veranlassung zu lügen. »Ja«, sagte er. »So hat er dich genannt.« Er neigte fragend den Kopf. »Hattest du Streit mit ihm?«

Gryla zögerte mit ihrer Antwort gerade lange genug, um Zweifel an deren Aufrichtigkeit in Andrej zu wecken. »Nein«, behauptete sie. »Das Leben hier ist zu einsam, Andrej, und es gibt zu wenige Menschen, als dass man es sich leisten könnte, auch nur mit einem von ihnen in Unfrieden zu leben.«

Sie stand auf und trat ans Fenster. Andrej wartete darauf, dass sie weitersprach, doch dann wurde ihm klar, dass sie das nicht tun würde. Schließlich erhob auch er sich und trat neben sie.

Selbst jetzt, dicht vor dem Fenster, spürte er weder die Kälte noch den schneidenden Wind, der um den

Felsen tobte. Er sah, wie der Sturm den Schnee in feinen weißen Schwaden vor sich hertrieb. Es schien Andrej, als spiele er mit den Flocken, indem er hier und da vergängliche Figuren zauberte, bevor er das Interesse verlor und sich ein neues Spielzeug suchte. Doch alles schien wie hinter einer durchsichtigen Mauer, die weder die Kälte des Eises noch das Heulen des Windes hindurchließ. Andrej war so verwirrt, dass er die Hand ausstreckte, und kaum hatte er das getan, da biss die Kälte mit eisigen Zähnen zu, und er zog den Arm überrascht und erschrocken wieder zurück.

»Du bist also keine Hexe?«, vergewisserte er sich mit einem entsprechenden Blick zu Gryla.

Sie lächelte. »Wo kommst du her, Andrej?«, fragte sie, anstatt seine Frage zu beantworten.

»Aus einem fernen Land«, erwiderte er ausweichend.

»Einem Land, in dem es wärmer ist als in unserem, vermute ich«, sagte Gryla lächelnd. »Gibt es bei euch auch Hexen?«

»Manche behaupten es.«

»Und vermutlich haben sie recht«, sagte Gryla. »Und ebenso vermutlich weißt du auch nicht, was die wahre Bedeutung des Wortes Hexe ist.«

»Nein«, sagte Andrej – was nicht der Wahrheit entsprach. Es hatte einen Grund, dass Abu Dun ihn bei jeder sich nur bietenden Gelegenheit *Hexenmeister* nannte.

Als hätte sie seine Gedanken gelesen, flackerte Zweifel in Grylas Zügen auf, der nach einem langen prüfenden Blick in seine Augen wieder erlosch, und sie fuhr fort: »Es gibt Menschen, Andrej – vornehmlich Frauen, doch es heißt, manchmal hätte auch ein Mann die Gabe –, die die Stimme der Natur verstehen. Sie wissen um ihre geheimen Kräfte, ihre Weisheit, aber auch um die Gefahr, die mit diesem Wissen verbunden ist. Die Welt ist voller uralter Geheimnisse, die sich nur den wenigsten Menschen offenbaren.«

Sie seufzte und wandte den Blick wieder dem Fenster zu. »Nach dieser Definition bin ich vielleicht sogar eine Hexe, auch wenn Fjalar meint, mich damit zu beschimpfen. Ich weiß ein wenig um die Heilkräfte der Natur.«

Sie wusste verdammt viel mehr darüber als nur ein wenig, dachte Andrej. Aber er hütete sich, das auszusprechen, und wartete stattdessen ab.

»Vielleicht kann ich deinem Freund helfen«, fuhr sie fort. »Es wäre allerdings klüger gewesen, du hättest ihn gleich mitgebracht.«

Andrej verzog die Lippen. »Ich weiß«, sagte er. »Aber du wirst mich verstehen, wenn du ihn siehst.« Die Wahrheit war, dass nicht einmal seine übermenschlichen Kräfte gereicht hätten, um Abu Dun durch den tobenden Schneesturm zu tragen. Er wollte es zwar nicht zugeben, doch auch er litt noch immer unter den Nachwirkungen des Giftes, das ihnen die – wie hatte Gryla sie genannt? – *Traumspinnen* injiziert hatten. Manchmal, wenn er schlief, kamen die Träume zurück, und auch tagsüber fühlte er sich noch schwach und krank.

»Dann«, sagte Gryla, ohne auf seine rätselhafte Bemerkung einzugehen, »muss *ich* wohl zu ihm gehen. Du hast ihn in Fjalars Höhle zurückgelassen, sagst du?«

Andrej wurde hellhörig, denn etwas an der Art, in der Gryla die Frage gestellt hatte, gefiel ihm nicht. »Ja«, sagte er. Erschrocken fügte er hinzu: »Ist er dort in Gefahr?«

Und auch diesmal antwortete Gryla nicht schnell genug, um ihn völlig zu überzeugen. »Nein«, behauptete sie. »Fjalar ist ein heimtückischer kleiner Kerl, verlogen, boshaft und großspurig, doch er würde niemals einen Wehrlosen morden. Was hat er von dir verlangt, damit er dich zu mir bringt?«

»Nichts«, antwortete Andrej.

Das schien Gryla zu überraschen. Schließlich zuckte sie jedoch mit den Achseln. »Dann sollten wir uns auf den Weg zu deinem Freund machen«, sagte sie. »Wenn die Geschichte stimmt, die du erzählt hast, ist er in großer Gefahr.«

»Aber du kannst ihm helfen?«, sagte Andrej.

Gryla nickte. »Das kann ich«, sagte sie. »Nur wäre da noch eine Frage zu klären.«

»Und welche?«, fragte Andrej. Also ob er das nicht wüsste!

»Was bekomme ich dafür?«, erwiderte Gryla.

Andrej schwieg einen Moment, dann fragte er: »Was willst du?«

Und Gryla sagte es ihm.

Es war vielleicht nicht das eleganteste Gefährt, mit dem Andrej jemals gereist war, und auch nicht das schnellste, auf jeden Fall aber das sonderbarste, vielleicht auch das unheimlichste.

Der Schlitten, der sie erwartet hatte, nachdem Gryla und er den Turm über die lange steinerne Treppe verlassen hatten, war breit genug für zwei und lang genug für acht Personen oder mehr, und er wurde von einem halben Dutzend zottiger Kreaturen gezogen, von denen Andrej zuerst dachte, es wären riesige Wölfe.

Als er aber seinen ersten Schrecken überwunden hatte (wobei ihm Grylas spöttisches Lächeln nicht unbedingt half), erkannte er, dass er sich geirrt hatte und das Gespann aus den größten Hunden bestand, die er jemals zu Gesicht bekommen hatte. Die Tiere steckten in wuchtigen, mit Silber beschlagenen Geschirren, und erst als er neben Gryla auf dem Schlitten Platz nahm und sich das Gefährt augenblicklich in Bewegung setzte, ohne dass die vermeintliche Hexe den Befehl dazu gegeben hätte, fiel ihm auf, dass es keine Zügel oder irgendeine andere Vorrichtung gab, um die bizarren Zugtiere zu lenken. Andrej stellte die Frage nicht, die ihm auf der Zunge lag, denn das Funkeln in Grylas Augen zeigte ihm unmissverständlich, dass sie schon eine spöttische Replik parat hatte.

Es kam ihm vor, als hätte der Sturm noch einmal an Kraft zugenommen und als wären die Temperaturen noch einmal gesunken, seit Fjalar ihn hierhergebracht hatte, doch vielleicht lag dieser Eindruck nur an den wenigen kostbaren Momenten der Wärme, die er in Grylas Turm genossen hatte.

Während sich das bizarre Gefährt mit erstaunlicher Geschwindigkeit von der Heimat der Hexe entfernte, drehte sich Andrej noch einmal um und sah zu der rasch kleiner werdenden Felsnadel zurück. Nun, da er in ihrem Inneren gewesen war und wusste, wie es dort aussah, kam sie ihm noch viel unheimlicher und seltsamer vor. Als er sich Grylas fragenden Blickes bewusst wurde, scheute er sich nicht, seine Gefühle in Worte zu kleiden.

»Dieser Felsen ist uralt«, antwortete Gryla. Sie trug jetzt nicht mehr den einfachen schwarzen Kapuzenumhang, in dem Andrej ihr das erste Mal begegnet war, sondern einen schweren Mantel aus einem Fell, das er für das eines Bären gehalten hätte, wäre es nicht von strahlend weißer Farbe gewesen. Die dazugehörige Kapuze verbarg ihr Gesicht fast zur Gänze. »Niemand weiß, wie alt er wirklich ist und wer ihn erbaut hat. Manche behaupten, die alten Götter selbst. Aber ich glaube das nicht.«

»Aber ich dachte, du hättest ihn -?«, begann Andrej, doch Gryla unterbrach ihn sofort mit einem Kopfschütteln und einem neuerlichen spöttischen Aufblitzen ihrer Augen.

»Erbaut?«, fragte sie. »Gewiss nicht.« Sie lachte noch einmal, leiser diesmal, und es war noch etwas anderes in diesem Laut, das ihn auf sonderbare Weise berührte. »Du musst mich anscheinend für weit mehr als nur eine Hexe halten«, sagte sie. »So etwas können nur

Götter selbst schaffen.« Sie wartete gerade lange genug, um ihre Worte auf Andrej wirken zu lassen, und fügte dann hinzu: »Oder sehr viele Menschen, mit einem sehr großen Ziel.«

Andrej war verwirrt, und er war sich nicht sicher, ob all diese sonderbaren Äußerungen und Andeutungen nur den Zweck hatten, sich einen Spaß mit ihm zu machen. Er schwieg.

Seine innere Stimme sagte ihm, dass mit dieser seltsamen Frau etwas nicht stimmte. Es begann mit ihrem Verhältnis zu Fjalar, dem Späher, über das sie gerade genug gesagt hatte, um eben *nichts* zu sagen, und endete mit dem unheimlichen Hundeschlitten, der wie von Zauberhand bereitgestanden hatte, ohne dass Gryla irgendeinem Diener Bescheid gegeben hätte. Auch hatte sie wissen wollen, ob Abu Dun und er Krieger seien. Ihre Frage nach seinem Schwert erschien ihm im Nachhinein nicht mehr belanglos. Diese Frau war mehr, als sie zu sein vorgab. Er wusste, er würde ihr Geheimnis nicht lüften, nicht jetzt und hier, aber Andrej nahm sich vor, auf der Hut zu bleiben.

Schneller und schneller schoss der Hundeschlitten dahin. Der Sturm nahm noch zu, und bald wurde das Schneetreiben so dicht, dass man zwar noch die berühmte Hand vor Augen, nicht aber das erste Paar Hunde am Ende des Geschirrs erkennen konnte. Doch Andrej gestattete sich nicht, Sorge zu empfinden oder gar Angst. Er spürte, dass die Tiere zuverlässig den richtigen Weg fanden; was ihm auch bewies, dass sie die Strecke schon sehr oft genommen haben mussten.

Der Weg, für den Andrej zusammen mit dem Gnom Stunden gebraucht hatte, schien jetzt nur ein Bruchteil so lang, und dann wurde das Gefährt langsamer und hielt schließlich an. Gryla erhob sich ohne ein weiteres Wort von der niedrigen, aus steinharten Weidenzweigen geflochtenen Bank, sprang leichtfüßig in den Schnee und eilte auf den kaum erkennbaren Schatten zu, der den Eingang zu Fjalars Höhle markierte. Als Andrej und Abu Dun gekommen waren, hatte grauer Dunst über der Öffnung gehangen, den nun der Sturm davongeweht hatte. Jetzt zeugte nichts mehr davon, dass sich unter dem harmlosen Schatten im Schnee eine Höhle verbarg, die das Zuhause eines Menschen war – oder was immer Fjalar in Wahrheit auch sein mochte. Automatisch hielt Andrej nach dem Besitzer dieses kümmerlichen Erdlochs Ausschau, konnte aber weder ihn noch seine Spuren irgendwo erkennen. Hätte nicht Gryla Fjalars Fähigkeiten gerühmt, seine Spuren zu verwischen, hätte ihn der Anblick wohl beruhigt.

Obwohl Andrej sich beeilte, gelang es ihm nicht, Gryla einzuholen, bevor sie die Höhle erreichte und darin verschwand. Geduckt, um sich nicht – wie die ersten beiden Male – den Kopf an der niedrigen Decke zu stoßen, die wie alles hier aus stahlhartem Eis bestand, folgte er ihr. Für einen Moment schien sie mit dem lautlos wirbelnden grauen Dampf, der Fjalars unterirdisches Reich erfüllte wie der Qualm eines schlecht geschürten Herdfeuers, zu verschmelzen und wurde vor seinen Augen zu einem Schatten im wogenden Grau. Andrejs Gesicht und Hände begannen zu prickeln, und für einen kurzen Moment genoss er das wohltuende Gefühl von Wärme, die ihn ganz umhüllte.

Ebenso wie in Grylas Felsenburg gab es auch hier keinen Kamin und keine Feuerstelle. Die Wärme stammte aus heißen Quellen, die sich hinter dem dichten Dampf verbargen. Für jeden, der unvorsichtig genug war, die Höhle zu stürmen, konnten sie zu einer wirklich unangenehmen Überraschung werden, denn das Wasser in den kleinen Kesseln war nicht warm, es *kochte*. Als Andrej seinen kranken Freund hier heruntergebracht hatte, hatte er den heißen Dampf genossen, doch spätestens als er zusammen mit dem Gnom aufgebrochen war, hatte er begriffen, welch bitteren Preis er für die feuchte Wärme bezahlen musste. Der Dampf hatte seine Kleider durchtränkt, und kaum dass sie die Höhle verlassen hatten, waren sie nach wenigen Schritten nass und schwer geworden. Auch Grylas seltsamer weißer Mantel schimmerte feucht, als sie ein paar Schritte tief in die Eishöhle eingedrungen waren.

»Abu Dun ist dort.« Andrej deutete auf einen niedrigen Durchgang in der gegenüberliegenden Wand, hinter dem sich eine kleinere, ebenfalls von einer heißen Quelle erwärmte Höhle befand. Dort hatte er Abu Dun auf Fjalars Geheiß hin abgeladen, denn der Zwerg hatte behauptet, es wäre der wärmste und sicherste Teil seiner Behausung. Wenn das stimmte, wollte Andrej den Rest gar nicht erst kennenlernen.

Gryla eilte voraus und kniete bereits neben Abu Dun, als Andrej sie abermals einholte. Der Nubier lag in derselben Haltung da, in der Andrej ihn zurückgelassen hatte: Auf der Seite zusammengerollt, wie ein absurd großer Fötus. Er trug seinen schweren schwarzen Mantel, und Fjalar hatte alle Decken zusammengesucht, die er besaß, um Abu Dun zu wärmen. Trotzdem zitterte er so heftig, dass man das Klappern seiner Zähne hören konnte. Der Anblick tat ihm weh, und Angst schloss ihre unbarmherzige eisige Faust um Andrejs Herz. Es war das allererste Mal in Jahrhunderten, dass er den Nubier *krank* sah. Männer wie sie konnten nicht krank werden. *Vielleicht sind wir tot, und das hier ist die Hölle.*

»Das ist erstaunlich«, sagte Gryla. Sie hatte sich auf die Knie sinken lassen und sah verwirrt auf Abu Duns Gesicht hinab, das ebenso schwarz war wie sein Mantel und der mächtige Turban, den er trug. Bisher hatte sie ihn nicht einmal berührt.

»Ich sagte dir, er ist ein außergewöhnlicher Mann«, entgegnete Andrej, doch Gryla schüttelte hastig den Kopf, ohne den Blick von Abu Duns Gesicht zu wenden. Es glänzte nass, und Andrej vermochte nicht zu sagen, ob es der niedergeschlagene Dampf aus der heißen Quelle oder Schweiß war. Vermutlich beides.

»Nein, das meine ich nicht«, sagte sie. »Dein Freund. Er müsste tot sein.«

»Wenn du nicht bald etwas tust, *wird* er sterben«, gab Andrej scharf zurück, vielleicht schärfer als beabsichtigt.

Gryla schien ihm diese kleine Entgleisung jedoch nicht übelzunehmen. Vielleicht spürte sie, dass es nur die Sorge um Abu Dun war, die ihn dazu getrieben hatte. Einen Moment lang sah sie noch mit unübersehbarer Sorge auf Abu Dun hinunter, dann schüttelte sie abermals den Kopf, seufzte leise und griff unter ihren Mantel.

»Was tust du?«, erkundigte sich Andrej misstrauisch. Seine Hand glitt gegen seinen Willen zum Schwertgriff.

»Worum du mich gebeten hast«, erwiderte Gryla. Ihr leicht vorwurfsvoller Blick tastete über seine rechte Hand und den Griff der Waffe. Hastig zog Andrej die Hand zurück. »Ich kann ihm helfen. Noch ist es nicht zu spät – auch wenn«, fügte sie erstaunt hinzu, »er eigentlich gar nicht mehr leben dürfte.«

Mehr als in ihren Worten verbarg sich in ihrem Blick eine Frage, die er nicht beantworten wollte. Gryla verstand und sie führte ihre angefangene Bewegung nun zu Ende und förderte ein winziges, sonderbar geformtes Fläschchen aus grünem Glas unter ihrem Mantel zutage, das mit einem ebenfalls gläsernen Korken verschlossen war. »Du kennst deinen Freund besser als ich«, sagte sie. »Was meinst du – wird er mir die Hand abbeißen, wenn ich versuche, ihm diese Medizin einzuflößen?«

Andrej runzelte flüchtig die Stirn. Grylas Frage entbehrte nicht einer gewissen Berechtigung. Als die Fieberträume ihren Höhepunkt erreicht hatten, hatte Abu Dun tatsächlich versucht, ihn zu erwürgen, und Andrej hatte es wohl einzig dem Umstand zu verdanken, dass das Fieber dem Nubier zugleich auch den größten Teil seiner Kraft genommen hatte, dass er diesen Angriff hatte abwehren können und noch am Leben war. Statt zu antworten, kniete er hinter dem Nubier nieder und hielt ihn fest, so gut er konnte. Er schauderte, als er spürte, wie kalt Abu Duns Haut war, so kalt wie das Eis, auf dem er lag.

Seine Vorsicht erwies sich jedoch als überflüssig. Mit erstaunlichem Geschick und überraschender Kraft wälzte Gryla den hünenhaften Nubier auf den Rücken, zog seinen Kopf zurück und träufelte wenige Tropfen der farblosen Flüssigkeit in seinen Mund, die der grüne Glasflakon enthielt. Abu Dun versuchte weder nach ihr zu beißen noch sie zu schlagen, sondern stöhnte nur leise im Schlaf. Dann begann er zu schmatzen.

»Es scheint ihm zu schmecken«, sagte Gryla amüsiert, während sie das Fläschchen bereits wieder verschloss und unter ihrem Mantel verschwinden ließ.

Andrej war verwirrt. »Und?«, fragte er.

Gryla schüttelte den Kopf. »Nichts und«, antwortete sie. »Jetzt müssen wir warten.« Sie schien wohl selbst einzusehen, dass sich Andrej mit dieser Auskunft nicht zufrieden geben würde, lächelte ihn flüchtig an und zeigte in die Richtung, aus der sie gekommen waren. »Um deinem Freund wirklich zu helfen, muss ich ihn in mein Haus bringen«, sagte sie. »Doch er ist zu schwach, um die Reise dorthin zu überleben. Wir hätten nicht eine Minute später kommen dürfen.«

Andrej beschloss, den unausgesprochenen Vorwurf zu ignorieren, der in diesen Worten lag. Er hatte getan, was er konnte. »Und deine Medizin?«

»Ist nur dazu gut, ihn zu stärken«, antwortete Gryla. »Aber keine Sorge. Sie wirkt schnell. Sobald er kräftig genug ist, laden wir ihn auf den Schlitten und bringen ihn zu mir. Dort habe ich alles, was ich brauche, um das Gift der Traumspinnen aus ihm herauszusaugen.«

Dieses letzte Wort gefiel Andrej nicht. Es gefiel ihm ganz und gar nicht, denn es weckte unangenehme Assoziationen in ihm. Aber er beherrschte sich und fragte nur: »Wie lange wird es dauern?«

»So lange es eben dauert«, antwortete Gryla, plötzlich verstimmt. Sie stand auf. »Ich sehe schon einmal nach dem Schlitten und bereite alles vor.« Und damit ging sie.

Andrej blieb hilflos zurück, verstört und verärgert, aber auch von einem immer stärker werdenden unguten Gefühl erfüllt. Abu Dun und er waren im Laufe ihres langen Lebens in so viele gefährliche Situationen geraten, hatten sich so oft gegenseitig das Leben gerettet, dass etwas in ihm – nicht sein Verstand, der wusste es besser – einfach vergessen hatte, dass auch sie trotz allem nicht unsterblich waren. Weder die Zeit noch Krankheit, Gift oder scharfer Stahl vermochten ihnen etwas anzuhaben, doch jetzt traf ihn der Anblick seines fiebernden Freundes umso härter, führte er ihm doch auch seine eigene Verwundbarkeit deutlich vor Augen.

Trippelnde Schritte ließen ihn aufsehen. Er erwartete, Gryla zurückkommen zu sehen, doch es war der Späher.

»Wo bist du gewesen?«, fuhr Andrej ihn an.

»Ist das der Dank, dass ich dich selbstlos zu der Hexe gebracht habe und sogar damit einverstanden war, dass sie hierherkommt und mein Haus mit ihrer Anwesenheit besudelt?«, fauchte Fjalar.

Andrej wollte schon im gleichen Ton antworten, da meldete sich sein schlechtes Gewissen. Der Gnom hatte recht. Letzten Endes waren Abu Dun und er für ihn Fremde, denen er Gastfreundschaft gewährt hatte. Doch so weit reichte seine Einsicht nicht, dass er sich bei dem Zwerg entschuldigt hätte.

»Du magst sie nicht besonders, wie?«, fragte er stattdessen.

»Mögen?«, krähte Fjalar mit angeekeltem Gesicht. »Du machst dich über mich lustig, Großer!«, behauptete er. »Gryla! Gryla mit den dreizehn Söhnen! Wer kann eine Hexe wie sie mögen?«

»Dreizehn?«, wiederholte Andrej überrascht. Die Worte brachten etwas in ihm zum Klingen. Ihm war, als hätte er sie schon einmal gehört, allerdings in einem anderen, schrecklicheren Zusammenhang.

»Gryla mit den dreizehn Söhnen!«, bestätigte Fjalar und nickte so heftig, dass die Kapuze von seinem Kopf rutschte und Andrej einen Blick auf sein abgrundtief hässliches Gesicht gewährte. »Obwohl eine Hexe in diesem Land eigentlich keine Söhne haben kann und es deshalb Gryla mit den dreizehn Töchtern heißen müsste – wenngleich nicht auch das unmöglich wäre.«

»Aha«, machte Andrej auf diese kryptischen Worte hin und versuchte, den wirbelnden grauen Dampf hinter dem Zwerg mit Blicken zu durchdringen. Noch einen Moment zuvor war ihm Grylas Anwesenheit unangenehm gewesen, jetzt wünschte er sich fast, sie käme zurück. »Und was hat sie dir getan?«, fragte er wider besseres Wissen. Jede Frage konnte erneut zu einem nicht enden wollenden Redeschwall führen.

»Getan?«, ereiferte sich der Gnom. »Getan, fragst du? Was sie mir *getan* hat?«

»Ja«, seufzte Andrej.

»Sieh dich doch hier um, Langer!«, fauchte Fjalar. »Schau dich ruhig in meinem Palast um! Es ist gemütlich hier und warm, nicht wahr? Und all diese Pracht und der Luxus, all die kostbaren Möbel und Kleider, all die Diener und Mägde, die mir jeden Wunsch von den Augen ablesen! Ich vergehe vor Dankbarkeit, in jeder Minute, die ich an diesem Ort verbringen darf!«

Das verstand Andrej nicht, und er sagte es auch.

»Es ist ihre Schuld, dass ich hier in diesem Loch leben muss statt in einem Palast, wie er mir zustände!«, behauptete Fjalar.

Andrej verstand immer noch nicht. »Du meinst…«, begann er.

»Ja, ich meine!«, giftete Fjalar. »Du hast ihren Palast gesehen! Das war *mein* Zuhause. Früher einmal habe ich dort gelebt, und das Land, so weit das Auge reicht, hat mir hört! Dann ist die Hexe gekommen und hat mich verjagt!« Sein Blick wurde bohrend. »Und da fragst du mich, was ich gegen sie habe!«

Einen Moment lang wartete er vergebens auf eine Antwort. Als Andrej aber ungläubig schwieg, schürzte er wütend die Lippen, stampfte wie ein trotziges Kind mit dem Fuß auf und fuhr auf der Stelle herum, um in dem grauen Dunst der Höhle zu verschwinden.

Nach einer Weile kam nicht Gryla zurück, sondern ein sehr hochgewachsener, schlanker Mann mit finsterem Gesicht und kräftigen Händen. Andrej war verblüfft, denn Gryla und er waren allein gekommen. Doch er richtete keine Frage an den Fremden und wollte Abu Dun schon unter den Achseln ergreifen, um ihn aus der Höhle zu tragen, da schüttelte der Fremde den Kopf und bedeutete ihm zurückzutreten. Als Andrej verblüfft und widerstrebend gehorchte, schulterte er den drei Zentner schweren Nubier ohne die geringste Anstrengung und trug ihn gebückt ins Freie. Zutiefst verwirrt folgte ihm Andrej.

Der Sturm hatte noch einmal an Kraft gewonnen. Das Schneetreiben war so dicht geworden, dass er selbst den Hundeschlitten nur noch als verschwommenen Schemen hinter den wehenden weißen Vorhängen aus eisigen Flocken erkennen konnte und sogar achtgeben musste, den Anschluss an seinen sonderbaren neuen Führer nicht zu verlieren. Der stapfte hochaufgerichtet vor ihm durch den Schnee und trug Abu Dun mühelos in seinen Armen, als handele es sich um ein kleines Kind. Ebenso geschickt lud er ihn auf dem Schlitten ab und wandte sich schon zum Gehen, da ergriff Andrej ihn rasch an der Schulter und hielt ihn zurück.

»Einen Moment«, sagte er. »Ich will mit dir reden.«

Der Fremde – irgendetwas war in seinen Augen, das Andrej bekannt vorkam, doch der Anblick war so verstörend, dass er davor zurückschreckte, den Gedanken weiterzuverfolgen – streifte seine Hand mit einem lässigen Zucken der Schultern ab, blieb aber gehorsam stehen und sah Andrej fragend an.

»Wer bist du?«, fragte Andrej. »Wo kommst du her?«

»Ich bin Grylas Diener«, antwortete der andere. Seine Stimme klang irgendwie ... vertraut, und auch dieser Gedanke entglitt Andrej, bevor er ihn endgültig fassen konnte.

»Ihr Diener?«, wiederholte er.

»Ich wache über sie«, antwortete der Riese. Seine Stimme klang sanft, teilnahmslos, und dennoch hätte Andrej taub sein müssen, um die Warnung zu überhören, die in seinen Worten mitschwang.

»Und wo kommst du so plötzlich her?«, fragte er.

»Ich bin immer in der Nähe«, antwortete der andere, »keine Sorge.« Er trat einen halben Schritt zurück, wodurch er fast im Schneetreiben verschwand. »Wenn Ihr meine Hilfe braucht, Herr, dann ruft einfach nach mir.« Und damit ging er.

Andrej starrte einen Moment lang ebenso verblüfft wie erschrocken auf die Stelle, an der der Sturm die hochgewachsene Gestalt einfach fortgeweht zu haben schien, dann machte er suchend einen raschen Schritt, stockte aber sofort. Der Fremde war einfach verschwunden, und auch seine Fußspuren waren nicht mehr zu sehen. Konnte es sein, dass der stürmische Wind sie so schnell ausgelöscht hatte?

Bevor Andrej eine Antwort auf diese Frage finden konnte, bemerkte er eine Bewegung in seinem Rücken, und Gryla kam zurück. Sie hatte die Kapuze ihres weißen Fellmantels tief ins Gesicht gezogen, um sich vor dem beißenden Wind zu schützen, doch Andrej glaubte das spöttische Funkeln ihrer Augen fast körperlich zu spüren. Er ahnte auch, dass sie erwartete, von ihm auf ihren sonderbaren Diener, Beschützer, oder was auch immer er in Wahrheit sein mochte, angesprochen zu werden, aber diesen Gefallen tat er ihr nicht. Stattdessen stieg er rasch auf den Schlitten. Gryla folgte ihm wortlos und nahm neben ihm Platz. Sofort setzte sich das Gefährt in Bewegung, und sie jagten den Weg zurück, den sie vorhin gekommen waren. Sturm und tanzender Schnee verschlangen Fjalars Eishöhle hinter ihnen spurlos, so als hätte sie niemals existiert.

Der Himmel war grau, eine öde Fläche ohne Konturen, die von einem Ende des Universums bis zum anderen reichte und vielleicht darüber hinaus. Er schien nicht nur jedes Licht, jede Bewegung, sondern auch die Zeit selbst verschlungen zu haben. Andrej wusste nicht, wie lange er nun schon hier stand und durch dieses unheimliche, glaslose Fenster, das Kälte und Wind trotzdem Einhalt gebot, nach draußen blickte. Stunden sicherlich, vielleicht auch nur Minuten, ebenso gut aber auch Tage. Zeit bedeutete nichts mehr in diesem Winkel der Welt.

Zu seinen Füßen jagte der Wind vergängliche Skulpturen aus Schnee über eine eisige Landschaft aus Fels und Stein, die niemals dem Leben Halt geboten hatte und es auch niemals tun würde, und Andrej hatte das Gefühl, dass allein der Anblick dieser Einöde reichte, auch das Leben in ihm ganz allmählich erlöschen zu lassen.

Nachdem der Hundeschlitten den Hexenfelsen erreicht hatte, war Gryla wortlos hinter der Tür verschwunden, die sich wieder geheimnisvoll vor ihnen aufgetan hatte. Nur einen Augenblick später war der große Mann zurückgekommen, hatte ohne ein Wort Abu Dun hochgehoben und ihn vor Andrej her die schmale Treppe nach oben getragen. Er hatte den Nubier in ein Zimmer getragen, in dem es ein schmales steinernes Bett gab, dort hatte er ihn abgelegt und dann das Zimmer verlassen.

Kurz danach war Gryla zurückgekehrt, jetzt nicht mehr in ihrem weißen Fellmantel, sondern in einem schlichten schwarzen Gewand, dafür aber mit einem Tablett, auf dem sich winzige Tiegel und Töpfe, lederne Beutel und Gläser und Schalen stapelten, und sie hatte Andrej – freundlich, aber auch unmissverständlich – aus dem Zimmer komplimentiert und ihn angewiesen, draußen auf sie zu warten.

Seither war nichts geschehen. Weder war der stumme Diener zurückkommen noch hatte sich hinter der Tür, die Gryla zwischen ihm, Abu Dun und dem, was immer sie auch tun mochte, geschlossen hatte, irgendetwas gerührt. Selbst Andrejs scharfem Gehör war es nicht möglich gewesen, auch nur den kleinsten Laut wahrzunehmen, und vielleicht erschreckte ihn das am allermeisten. Er fragte sich, ob es wirklich gut gewesen war, auf Fjalar zu hören und hierherzukommen. Gryla war vielleicht keine Hexe, doch sie mochte durchaus etwas viel Schlimmeres sein.

Andrej schüttelte den Gedanken ab, verärgert über sich selbst. Er war nervös, war erschöpft und fühlte sich krank vor Sorge um Abu Dun. Er musste aufpassen, in seinem Misstrauen nicht vielleicht den einzigen Menschen zu verschrecken, der Abu Duns Leben noch retten konnte.

Endlich hörte er ein Geräusch hinter sich und fuhr hastig herum. Es war Gryla, die die Tür sorgsam hinter sich ins Schloss zog. Andrej versuchte vergeblich, einen Blick durch den schmaler werdenden Spalt in den dahinterliegenden Raum zu erhaschen.

»Wie geht es ihm?«, fragte er.

Sehr langsam drehte sich Gryla zu ihm herum. Andrej erschrak, als er in ihr Gesicht blickte. Sie wirkte erschöpft, müde und für einen winzigen Moment uralt, dann blinzelte er, und die Vision war verschwunden. Jetzt sah sie wieder so alterslos aus wie vorher, doch der erschöpfte Ausdruck auf ihrem Gesicht war geblieben. »Schlecht«, antwortete sie mit einer matten, unendlich müde klingenden Stimme, hob jedoch zugleich die Hand zu einer beruhigenden Geste. »Aber er wird es überstehen, keine Sorge.«

»Bestimmt?«, vergewisserte sich Andrej.

Gryla wirkte ein bisschen verletzt, lächelte aber dennoch und kam näher. »Nichts ist bestimmt, Andrej«, sagte sie. »Letzten Endes liegt unser Schicksal in den Händen der Götter.«

»Falls es sie gibt«, murmelte Andrej. Schon als er sie aussprach, tat ihm die Bemerkung leid, doch Gryla reagierte auch jetzt wieder nur mit einem angedeuteten matten Lächeln.

»Dann nenn es von mir aus Zufall oder auch Schicksal«, sagte sie. »Wo ist der Unterschied?«

Andrej wollte nicht darüber nachdenken. Er hatte sich diese Frage schon unzählige Male gestellt und niemals eine Antwort gefunden. Stattdessen sagte er endlich das, was er gleich hätte sagen sollen: »Ich danke dir. Ohne dich hätte er es vielleicht nicht geschafft.«

Gryla trat neben ihn ans Fenster und sah hinaus auf die weiße und schwarze Einöde und das unentwegte Spiel des Windes, bevor sie antwortete. »Nein.«

»Nein?«, murmelte Andrej. Was sollte das jetzt wieder heißen?

»Nein«, sagte Gryla noch einmal. »Ohne mich hätte er es nicht geschafft. Eine Weile war ich nicht einmal sicher, ob ich ihn retten konnte. Aber dein Freund ist stark.« Sie riss ihren Blick von der Öde draußen los und sah fragend zu Andrej hoch. »Bist du genauso stark?«

»Nein«, antwortete Andrej wahrheitsgemäß. »Aber ich bin auch kein Schwächling.«

»Ich weiß«, erwiderte Gryla mit einem sonderbaren Lächeln, dann drehte sie sich wieder zum Fenster. Andrej fragte sich, was es da draußen wohl Interessantes zu sehen gab für einen Menschen, der schon so viele Jahre hier lebte und nichts als diesen einen Anblick kannte.

»Wo sind wir hier, Gryla?«, fragte er. »Abu Dun und ich sind weit in der Welt herumgekommen, aber ein Land wie dieses habe ich nie zuvor gesehen.«

»Und es erschreckt dich, habe ich recht?«, wollte Gryla wissen.

Erschrecken war vielleicht das falsche Wort, aber sie kam der Wahrheit mit ihrer Frage nahe genug, dass er dennoch nickte.

»Das muss es nicht«, fuhr Gryla fort. »Dieses Land hat durchaus seinen Reiz. Aber ich glaube, man muss hier geboren sein, um ihn zu erkennen.«

»Wieso wird es hier niemals Nacht«, fragte Andrej, »oder Tag?«

Gryla lachte ganz leise. »Oh, das wird es«, sagte sie. »Doch die Tage dauern hier länger.«

»Länger?«, entfuhr es Andrej überrascht. »Abu Dun und ich sind seit einer Woche unterwegs, und –«

»– ihr könntet noch viele Wochen unterwegs sein, bevor es endgültig Nacht wird«, fiel ihm Gryla ins Wort. »Es ist Mittsommer. Ihr hattet Glück.«

»Glück?!«, erwiderte Andrej zweifelnd, doch Gryla nickte auch jetzt nur sehr ernst.

»Ja«, bestätigte sie, »denn ihr hättet ebenso gut auch des Nachts hier ankommen können. Die Nächte dauern hier so lange wie die Tage.«

Etwas in ihrem Blick veränderte sich, und das ungute Gefühl kehrte zurück, das Andrej bereits zuvor verspürt hatte. Doch es verging einige Zeit, und er musste ihre Worte noch zwei- oder dreimal in Gedanken wiederholen, bevor ihm wirklich klar wurde, was sie bedeuteten.

»Du ... du hast mich hereingelegt«, sagte er leise.

Gryla lächelte. »Was hast du erwartet, Andrej?«, fragte sie, während sie auf ihn zuglitt und mit einer raschen Bewegung die Träger ihres Kleides von den Schultern gleiten ließ. »Ich bin eine Hexe.«

Andrej hatte einen Albtraum. Er rannte, so schnell er nur konnte, aber er wusste trotzdem, dass er zu spät kommen würde. Steine, Erdbrocken und Schnee spritzten im Takt seiner rasenden Schritte unter seinen schweren Stiefeln hoch, als er den gewundenen Pfad hinaufjagte, an dessen Ende sie gestern Abend ihr Lager aufgeschlagen hatten; ein jämmerliches Fleckchen halbwegs trockener Erde unter einem vorspringenden Felsen, der kaum wirklichen Schutz vor der Kälte und den tobenden Elementen bot und sie dennoch mehr schützte, als sie in den drei zurückliegenden Tagen zu hoffen gewagt hatten.

Irgendwann im Morgengrauen war er wach geworden, zitternd vor Kälte, und mit gekrümmten, steif gefrorenen Fingern, die bei jeder Bewegung wehtaten, und schmerzender Kehle, als atme er keine Luft, sondern flüssiges Eis, das ihn von innen heraus gefrieren ließ und seinem Körper auch noch das allerletzte bisschen kostbarer Wärme entzog. Das Feuer, das sie unter so vielen Mühen entzündet hatten, hatte nur noch schwach geglommen, was ihn nach panischem und sinnlosem Herumstochern in der erlöschenden Glut sehr schnell hochgetrieben hatte, um neues Brennholz zu suchen; ein Gut, das in diesem öden, selbst von den Göttern vergessenen Winkel der Welt kostbarer war als Gold.

Jetzt brannte es wieder lichterloh, vielleicht sogar höher, als gut war. Prasselnde Flammen leckten an der Unterseite des Felsvorsprungs und verliehen dem Stein einen flüchtigen Überzug aus Ruß – vergängliche Kunstwerke aus verschlungenen Linien und bizarren Formen. Das Feuer warf bizarre Schatten auf den nur an wenigen Stellen von Schnee bedeckten Fels unter ihren Füßen, hier, wo es ein winziges bisschen wärmer war als irgendwo sonst an der Küste dieser aus Fels und Schnee und Eis bestehenden Insel. Andrej hatte längst vergessen, wie es war, nicht zu frieren.

Aber das war beileibe nicht sein größtes Problem. Er hatte das Feuer wieder in Gang gebracht, aber auf diesem Land musste tatsächlich ein Fluch lasten. Je kälter es wurde – und es wurde mit jeder Stunde kälter, was seiner geheimen Sorge neue Nahrung gab, dass sie sich in Wahrheit weiter nach Norden bewegten statt nach Süden, wie sie es eigentlich vorgehabt hatten –, desto schneller schienen die Flammen das Holz aufzuzehren, mit dem er sie nährte.

Ihm war rasch klar geworden, dass das Feuer nur zu bald wieder erlöschen würde, und er war – wider besseres Wissen und die Warnung seiner inneren Stimme missachtend – noch einmal aufgebrochen, um mehr Feuerholz zu holen. Unvernünftig oder nicht – wenn das Feuer erlosch, bestand die ganz konkrete Gefahr, dass Abu Dun erfror.

Viel zu spät hatte er erkannt, dass er besser daran getan hätte, auf die Stimme seiner Vernunft zu hören, denn kaum hatte er sich wenige hundert Schritte von ihrem improvisierten Nachtlager entfernt, da hatte er begriffen, dass er in eine Falle getappt war. Das Feuer war nicht von selbst erloschen, und als er das untere Ende des steilen Bergpfades erreicht hatte, hatten die Schreie und der Lärm begonnen.

Jetzt *sah* er es. In der niemals endenden Dämmerung, die dieses Land in ihrem Würgegriff hatte, waren die kämpfenden Gestalten kaum mehr als Schemen, die sich mit geisterhaften Bewegungen zu umtanzen schienen. Doch er sah trotzdem, dass es gleich mehrere Angreifer waren, die Abu Dun im Schlaf überrascht haben mussten und ihn jetzt – ein Anblick, der ebenso selten wie unglaublich war – auf dem schmalen Felsgrat vor sich hertrieben wie eine Meute wilder Hunde eine leichtsinnige Katze, die nicht rechtzeitig genug auf den Baum geflohen war.

Durch das Prasseln der Flammen und das Knistern und Knacken des zerbrechenden Holzes, das dumpfe Echo der Schritte und die keuchenden Atemzüge hörte Andrej das boshafte Zischen, mit dem geschliffener Stahl durch die Luft fuhr, das harte, metallische Geräusch, mit dem Abu Duns Krummsäbel gegen die Klingen der Angreifer prallte, und die spitzen Schreie, mit denen sich die Kämpfenden gegenseitig anfeuerten. Er konnte keine Einzelheiten erkennen, nur ein Durcheinander aus Armen und Köpfen und Gliedern und blitzendem Metall, auf dem sich Feuerschein spiegelte, doch was er sah, reichte aus, um seinen Herzschlag noch mehr zu beschleunigen und rascher ausgreifen zu lassen, als er es auf dem tückischen Untergrund normalerweise gewagt hätte.

Noch vor wenigen Stunden hatte er geglaubt, dieser Boden wäre das Schönste, was er jemals gesehen hatte, gab er ihm doch das erste Mal seit Tagen Hoffnung, der Kälte zu entkommen, mit dem Grün lebender Flechten und Wurzeln, das sich allmählich in das monotone Einerlei aus hartem Stein und glitzerndem Eis mischte, durch das sie sich geschleppt hatten. Jetzt drohte er bei jedem zweiten Schritt zu straucheln, und mehr als einmal *war* er schon aus dem Tritt gekommen und um ein Haar gestürzt; ein Missgeschick, dass er sich nicht erlauben konnte, denn zum einen gähnte zu seiner Rechten ein gut zwanzig Meter tiefer Abgrund, zum anderen mochte ein Sturz Abu Duns Todesurteil bedeuten.

Er wusste nicht, gegen wen der Nubier kämpfte, aber

es waren sechs Gegner, die dem nubischen Hünen offensichtlich durchaus ebenbürtig waren. Abu Dun war krank. Während der letzten beiden Stunden hatte Andrej ihn stützen müssen, und der schwarze Riese hatte die ganz Nacht über im Fieber gesprochen und gestöhnt.

Das Schlimmste aber war, dass er seine Waffe zurückgelassen hatte, als er aufgebrochen war; ein Leichtsinn, den er sich im Nachhinein selbst nicht erklären konnte. Aber mit welcher Gefahr hätte er schon rechnen sollen, in einem Land, das nur aus Kälte und ewiger Dämmerung und Leere zu bestehen schien? Eine dumme, wenn auch verzeihliche Nachlässigkeit – nur dass in diesem Fall aus einem kleinen Versäumnis durchaus ein tödlicher Fehler zu werden drohte.

Endlich hatte er die letzte Biegung des steil ansteigenden Pfades erreicht, und für einen Moment verschwanden die Kämpfenden aus seinem Blickfeld; er sah nicht mehr als die lodernden Flammen des Feuers und Funken, die zischend im Schnee erloschen. Die Schreie wurden lauter, und nun hörte er auch Abu Duns Wutgebrüll, in dem Furcht, vielleicht auch Schmerz, mitzuschwingen schien.

Im Laufen wechselte er den knüppeldicken Ast, den er bislang in der Linken gehalten hatte, um sich im Notfall mit der Rechten festhalten oder abstützen zu können, jetzt doch in seine Waffenhand. Der Gedanke, mit einem Knüppel gegen Männer anzutreten, die Schwerter hatten und offensichtlich gut genug damit umzugehen verstanden, um selbst den nubischen Piraten in Bedrängnis zu bringen, erschien ihm selbst lächerlich. Aber es war besser als nichts.

Zumindest glaubte er das, bis er die Biegung hinter sich gebracht hatte und mit einem Satz auf das flache Plateau hinaufsprang, auf dem sie Rast gemacht hatten.

Er glaubte es sogar noch, als sein Blick über die sechs dunklen Gestalten huschte, die auf Abu Dun eindrangen und ihn in einem geübten Wechsel blitzartiger Angriffe, Rückzüge, Paraden und Kontern vor sich hertrieben.

Abu Dun wehrte sich nach Kräften, doch Andrej kannte den Nubier lange und gut genug, um mit einem einzigen Blick zu erfassen, dass seine Bewegungen bereits an Geschmeidigkeit und explosiver Stärke verloren hatten. Abu Dun war krank. Vielleicht kränker, als er bisher geglaubt hatte.

Aber Abu Dun konnte *nicht krank werden, so wenig wie er ...*

Keiner der Kämpfenden schien Notiz von ihm zu nehmen – bis auf Abu Dun. In der gleichen Bewegung, in der er einem heimtückischen Schwertstoß auswich, zuckte sein Kopf zu Andrej herum. Blut lief über Abu Duns Gesicht, und über seinem linken Auge klaffte eine hässliche, bis auf den Knochen reichende Wunde, die bewies, wie sehr ihn seine Gegner bereits in Bedrängnis gebracht hatten, und in seinen weit aufgerissenen Augen glaubte Andrej Panik zu sehen.

»Hexenmeister!«, schrie er. »Pass auf!«

Selbst wenn Andrej den Sinn seiner Worte verstanden hätte, wäre es wohl zu spät gewesen. Er hatte sich auf die Männer konzentriert, mit denen Abu Dun kämpfte – ein Fehler, denn ihm war nicht einmal in den Sinn gekommen, dass das halbe Dutzend Gestalten vielleicht nicht allein war. Ein Schatten wuchs irgendwo rechts neben ihm auf, kaum mehr als ein plötzliches Aufblitzen von Dunkelheit in seinem Augenwinkel, tödlicher Stahl ließ rotes Licht in einer Woge winziger lautloser Explosionen zersplittern und züngelte in einer unvorstellbar schnellen Bewegung nach seinem Gesicht.

Andrej ließ sich einfach fallen; keine bewusste Reaktion, sondern ein Reflex, auf den er keinerlei Einfluss hatte. Die Klinge, die ihn hatte enthaupten sollen, streifte seine Schulter, riss seinen ohnehin aus kaum mehr als Fetzen bestehenden Mantel auf und zog eine brennende Spur aus Schmerz und Blut durch die darunterliegende Haut und den Muskel. Andrej stürzte, und noch bevor er auf dem Boden aufschlug, setzte der Fremde nach, ohne ihm auch nur den Hauch einer Atempause zu gewähren. Der Mann war gut, dachte Andrej mit kalter Sachlichkeit, die ihn selbst erstaunte – fast so gut wie er.

Aber eben nur fast.

Sein Gegner nutzte den Schwung seines eigenen Schwerthiebes, um sich nach vorne fallen zu lassen und die Bewegung in einen neuerlichen Schlag umwandeln zu können – genau, wie Andrej es an seiner Stelle getan hätte, eben nur eine Spur langsamer … eine entscheidende Spur langsamer.

Andrej schlug mit seiner improvisierten Keule zu, als das Knie des Angreifers auf Höhe seines Gesichts war, traf dessen Kniescheibe und registrierte voller Zufriedenheit das hässliche splitternde Geräusch, mit dem der Knochen brach.

Oder brechen sollte.

Es war der Stock in seiner Hand, der zersplitterte.

Er war sich so sicher gewesen, den Mann mit einem Schmerzensschrei wanken und auf die Knie fallen zu sehen, dass er eine kostbare halbe Sekunde damit verschwendete, den gebrochenen Stumpf in seiner Hand anzustarren. Dann wurde er wieder in die Wirklichkeit zurückgerissen. Wortwörtlich. Oder um noch genauer zu sein: zurück*getreten*, denn sein Gegenüber tat ihm nicht den Gefallen, auch nur den leisesten Schmerzenslaut von sich zu geben, sondern versetzte ihm einen Fußtritt ins Gesicht, der Andrej wuchtig nach hinten schleuderte und seinen Kopf mit noch größerer Wucht gegen den Fels prallen ließ. Sterne aus rotem Schmerz explodierten vor seinen Augen, und für einen Moment wurde ihm übel.

Instinktiv warf er sich zur Seite und rollte sich zu der Stelle, wo sie gerastet hatten. Irgendwo dort war sein Waffengurt, das Schwert, mit dem er – vielleicht – eine bessere Chance hatte, sich des unheimlichen Angreifers zu erwehren. Ohne darauf zu achten, was sein Gegner tat, versuchte er mit einem verzweifelten Hechtsprung, nach seinem Schwert zu greifen.

Es blieb bei dem Versuch. Andrej schaffte es zwar, die Hände um die mit kostbarem Leder überzogene

Scheide, in der das Schwert steckte, zu schließen, doch der Angreifer gewährte ihm nicht den entscheidenden Sekundenbruchteil, den er gebraucht hätte, um die Waffe zu ziehen. Seine Klinge schnitt mit einem hässlichen Laut dicht vor Andrejs Gesicht durch die Luft und ließ eine Fontäne von Funken und Eissplittern aus dem Boden sprudeln. Andrej rollte herum, schlug das Schwert mit der bloßen Hand zur Seite und registrierte kaum den brennenden Schmerz, als er sich eine tiefe, heftig blutende Schnittwunde zuzog. Noch aus der Bewegung heraus trat er zu, traf diesmal das Fußgelenk des Burschen und brachte ihn zumindest aus dem Gleichgewicht; nicht lange, jetzt aber endlich lange genug. Andrej federte in die Höhe, und das Schwert schien wie von selbst in seine Hand zu springen.

Der Fremde hatte sein Gleichgewicht bereits wiedergefunden und setzte lautlos zu einem neuerlichen Angriff an, und Andrej warf ihm die leere Scheide ins Gesicht; eine lächerliche Attacke, die sein Gegenüber mit einer geradezu spielerisch anmutenden Leichtigkeit parierte. Dennoch kostete ihn diese Bewegung, so schnell und mühelos sie auch gewesen sein mochte, Zeit, und sei es nur der Bruchteil eines Atemzuges. Vielleicht, dachte Andrej, waren diese unheimlichen Männer doch nicht so übermächtig, wie es den Anschein gehabt hatte.

Er nutzte die gewonnene Zeit, einen halben Schritt zurückzuweichen und nach festem Stand zu suchen, dann stürmte der andere schon wieder heran und ihre Waffen prallten Funken sprühend aufeinander.

Eigentlich hätte der Kampf damit beendet sein müssen. Wie Abu Dun war auch Andrej ein hervorragender Schwertkämpfer; vielleicht einer der besten, die es jemals auf dieser Welt gegeben hatte. Dies war nicht allein seinem Talent zuzuschreiben, sondern auch schlicht der Tatsache, dass er seine Fertigkeiten jahrhundertelang hatte trainieren können. Seit einem Menschenalter war Andrej keinem Mann begegnet, der in einem fairen Kampf mit der Klinge länger als wenige Augenblicke gegen ihn hatte bestehen können.

Vielleicht war heute der Tag, an dem sich das änderte.

Andrej hatte alle Mühe, die nächsten Attacken des unheimlichen Angreifers abzuwehren. Es war nicht so, dass ihm der Mann kräftemäßig überlegen gewesen wäre – aber er schien jede Finte, jedes Ausweichmanöver, jede Parade und jeden Angriff vorauszuahnen, und wäre er nur einen Deut schneller gewesen, dann wäre es wohl Andrej gewesen, der Schritt für Schritt zurückgedrängt worden wäre.

So war es umgekehrt, und doch war Andrej sich plötzlich nicht mehr sicher, dass er diesen Kampf gewinnen würde.

Immer schneller und immer härter prallten ihre Klingen aufeinander. Andrej wechselte seine Taktik mehrmals von brutalen, gradlinigen und mit aller Kraft geführten Hieben zu raffinierten Finten, Attacken und komplizierten Paraden. Doch ganz egal, was er tat, der andere tat es ihm gleich. Wie Andrejs Schatten wich er vor und zurück, duckte sich, täuschte an, attackierte und konterte. Während ihre Klingen in immer schnelleren, immer komplizierteren Bewegungen aufeinanderhämmerten, kam es Andrej vor, als kämpfe er mit seinem eigenen düsteren Spiegelbild, ein Eindruck, der umso stärker war, als er das Gesicht des anderen nicht erkennen konnte.

Wie auch die übrigen Angreifer war dieser ganz in Schwarz gekleidet, ein Tuch vor Mund und Nase, über dem nur seine Augen sichtbar waren; Augen, die dunkel und aufmerksam und von der gleichen Kraft erfüllt waren, wie Andrej sie sah, wenn er in den Spiegel blickte.

Aus den Augenwinkeln erkannte Andrej, dass es Abu Dun noch sehr viel schlechter erging als ihm. Er hätte erwartet, dass er von den sechs Angreifern mittlerweile mindestens die Hälfte zu Boden geschickt hätte, doch obwohl einige von ihnen durchaus aus tiefen Wunden bluteten, hielten sie sich nicht nur allesamt aufrecht, sondern kämpften auch mit der gleichen ungestümen Wut wie der einzelne Gegner, dem Andrej gegenüberstand; als wären auch sie Geschöpfe, denen Schmerz nichts ausmachte und die durch Verletzungen nicht aufzuhalten waren. Abu Duns Bewegungen hingegen erlahmten jetzt zusehends. Konnte es sein, dachte Andrej erschrocken, dass sie gegen Wesen ihrer eigenen Art kämpften?

Andrej schob den Gedanken beiseite, als sein Gegenüber zu einem neuerlichen, noch ungestümeren Angriff ansetzte. Er wusste nicht, ob der Bursche ihn wirklich töten oder nur davon abhalten sollte, Abu Dun zu Hilfe zu springen, doch ganz egal – mit jedem keuchenden Atemzug, den Andrej ausstieß, ließen seine Kräfte nach, während der andere sich noch immer so rasend schnell und lautlos wie ein Schatten bewegte, als kenne er keine Erschöpfung. Wenn er diesen Kampf überleben wollte, musste er ihn schnell beenden. Jetzt.

Andrej wirbelte herum, tauchte unter einem entschieden geführten Hieb des anderen hinweg und trat dem schwarz Gekleideten mit aller Kraft in den Leib. Der Mann gab nicht den geringsten Laut von sich, als habe Andrej ihm keinen Schmerz zugefügt, doch er wankte allein unter der Wucht des Trittes zurück, und Andrej setzte ihm nach, schlug seine Klinge mit einem kraftvollen Schwerthieb beiseite und rammte ihm den Handballen der linken Hand unter das Kinn. Der Mann stolperte einen weiteren Schritt zurück, und Andrej schlug noch einmal zu. Seine vor Kälte steifen Finger stießen nach den Augen des anderen, verfehlten sie und schrammten nur harmlos über seine Wange – aber sie rissen das schwarze Tuch hinunter, das seine Züge verhüllt hatte.

Andrej erstarrte, denn er blickte in sein eigenes Gesicht.

Hätte der andere die Gelegenheit genutzt, ihn wieder zu attackieren, hätte er die Arme nicht zu seiner Verteidigung gehoben. Wie gelähmt stand er da, starrte das schmale, scharf gezeichnete Gesicht mit der markanten Nase und dem energischen Kinn an, die Augen, die *seine eigenen waren,* und er war unfähig, auch nur einen einzigen Gedanken zu fassen, auch nur zu *begreifen,* was er da sah.

Der Mann trug sein Gesicht. Nein: Er *war* er.

Was ihn nicht daran hinderte, plötzlich sein Schwert zu heben und zu versuchen, die Klinge mitten in *Andrejs* Gesicht zu rammen.

Was Andrej schon einmal gedacht hatte, bewahrheitete sich. Der andere mochte ihm ähneln wie ein Zwillingsbruder, er mochte *fast* so schnell sein wie er, aber da war noch eine Winzigkeit, die das Original von der Nachahmung unterschied, und diese Winzigkeit brachte die Entscheidung. Ihre Schwerter gingen nahezu gleichzeitig in die Höhe, doch es war Andrejs Klinge, die traf – den Bruchteil eines Atemzuges, bevor der Stahl des anderen in seinen Leib schnitt.

Der Mann keuchte, wich einen einzelnen, torkelnden Schritt zurück und hätte sein Gleichgewicht zweifellos mit dem nächsten zurückgewonnen, doch dazu kam er nicht mehr. Sein Fuß stieß ins Leere, denn in seinem Rücken war kein massiver Fels mehr, sondern ein zwanzig Meter tiefer Abgrund. Einen Herzschlag lang kämpfte er noch ebenso verzweifelt wie vergeblich mit den Armen rudernd um sein Gleichgewicht, dann kippte er nach hinten und verschwand lautlos in der Tiefe.

Doch er schlug nicht auf dem Felsen auf.

Kurz bevor er auf den harten Grund geprallt wäre, breitete er die Arme aus, und vor Andrejs ungläubigen Augen wurden sie zu einem Paar riesiger, schattiger Schwingen, mit denen er sich lautlos in die Höhe schwang und dann in der Nacht verschwand.

Keuchend wich Andrej zurück, stieß gegen den Felsen und musste einen halben Herzschlag lang seine ganze Willenskraft aufbieten, um nicht das Bewusstsein zu verlieren. Das Blut rauschte in seinen Ohren, und für einen Moment glaubte er einen Laut wie ein ... *Lachen* zu hören, das seinen Ursprung in seinem Kopf hatte. Schmerzen rasten durch seinen Leib, und irgendetwas lief warm und klebrig an seinem Schenkel hinab. Andrej spürte erst jetzt, dass die Klinge seines Gegners ihr Ziel ebenso getroffen hatte wie seine eigene. Natürlich hatte sie das – was hatte er erwartet?

Da er keine Flügel hatte, um sich in die Lüfte schwingen zu können, und er sich auch nicht in einen Schatten verwandeln konnte, dem Stahl nichts anzuhaben vermochte, war er gezwungen, abzuwarten, bis sein zerrissenes Fleisch geheilt war und sein Blut aufgehört hatte zu fließen.

Und obwohl die Heilung nicht lange dauerte, vielleicht eine Minute, vielleicht zwei, kaum länger, würde er doch möglicherweise zu spät kommen.

Abu Dun hatte keine Chance mehr. Andrej sah, dass der nubische Riese mittlerweile aus einem halben Dutzend tiefer Schnitt- und Stichwunden blutete, die ihm seine Gegner zugefügt hatten, und er war so schwach, dass er sich kaum noch auf den Beinen halten konnte. Wieder und wieder wurde er getroffen, und Andrejs Herz setzte aus und hämmerte dann mit doppelter Schnelligkeit weiter, als er sah, wie die schwarz Gekleideten Abu Dun immer weiter auf das Feuer zutrieben. Jetzt wusste er es mit Sicherheit: Er würde zu spät kommen.

Andrej versuchte verzweifelt, sich schneller zu bewegen, ergriff seine Klinge im Laufen mit beiden Händen und glaubte abermals ein leises böses Lachen zu hören, das direkt in seinem Kopfe entstand. Und dann *sah* er es. Abu Dun streckte einen seiner Gegner mit einem gewaltigen Schwerthieb nieder, doch er zahlte einen hohen Preis, denn ohne die notwendige Deckung wurde er selbst getroffen und taumelte einen Schritt zurück.

Mitten hinein in das Feuer.

Die Flammen explodierten regelrecht in seinem Mantel, und von einem Lidschlag zum anderen verwandelte sich Abu Dun in eine lodernde Fackel. Der Stoff fing mit einem dumpfen Schlag Feuer, als wäre er mit Lampenöl getränkt, und Abu Dun schrie und taumelte mit wild um sich schlagenden Armen aus dem Feuer heraus. Aber nun war er selbst das Feuer, und er brüllte, während er ebenso verzweifelt versuchte, die Flammen auszuschlagen, die aus seinem Mantel und seinem geschundenen Fleisch schlugen. Vergeblich.

Andrej rannte schneller, angstvoll schreiend, und musste mit Entsetzen zusehen, wie Abu Dun nun geradewegs auf ihn zuwankte, sein Gesicht eine schreckliche, verzerrte Fackel aus loderndem Fleisch, die vor seinen Augen schmolz und verkohlte und …

Andrej fuhr mit einem Schrei hoch. Sein Herz raste noch immer wild, er zitterte und fühlte sich schwach und so müde, als hätte er ein Jahr lang nicht geschlafen.

Ihm war heiß und kalt zugleich, und im allerersten Moment spielten ihm seine Sinne einen bösen Streich, wähnte er sich doch noch immer auf dem sturmumtosten Plateau und glaubte noch immer Abu Duns gellende Schreie zu hören, den Gestank seines brennenden Fleisches zu riechen und das Schlagen gewaltiger Schwingen über sich in der Luft zu spüren.

Andrej schloss die Augen, presste die Lider so fest aufeinander, dass bunte Schmerzblitze über die Innenseite seiner Lider huschten, und ballte die Hände so fest zu Fäusten, dass sie wehtaten.

Es half. Der Schmerz tat seinen Dienst, indem er ihn endgültig in die Wirklichkeit zurückriss und die bizarre Vision als das entlarvte, was sie war: nichts als ein letzter böser Gruß, den ihm der überstandene Albtraum mit hinüber in die Wirklichkeit gegeben hatte.

Doch er war nicht sicher, dass diese Wirklichkeit angenehmer war.

Er war allein. Es war dunkel, und es war kalt, und in der Luft lag ein schwacher, aber unangenehmer Geruch, der ihn an etwas erinnert hätte, hätte er die Erinnerung zugelassen. Außerdem war er nackt.

Mühsam setzte sich Andrej auf, fuhr sich mit beiden Händen über das Gesicht, als könne er die Benommenheit auf diese Weise wegwischen wie klebrige Spinnweben, und sah dann an sich hinab. Alles, was er am Leibe trug, waren die verschlungenen Tätowierungen auf seiner rechten Schulter und dem Oberarm, aber jemand hatte eine Decke aus flauschigem weißen Fell genommen und seine Blöße damit bedeckt, und obwohl es hier niemanden gab, vor dem er so etwas wie Scham empfinden musste, huschte ein dankbares Lächeln über seine Lippen.

Er blieb noch eine Weile so sitzen, dann schlug er einen Deckenzipfel beiseite, schwang die Beine aus dem Bett und sog scharf die Luft zwischen den Zähnen ein, als seine bloßen Füße den kalten Boden berührten. Wie der gesamte Raum bestand er aus Fels, aber er war so kalt wie Eis, und auch sein Atem stand nun wieder als flüchtiger grauer Dampf vor seinem Gesicht.

Andrej entdeckte seine Kleider, die ordentlich zusammengelegt auf einem Stuhl neben dem riesigen steinernen Bett lagen. Rasch zog er sich an und stellte dabei fest, dass sie nicht nur sauber gewaschen waren, sondern auch jemand alle Risse und Beschädigungen geflickt hatte, und dies mit solcher Kunstfertigkeit, dass man die Nähte kaum sah. Er schlüpfte in seine Stiefel, legte – nach kurzem Zögern – auch seinen Waffengurt an und warf sich schließlich den Mantel über die Schultern. Dann ging er zum Fenster und sah hinaus.

Der Anblick hatte sich nicht verändert. Das Land war noch immer öde, der Wind spielte noch immer mit denselben vergänglichen Schneeskulpturen, und der Himmel war noch immer trist und konturlos. Vielleicht war das Licht ein wenig heller. Andrej stand eine Zeit lang einfach da und wartete darauf, dass etwas geschah, doch der Wind setzte sein monotones Spiel unbeeindruckt fort, niemand kam, und er hörte keinen Laut.

Schließlich gab er es auf, drehte sich vom Fenster weg und ließ seinen Blick aufmerksam durch den großen Raum schweifen. Die Gedanken hinter seiner Stirn bewegten sich noch immer träge, und es fiel ihm schwer, zwischen seinem Albtraum und dem Hier und Jetzt zu unterscheiden. Er spürte: Etwas stimmte nicht. Gryla hatte von einer Nacht gesprochen, aber auch wenn es ihm immer schwerer fiel, sich an die zurückliegende Zeit zu erinnern, wusste er doch, dass er mehr als nur ein paar Stunden geschlafen hatte. Dennoch schien sich an dem grauen Zwielicht draußen nicht viel geändert zu haben. Was war geschehen?

Sein Blick fiel auf die Tür, die zum Nebenzimmer führte, in dem Gryla Abu Dun behandelt hatte. Sie hatte ihm verboten, dieses Zimmer zu betreten, aber nun stand die Tür offen, und auch wenn seine Erinnerung bruchstückhaft war, so überzeugte ihn doch allein die Schwäche in seinen Gliedmaßen davon, dass er seinen Teil der Abmachung erfüllt hatte.

Also ging er zur Tür, zögerte noch ein allerletztes Mal, um zu lauschen, und trat dann ohne anzuklopfen ein.

Der Raum war leer bis auf das gewaltige steinerne Bett, auf dem Abu Dun gelegen hatte. Außerdem gab es eine weitere Tür, die Andrej bei seinem ersten Besuch nicht aufgefallen war. Aber der war schließlich lange her.

Abu Dun war nicht mehr da. Andrej zögerte abermals, aber dann schob er auch seine letzten Bedenken beiseite und öffnete die zweite Tür. Er kannte Gryla mittlerweile gut genug, um sicher zu sein, dass diese ganz bestimmt fest verschlossen gewesen wäre, hätte sie nicht gewollt, dass er hindurchtrat.

Hinter der Tür wartete kein weiteres Zimmer auf ihn, sondern eine schmale Treppe, die in schwindelerregendem Winkel in die Tiefe führte. Mattgrünes Licht tauchte ihren Fuß in einen seltsamen Schein, der ihn auf beunruhigende Weise an etwas erinnerte, ohne dass er genau sagen konnte – oder wollte? –, woran. Sein Herz begann zu klopfen, und plötzlich fühlte er sich so schwach, dass er mit der Rechten an der Wand Halt suchte, während er die Treppe hinunterging.

Der Raum, in den er gelangte, bestand nicht aus Stein, sondern aus milchigem Eis, das wie unter einem unheimlichen inneren Feuer zu glühen schien. Auch dieser Anblick erinnerte ihn an etwas, und jetzt wollte die Erinnerung mit Macht Gestalt annehmen. Er schmeckte Galle auf seiner Zunge und glaubte ein seltsames Schaben zu hören, ein Geräusch wie das Kratzen harter Klauen auf Eis.

Andrejs Hand schloss sich um den Schwertgriff in seinem Gürtel, als er näher an die eisige Wand herantrat, und sein Herz schlug jetzt noch schneller. Das Eis war trübe, zugleich aber auch klar genug, um zu erkennen, dass die Mauer aus gefrorener Kälte nicht leer war. Gestalten waren darin eingeschlossen, hochaufgerichtet und mitten in der Bewegung erstarrt: Ein sehr groß gewachsener, hagerer Mann mit starken Händen, daneben ein kleiner, dürrer Kerl mit dem hässlichsten Gesicht, das man sich nur vorstellen konnte, da ein Krieger mit Schild und Schwert und dem charakteristischen Hörnerhelm der Nordmänner, dort eine dunkelhaarige, sonderbar alterslose Frau ... es waren viele.

»Dreizehn«, sagte eine Stimme. Ein kurzer Reflex blitzte in dem Eis vor ihm auf, als wäre hinter ihm plötzlich etwas aus dem Nichts erschienen. »Spar dir die Mühe, sie zu zählen. Es sind dreizehn.«

»Und ich nehme an, es sollten jetzt eigentlich vierzehn sein«, sagte Andrej, während er sich langsam zu Gryla herumdrehte und sie ansah. Sie war schön wie immer, und doch umwehte sie jetzt etwas Düsteres.

Ihr Nicken ging sofort in ein Kopfschütteln über. »Du hast mich belogen, Unsterblicher«, sagte sie.

Andrej versuchte vergebens, Zorn zu empfinden. Sie waren zu lange zusammen gewesen, und sie hatte ihm zu viel gegeben, als dass er sie hassen konnte, ganz gleich, wer sie wirklich sein mochte.

Aber was hatte sie ihm im Gegenzug genommen?

Er versuchte sich zu erinnern, doch es gelang ihm nicht. Die Erinnerung an die zurückliegende Nacht begann in seinem Kopf zu verblassen, ganz egal, wie sehr er auch versuchte, sie festzuhalten.

»Bemüh dich nicht«, sagte Gryla lächelnd. »Du wirst die Zeit mit mir vergessen, bald. Glaub mir, es ist besser für dich.«

Andrej antwortete nicht darauf. Stattdessen fragte er: »Wieso hast du mich am Leben gelassen?«

Es dauerte eine Weile, bevor Gryla antwortete. »Wer weiß?«, meinte sie schulterzuckend. »Vielleicht aus

Sentimentalität. Vielleicht auch, weil du etwas Besonderes bist.«

»War ich so gut?«, fragte Andrej und versuchte vergeblich zu grinsen.

Gryla blieb ernst. »Ja«, sagte sie geradeheraus. »Aber das ist kein Wunder, nun, wo ich weiß, was du wirklich bist. Aber deshalb habe ich dich nicht leben lassen.«

»Warum dann?«

Gryla lächelte sanft, und ein unsichtbarer Schatten huschte über ihr Gesicht. Für einen kurzen Moment war Gryla nicht mehr nur Gryla, sondern er sah auch die Züge eines großen, hageren Mannes, dann die eines abgrundtief hässlichen Gnoms oder eines bärtigen Nordmanns, und dann glaubte er auch etwas nicht mehr Menschliches zu erkennen, etwas aus hartem Chitin mit Augen wie eine Faust voller fauliger Beeren und schnappenden Kiefern und viel zu vielen staksigen Beinen. Dann blinzelte er, und die furchtbare Vision war vorbei.

»Ich habe von Männern wie dir und deinem Freund gehört, Andrej, aber ich bin noch nie einem begegnet«, fuhr Gryla fort. »Es wäre ein Fehler, zwei Leben auszulöschen, die so einmalig und kostbar sind. Ihr und ich, Andrej, wir sind vom gleichen Blut.«

»Niemals!«, entfuhr es Andrej. »Ich habe nichts mit einem ... *Ding* wie dir zu schaffen.«

Gryla lächelte, nun wieder ganz Mensch und Frau. »Irgendwann wirst du es verstehen, Andrej Delãny«, sagte sie. »Doch jetzt solltest du gehen. Dein Freund wartet auf dich. Er weiß nicht, was geschehen ist, und es wäre vielleicht auch besser, wenn du es ihm nicht erzählen würdest.«

»Du ... lässt mich gehen?«, wunderte sich Andrej.

Gryla maß ihn mit einem Blick, als nehme sie ihm diese Frage übel, beließ es jedoch dabei. »Geht immer nach Norden«, sagte sie. »Der Weg ist weit, aber wenn ihr euch nahe der Küste haltet, könnt ihr es schaffen. Irgendwann werdet ihr auf Menschen stoßen ... oder wenigstens auf so etwas Ähnliches.«

Auch diese Bemerkung schürte Andrejs Beunruhigung. Aber er stellte keine Frage, sondern wandte sich in die Richtung, in die Gryla gedeutet hatte, blieb aber schon nach zwei Schritten wieder stehen und drehte sich noch einmal zu ihr um.

»Nur noch eine Frage«, sagte er. »Warum hast du auf deinen Preis verzichtet?«

»Auf meinen Preis verzichtet?«, wiederholte Gryla. »Ich verstehe nicht, was du meinst.«

»Wir hatten eine ganze Nacht ausgemacht«, erinnerte Andrej sie, »auch wenn ich nicht wusste, was eine Nacht in diesem Land bedeutet.«

»Und ich habe sie bekommen«, antwortete Gryla.

»Aber draußen ist es noch immer hell«, protestierte Andrej.

»Nein«, sagte Gryla. »Nicht noch. Schon wieder.«

Andrej starrte sie an.

»Und um deine nächste Frage zu beantworten, bevor du sie stellst«, fuhr Gryla fort, »ich habe bekommen, was ich wollte. Gryla mit den dreizehn Söhnen gibt es nicht mehr. Die Menschen werden in Zukunft von Gryla mit den vierzehn Söhnen reden ... Wie gesagt: Die Nächte sind sehr lang hier. Und nun geh, Andrej. Dein Freund wartet auf dich.«

Später, als er neben Abu Dun durch den Schneesturm stapfte und sich bemühte, das Gesicht vor dem beißenden Wind zu schützen, versuchte er noch einmal, sich an die zurückliegende lange Nacht zu erinnern, doch es gelang ihm nicht. Es musste wohl so sein, wie Gryla gesagt hatte: Seine Erinnerungen verblassten. Und das schneller, als er erwartet hatte. Noch konnte er sich an Grylas Gesicht erinnern, doch bald würde ihm auch das nicht mehr gelingen, und vermutlich würde er schon vergessen haben, dass er überhaupt jemals an diesem unheimlichen Ort gewesen war, noch bevor sie auf die Menschen trafen, von denen sie erzählt hatte.

Vielleicht war das auch gut so.

»Ich frage mich, ob es in diesem verfluchten Land wohl jemals richtig hell wird«, murrte Abu Dun neben ihm. »Hört denn dieser verdammte Tag niemals auf?«

»Vielleicht solltest du dir das besser nicht wünschen«, antwortete Andrej. »Es könnte immerhin sein, dass eine genauso lange Nacht folgt, oder?«

Abu Dun sah ihn einen Moment lang erschrocken an, ohne in seinem mühsamen Schlurfen durch den Schnee innezuhalten. Dann verzog er das Gesicht zu einer Grimasse. »Du hast eine kranke Fantasie, Hexenmeister«, maulte er, »hat man dir das schon einmal gesagt?« Er lachte. »Dabei fällt mir der Traum ein, den ich vergangene Nacht hatte. Soll ich ihn dir erzählen?«

Natürlich sagte Andrej Nein, aber selbstverständlich ließ sich der Nubier nicht davon abbringen und berichtete Andrej in allen Einzelheiten von einem Traum, in dem er von einem halben Dutzend gesichtsloser Männer überfallen und in die Flammen eines Lagerfeuers getrieben worden war.

Andrej hörte nicht hin – er kannte diesen Traum –, sondern hing seinen eigenen Gedanken nach. Doch irgendwann, lange nachdem Abu Dan mit seiner Geschichte zu Ende gekommen war, blieb er stehen und sah noch einmal zurück.

Der Hexenfelsen war längst in der immerwährenden Dämmerung dieses Landes verschwunden, doch für einen kurzen Moment glaubte er eine einsame Gestalt zu erkennen, die inmitten des tobenden Schneesturmes stand und ihnen nachsah; ein hochgewachsener, dunkelhaariger Mann mit Andrejs Gesicht und mächtigen Schwingen, die sich wie ein bizarrer schwarzer Mantel um seine tätowierten Schultern schmiegten.

»Was ist los?«, fragte Abu Dun. Auch er war stehen geblieben und blinzelte angestrengt in dieselbe Richtung, doch Andrej war sicher, dass er dort nichts sah außer brodelndem Weiß und grauem Zwielicht.

»Nichts«, sagte er und ging weiter. »Gar nichts …

Aber sag mir, Pirat: Hast du schon einmal von der Hexe Gryla gehört?«

»Gryla?« Abu Dun überlegte einen Moment. »Du meinst Gryla mit den dreizehn Söhnen?« Er nickte. »Ja.«

»Vierzehn«, antwortete Andrej. »Ich bin sicher, es sind vierzehn.«

Wolfsdämmerung

Der Kerl war tatsächlich noch größer als Abu Dun. Das allein war nichts Bemerkenswertes. Sie waren auf ihren jahrhundertelangen Reisen durch fremde Länder auf mehr als nur einen Mann gestoßen, der es nicht nur an Größe und Wuchs, sondern auch an Wildheit und Kraft mit dem nubischen Riesen aufnehmen konnte. Oder es gekonnt hätte, wäre Abu Dun nur das gewesen, was sein Äußeres versprach.

Nein, dachte Andrej irritiert, während er seinen Blick zum wiederholten Male durch die vom beißenden Rauch brennenden Fichtenholzes erfüllte Gaststube schweifen ließ, *das* war nichts Außergewöhnliches.

Außergewöhnlich war, dass der blonde Riese mit den verdreckten, bis auf die Schultern fallenden Locken und dem kaum weniger schmutzstarrenden Bart, in dem man bei genauem Hinsehen noch die Reste seiner letzten Mahlzeiten ausmachen konnte, nicht der Einzige seiner Art war.

Insgesamt hielt sich fast ein Dutzend Männer in der Gaststube auf, von der ihr Besitzer behauptete, es wäre die beste weit und breit (leicht gesagt, denn es war die *einzige*). Der Blonde, der sich vor einigen Augenblicken unaufgefordert zu ihnen an den Tisch gesetzt und seinen Bierkrug mit solcher Wucht auf die rissige Platte geknallt hatte, dass das gesamte Möbelstück ächzte und klebriges Met in alle Richtungen gespritzt war, gehörte eher zu den kleineren Exemplaren der Gruppe. Dies und die wilden, misstrauischen Blicke, mit denen die verdreckten Riesen die beiden Fremden musterten, wären ein Grund zur Sorge gewesen, wäre nicht auch er, genau wie der Nubier, nicht das gewesen, was sein Äußeres versprach.

Dennoch überlegte er sich seine Worte sehr genau, bevor er auf die Frage antwortete, mit der der Blonde das Gespräch eröffnet hatte, ohne sich mit einer Begrüßung oder einer Höflichkeitsfloskel aufzuhalten. »Nein«, sagte er. »Wir sind nicht auf der Suche nach Abenteuern. Und auch nicht nach Schätzen.«

Der Blonde trank einen Schluck aus seinem Bierkrug und ließ dabei Geräusche hören, die an eine Rotte Wildschweine erinnerten, die sich in einer Pfütze suhlt. Der Blick seiner überraschend kleinen Augen ließ Andrej nicht los. »Was sucht ihr dann hier bei uns?«, wollte er wissen.

Täuschte sich Andrej, oder wurde es in der Gaststube etwas leiser, als versuchten alle anderen Anwesenden, ihre Antwort mitzuhören, ohne ihr Gespräch allzu deutlich zu unterbrechen?

Es war Abu Dun, der an seiner Stelle antwortete, und Andrej verfluchte sich in Gedanken, ihm die Gelegenheit dazu gegeben zu haben. Wie die meisten wirklich großen und wirklich starken Männer pflegte sich der Nubier normalerweise ruhig und gutmütig zu geben – ein Bär, aber ein sanfter Bär, der es nicht nötig hatte, irgendjemandem seine Kraft zu beweisen.

Es sei denn, er traf auf einen größeren Bären.

»Genau genommen suchen wir gar nichts«, sagte der schwarzhäutige Riese. »Alles, was wir wollen, ist, dieses öde Stück gefrorener Langeweile so schnell wie möglich wieder zu verlassen.«

Das war eindeutig die falsche Antwort. Niemand sagte etwas, doch das Schlürfen und Schmatzen des Blonden verstummte für einen Moment, und nun wurde es deutlich leiser in der Gaststube. Obwohl Andrej es sich nicht gestattete, in die Runde zu schauen und damit sein Erschrecken allzu offen sichtbar werden zu lassen, spürte er doch die bohrenden Blicke. Er trat Abu Dun unter dem Tisch so kräftig mit dem Stiefelabsatz auf die Zehenspitzen, dass dieser leicht zusammenfuhr und ihm einen feindseligen Blick zuwarf, wandte sich dann aber mit einem um Verzeihung bittenden Lächeln an den Blonden und sagte: »Du musst meinen Freund verstehen. Er hat es nicht so gemeint.«

Der Blonde setzte seinen Bierkrug fast behutsam ab. Zähes, klebriges Met tropfte in seinen Bart und tat sein Möglichstes, um die dichte Matte von undefinierbarer Farbe, die sein Gesicht einrahmte, noch mehr zu verfilzen.

»So?«, vergewisserte er sich. »Es hat sich aber ganz und gar so angehört, als meine er es ernst.«

Es wurde noch stiller im Raum. Selbst der Wirt, der bislang über seiner Theke zusammengesunken gehockt und einen Rausch ausgeschlafen hatte, der vermutlich seit zehn oder zwanzig Jahren sein ständiger Begleiter war, hob träge den Kopf und blinzelte in ihre Richtung.

»Abu Dun kommt aus Afrika«, beeilte sich Andrej zu erklären. »Hast du schon einmal davon gehört?« Das Schweigen und Starren des blonden Riesen war Antwort genug auf seine Frage, und so fuhr er fort: »Seine Heimat ist ebenso heiß, wie die eure kalt ist. Er sehnt sich nach der warmen Sonne der Wüste. Glaub mir, würde es dich dorthin verschlagen, würdest du dich ebenso in deine kalte Heimat zurücksehnen.«

Er hatte nicht damit gerechnet, dass sein Gegenüber die Erklärung tatsächlich akzeptierte, geschweige denn verstand. Erstaunlicherweise schwieg er nur noch einen kurzen Moment, dann nickte er, und sein Blick wurde fast sanft, auf jeden Fall aber mitfühlend. »Ich habe von einem solchen Land gehört«, behauptete er. »Die Sonne strahlt dort mit solcher Kraft vom Himmel, dass es einem Mann in einer Stunde den Verstand herausbrennen kann, und es heißt, es gibt dort so viel Sand, dass das Auge nicht ausreicht, sein Ende zu erblicken.« Er schüttelte sich demonstrativ. »Dieses Land muss die Hölle sein.«

»Siehst du – und so ungefähr fühlt sich Abu Dun hier«, sagte Andrej. Und ich auch, fügte er in Gedanken hinzu, hütete sich aber, sich laut zu offenbaren. Er bedauerte längst, hierhergekommen zu sein. Was für Abu Dun galt, das schien für dieses knappe Dutzend ungeschlachter Riesen erst recht zu gelten. Ihn selbst, der zumindest von der Statur her kaum mehr als ein Kind gegen sie war, hatten sie nur mit einem kurzen prüfenden Blick taxiert und sich dann entschlossen, ihn zu ignorieren, während Abu Dun durchaus zur Zielscheibe des einen oder anderen groben Scherzes werden konnte. Aber nach Tagen, die sie durch eine Einöde aus kahlem Fels und tausendjährigem Eis geirrt waren, hatten sich nicht nur ihre Augen nach einem Fleckchen Grün gesehnt, sondern auch ihre Seele nach menschlicher Gesellschaft und ihr Körper nach Essen und einem kräftigen Schluck.

Zumindest Letzteres hatten sie bekommen. Das Essen, das ihnen der Wirt angeboten hatte, hatten Abu Dun und Andrej dankend abgelehnt. Andrej war nicht zimperlich, aber er hatte es sich schon vor langer Zeit zur Angewohnheit gemacht, nichts zu essen, von dem nicht wenigstens zu erahnen war, was es einmal gewesen sein mochte, und von dem er nicht sagen konnte, ob es sich *noch* oder *schon wieder* auf seinem Teller bewegte.

Doch das Bier, das man ihnen aufgetischt hatte, schmeckte nicht nur süß und fremdartig, sondern war auch stärker als mancher Schnaps, den Andrej getrunken hatte. Er hatte einen halben Krug davon hinuntergestürzt, und hätte ihm nicht sein Körper mit seinen außergewöhnlichen Fähigkeiten dabei geholfen, den

Alkohol fast so schnell wieder abzubauen, wie er sich damit vergiftete, wäre er schon von diesen wenigen Schlucken hoffnungslos betrunken gewesen.

»Aber wenn es euch doch so wenig hier bei uns gefällt, was tut ihr dann hier?«, fuhr der Blonde fort, in einem gespielten Plauderton, von dem sich Andrej nicht täuschen ließ.

»Das ist eine lange Geschichte«, antwortete er ausweichend. Um seiner Frage zuvorzukommen, zwang er sich zu einem Grinsen und fügte hinzu: »Und vor allem eine *langweilige*. Wir waren in der Tat auf der Suche nach etwas Abwechslung und vielleicht dem einen oder anderen Abenteuer und haben auf einem Schiff angeheuert.« Er zuckte mit den Achseln und nippte vorsichtig an seinem Bier. »Um ehrlich zu sein, war das einzig Abenteuerliche das Essen, das es an Bord gab, und als es darum ging, uns unseren Lohn auszuzahlen, hat uns der Kapitän unter einem Vorwand an Land geschickt und war verschwunden, als wir zurückkamen.«

Das kam der Wahrheit nicht einmal annähernd nahe, aber zu erzählen, was sie tatsächlich hierher verschlagen hatte, hätte die Situation kompliziert gemacht. Und das Letzte, was Andrej sich jetzt wünschte, war Ärger. Auch wenn Abu Dun und er durchaus in der Lage waren, mit diesem Dutzend nordischer Riesen fertig zu werden, so war er doch des Kämpfens und Davonlaufens müde. Nach Monaten, die sie nun durch die eisigen Einöden des Nordens und sein niemals endendes Zwielicht geirrt waren, suchte er einen

Platz zum Ausruhen und vielleicht eine kurze Weile des kostbarsten Gutes, auf das Abu Dun und er in ihrem unendlich langen Leben jemals gestoßen waren. Frieden.

»Ja, so etwas kann passieren«, antwortete der Blonde. Er lachte leise. »Auch wenn es meine Landsleute sind, so muss ich doch zugeben, dass es immer wieder einmal einen Kapitän gibt, der nur auf ein paar Dummköpfe wartet, die er hereinlegen kann.«

»Ich fürchte, einer von ihnen hat sie gefunden«, erwiderte Andrej mit einem gequälten Lächeln, bevor Abu Dun aufstehen und seinem Gegenüber für den *Dummkopf* den seinigen zu Brei schlagen konnte. »Und deshalb sind wir hier«, schloss er. »Man hat uns gesagt, dass es hier nicht nur ein Gasthaus gibt, in dem Fremde willkommen sind, sondern auch einen Hafen.«

»Das ist wahr«, sagte der andere. »Und?«

»Wenn es hier einen Hafen gibt, dann gibt es auch Schiffe«, antwortete Andrej. »Und wer weiß – vielleicht ja auch einen Kapitän, der zwei Dummköpfe sucht, die bereit sind, nur für eine Überfahrt in die Heimat zu arbeiten.«

Er wusste, dass er mit seiner spöttischen Bemerkung einen Fehler beging, noch bevor er die Worte vollends ausgesprochen hatte. Abermals wurde es stiller im Raum, und die Augen des Blonden verengten sich. Ein endlos langer Atemzug verstrich, in dem man eine Nadel hätte fallen hören können, dann aber lachte der Blonde, laut und dröhnend und lange.

Schließlich, nachdem er sich wieder beruhigt und einen weiteren gewaltigen Schluck aus seinem Bierkrug genommen hatte, maß er zuerst Abu Dun und dann Andrej mit abschätzendem Blick. »Und nun sucht ihr jemanden, der euch zu einem solchen Kapitän bringen kann«, vermutete er.

Andrej nickte.

»Und ich nehme an, ihr habt kein Geld, um für diese kleine Gefälligkeit zu bezahlen?«

»Ich fürchte, so ist es«, gestand Andrej. »Wie gesagt: unsere letzte Heuer ist zusammen mit dem Schiff auf und davon.«

Wieder lachte der Blonde und wieder nahm er einen gewaltigen Schluck, bevor er fortfuhr. »Du hast Glück, kleiner Mann«, sagte er. »Unser Ort ist berühmt für seine Gastfreundschaft und dafür, dass wir jedem Fremden helfen, der in Not ist.« Er stand auf. »Trinkt noch einen Krug Bier und wartet hier, bis ich zurück bin. Ich will sehen, was ich für euch tun kann.«

Andrej hatte ein Schiff in der Art der *Schwarzen Gischt* erwartet. Doch was er sah, verblüffte ihn, weil es geradewegs aus einer anderen Zeit zu stammen schien. Schlanke Drachenboote wie das, das vor ihnen in der sanften Dünung lag und dann und wann mit einem scharrenden Laut gegen die aus groben Stämmen gebaute Mole stieß, hatten vor einem Jahrhundert zu den Schrecken der nördlichen Meere gezählt. Heute sah man sie nur noch selten – um genau zu sein, hatte

Andrej noch nie ein solches Schiff zu Gesicht bekommen, allenfalls kannte er es von Bildern und aus Erzählungen.

Dennoch war es ein beeindruckender Anblick. Das Schiff war nicht sonderlich groß. Selbst die jämmerliche *Schwarze Gischt* hatte doppelt so hoch aus dem Wasser geragt und war um fast ein Drittel länger gewesen und ungleich massiger. Dennoch wirkte es auf schwer in Worte zu fassende Weise beeindruckend, fast Ehrfurcht gebietend. Der schlanke Rumpf mit dem hochgezogenen Drachenkopf, die mehr als zwei Dutzend flach nach hinten angelegten Ruder und der einzelne Mast mit dem gerefften rot-weißen Segel erweckten den Eindruck von unbändiger Kraft; als warte das Schiff nur darauf, endlich losgelassen zu werden und sich in das Element zu stürzen, für das es geschaffen war, auf der Jagd nach Beute.

»Das ist das Schiff, von dem du gesprochen hast?«, brach Abu Dun das erstaunte Schweigen. Seine Stimme klang sonderbar, fast erschrocken. Andrej fragte sich, ob ein Schiff dieser Art für den Nubier vielleicht mehr bedeuten mochte als für ihn.

»Es ist das einzige Schiff, das es hier gibt«, antwortete der blonde Hüne. Ansen, so hatte sich ihr schmuddeliger Gastgeber vorgestellt, nachdem er nach überraschend kurzer Zeit zurückgekommen war und Andrej abermals verblüffte, indem er ihre Zeche übernahm. Jetzt sah er den Nubier aus der Höhe seiner imponierenden Größe verletzt an. Er klang enttäuscht, als er weitersprach. »Gefällt es dir nicht, schwarzer Mann?«

Andrej schickte ein Stoßgebet zum Himmel, dass Abu Dun sich beherrsche. Er wusste nicht, ob es nun Ansens Art war oder ob er sie reizen wollte – der blonde Riese hatte jedenfalls Abu Dun und ihn bisher stets mit *schwarzer Mann* und *kleiner Mann* angesprochen, niemals mit ihren Namen. Zu seiner Erleichterung ging Abu Dun nicht darauf ein.

»Nein«, knurrte er.

»Warum nicht?« In dem schmuddeligen Gestrüpp, das die untere Hälfte von Ansens Gesicht verbarg, blitzte eine doppelte Reihe gelber, beeindruckend großer Zähne in einem Grinsen auf. »Bist du Besseres gewohnt?«

»Ich habe schlechte Erfahrungen mit Schiffen wie diesem gemacht«, antwortete der Nubier. Sein Blick tastete unstet über den langgestreckten Rumpf des Drachenbootes, und Andrej wusste, dass dies keine bloße Behauptung war.

»So?«, wunderte sich der Nordmann. »Wann, und wo?« Er klang lauernd, fand Andrej.

»Es ist lange her«, antwortete Abu Dun ausweichend. »Sehr lange.«

Andrej warf seinem Begleiter einen warnenden Blick zu und wandte sich dann, absichtlich eine Spur lauter als notwendig, an den blonden Riesen. »Und dieses Schiff fährt ...«, begann er, ließ den Satz aber absichtlich unbeendet.

»Nicht bis zu eurer trockenen Heimat«, führte Ansen die Frage zu Ende und schüttelte den Kopf. »Aber in südlicher Richtung.«

»Und wohin genau?«, hakte Abu Dun nach.

»Das wissen die Götter allein«, erwiderte Ansen. »Vielleicht irgendwohin, wo es reiche Beute oder einen guten Handel gibt. Vielleicht auch nach Walhalla. Aber hast du nicht gesagt, dir wäre jede Küste recht, die wärmer ist als unsere, schwarzer Mann?«

Abu Dun nahm die neuerliche Herausforderung nicht zur Kenntnis, sondern maß nun den Nordmann mit einem ebenso zweifelnden Blick wie dem, mit dem er zuvor das Schiff bedacht hatte. »Und du bist sicher, dass der Kapitän uns mitnimmt?«

»Und was müssen wir dafür tun?«, fügte Andrej hinzu.

Ansens gelbliches Grinsen wurde nochmals breiter. »Siehst du die Ruder, kleiner Mann?«, fragte er. »Es ist ganz einfach. Man hält sie fest und zieht, drückt und zieht, und das so lange, bis Land vor dem Bug auftaucht.«

Um ein Haar hätte Andrej laut aufgestöhnt. Ihr unheimlicher Führer konnte es nicht ahnen, doch er wusste, wovon Ansen sprach, auch wenn es sehr lange zurücklag. Er war schon Galeerensklave gewesen, und er hatte das dumpfe Gefühl, dass es keinen großen Unterschied machte, ob man nun von Peitschen im Takt gehalten in Ketten lag oder ob man sich freiwillig in einer Nussschale wie dieser in die Riemen legte.

Aber sie hatten wohl keine Wahl.

»Dann wäre ja alles klar«, knurrte Abu Dun. »Das heißt, falls uns der Kapitän an Bord nimmt.« Er sah sich demonstrativ um. Der Landungssteg war ein gutes Stück von den wenigen aus groben Baumstämmen zusammengezimmerten Häusern entfernt, aus denen der kleine Ort bestand, und seit sie das Gasthaus verlassen hatten, waren sie keiner Menschenseele begegnet. »Wo finden wir ihn?«

Ansen machte eine unbestimmte Handbewegung und lachte leise, als verberge sich in Abu Duns Worten ein Scherz, den nur er gehört hatte. »Er wird bald hier sein«, sagte er, »zusammen mit dem Rest der Mannschaft. Und keine Angst, schwarzer Mann. Ich kenne ihn. Er hat ein großes Herz und wird deinen Freund schon aus Mitleid mitfahren lassen. Und was dich angeht, so sind die Ruder immer hungrig nach einem Paar zusätzlicher Arme. Selbst wenn sie nicht besonders kräftig sind.«

»Wir laufen noch heute aus?«, fragte Andrej überrascht.

»Ja, die *Fenrir* sticht noch heute in See«, bestätigte Ansen. »Sobald die Mannschaft ihren Rausch ausgeschlafen hat, was ungefähr ...« Er legte den Kopf in den Nacken und suchte den Himmel nach einer Sonne ab, die Andrej das letzte Mal vor Wochen gesehen hatte. Vielleicht, überlegte er, war es ja tatsächlich tiefste Nacht, nach der für Abu Dun und ihn undurchschaubaren Zeitrechnung dieses Landes, in dem ein Tag drei Monate dauerte und eine Nacht ebenso lange. »... jetzt im Moment der Fall sein müsste«, fuhr Ansen fort und machte ein gewichtiges Gesicht, als hätte er die Zeit tatsächlich an dem leeren Himmel abgelesen.

Abu Dun wollte gerade antworten, da erklang Lärm

hinter ihnen, und als Andrej sich herumdrehte, sah er tatsächlich ein gutes Dutzend langhaariger, in zottige Fellmäntel und schmuddelige Umhänge gekleidete Gestalten, das aus dem Dorf auf sie zukam. Viele von ihnen trugen Bündel oder Säcke über den Schultern, und als sie näher kamen, fiel ihm auf, dass die meisten bis an die Zähne bewaffnet waren. Sie trugen Schwerter und Äxte, manche auch Speere, und nicht wenige hatten große, runde Schilde auf den Rücken. Auf den Köpfen einiger sah er wuchtige Helme, aus denen gebogene Hörner ragten. Andrej runzelte überrascht die Stirn. Als die Gruppe nicht mehr weit von ihnen entfernt war, erkannte er die Männer, und aus seiner Überraschung wurde Erschrecken und Ärger. Es waren dieselben, auf die sie vorhin im Gasthaus gestoßen waren.

Auch Abo Dun hatte sich umgewandt und starrte dem müde heranschlurfenden Haufen aus misstrauisch zusammengekniffenen Augen entgegen. »Wozu die Waffen?«, murmelte er. Die Frage war wohl an niemanden gerichtet, doch Ansen beantwortete sie trotzdem, und dies mit einem breiten, aber auch lauernden Grinsen.

»Das Meer ist voller Gefahren, schwarzer Mann«, sagte er. »Schon so mancher, der ohne Waffe hinausgefahren ist, ist ohne sein Hab und Gut zurückgekehrt. Manche kamen auch gar nicht zurück.«

Abu Dun sagte nichts, und auch Andrej versuchte mit wenig Erfolg, das ungute Gefühl niederzukämpfen, das der Anblick der bewaffneten Truppe in ihm auslöste. Schließlich wandte er sich wieder an den Nordmann. »Du hast dich über uns lustig gemacht«, sagte er geradeheraus.

»Würde ich so etwas tun?« Ansen klang beleidigt, doch seine Augen funkelten weiterhin spöttisch. »Du bist undankbar, kleiner Mann. Immerhin hast du mich um einen Gefallen gebeten und nicht ich dich. Aber dein Freund und du, ihr könnt gerne hierbleiben. Vielleicht findet ihr ein anderes Schiff, das euch mitnimmt. Die Alten erzählen, dass es weiter oben im Norden noch einen Hafen gibt. Ich weiß nicht, ob es stimmt. Keiner von uns ist jemals so weit gereist.«

»Schon gut«, sagte Andrej. »Ich war nur ... überrascht.« Mit einem Nicken wies er auf die sich nähernden Krieger. »Und wer von ihnen ist nun der Kapitän?«

Ansen grinste nur noch breiter, dann machte er eine übertrieben einladende Geste in Richtung des Drachenbootes. »Wenn ich die Herren bitten dürfte, an Bord zu kommen?«, sagte er spöttisch. »Die See wartet. Oh ja – und eine Menge Arbeit.«

Drei Tage später wusste Andrej, warum ihm beim Anblick der *Fenrir* nicht wohl gewesen war. Seine Vorahnung hatte ihn nicht getrogen. Sein Rücken schmerzte, seine Hände und sein Hinterteil waren wund gescheuert und blutig, und jeder einzelne Muskel in seinem Körper (darunter etliche, von denen er nicht einmal gewusst hatte, dass es sie gab) war verkrampft und schmerzte. Wäre er ein normaler sterblicher Mensch mit einem normalen sterblichen Körper gewesen, hätte er nicht einmal den ersten Tag ihrer Reise überstanden.

Dafür hätten wahrscheinlich allein die Rationen gereicht, die ihnen Ansen zugestanden und bei deren Anblick er bedauert hatte, das Essen im Gasthaus abgelehnt zu haben. Und wenn das Essen es nicht geschafft hätte, ihn zum Aufgeben zu zwingen, dann das betäubende schnapsstarke Bier, das der Nordmann und sein Dutzend als Wikinger verkleideter Begleiter gleich fässerweise in sich hineinschütteten.

Doch die Schinderei hatte sich am Ende gelohnt. Qualvollen Ruderschlag auf qualvollen Ruderschlag hatten sie die *Fenrir* weiter nach Süden getrieben, und schon nach einem Tag hatte Andrej etwas erlebt, von dem er kaum noch geglaubt hatte, dass es tatsächlich existierte: einen Sonnenuntergang. Einer wundervollen dunklen Nacht, einem nahezu perfekt gerundeten Mond und einem sternenübersäten Himmel war ein noch viel grandioseres Schauspiel gefolgt – ein Sonnenaufgang –, und nun, endlich, war ein dünner, staubgrauer Strich auf dem Horizont erschienen. Land.

»Habe ich schon erwähnt, dass ich die Seefahrt hasse?«, murmelte Andrej, während er sich erschöpft über das Ruder sinken ließ und die Stirn auf dem vom Salzwasser und Alter zerfressenen Holz bettete. Ansen, der in die falsche Zeit hineingeboren und seinen Beruf verfehlt zu haben schien, da er viel eher zum Sklaventreiber auf einer römischen Galeere getaugt hätte als zu einem Seemann, hatte vor wenigen Augenblicken den Befehl gegeben, die Ruder einzuholen. Andrej erschien dieser Befehl wenig sinnvoll – jetzt, wo das Ziel ihrer Reise endlich in Sichtweite und höchstens noch eine Stunde entfernt war –, doch im Moment zog er es vor, den unbeschreiblichen Luxus zu genießen, wenigstens für einen kurzen Moment nicht *rudern* zu müssen.

»Während der letzten fünf Minuten?« Abu Dun schüttelte den Kopf. »Davor, ja – das ein oder andere Mal.«

Andrej hätte ihm liebend gern eine Grimasse geschnitten, doch dazu hätte er den Kopf vom Ruder heben müssen, was viel zu anstrengend gewesen wäre, und so tat er es nur in Gedanken.

»Dieser Ansen ist ein Ungeheuer«, murmelte er. »Ich glaube, er hat uns nur mitgenommen, um herauszufinden, wie lange es dauert, bis man einen Menschen zu Tode geschunden hat.«

»Ja, wahrscheinlich«, antwortete Abu Dun, und das in einem Ton, der Andrej nun doch den Kopf heben und ihn anblicken ließ. Der Nubier wirkte ebenso erschöpft und übermüdet wie er. Dass er gut dreimal so stark wie Andrej war, hatte ihm auf dieser Reise nicht viel genutzt, denn Ansen hatte ihm gleich viermal so viel Arbeit aufgetragen. Er hatte, kaum dass sie in See gestochen waren, keinen Zweifel daran gelassen, dass seinen beiden Passagieren nur eine einzige Wahl blieb – entweder zu rudern oder über Bord zu springen und den Rest der Strecke schwimmend zurückzulegen.

Vermutlich, dachte Andrej, hatte sich Abu Dun während der zurückliegenden drei Tage in Gedanken vornehmlich damit beschäftigt, sich die unterschiedlichsten Methoden auszudenken, mit denen er den blonden Riesen auf die unerquicklichste Art vom Leben zum Tode befördert konnte. Ihm jedenfalls hatte diese Vorstellung mehr als einmal dabei geholfen, doch ein wenig länger durchzuhalten, wenn er wieder an dem Punkt angelangt war, nicht weiterzukönnen. Aber da war etwas in Abu Duns Worten, das Andrej aufhorchen ließ.

Der Nubier warf einen raschen Blick nach rechts und links, um sich davon zu überzeugen, dass sich weder Ansen noch einer seiner Begleiter in Hörweite aufhielt, bevor er weitersprach. Die Vorsicht wäre nicht nötig gewesen. Andrej verstand zwar nicht, warum der Kapitän den Befehl zum Anhalten gegeben hatte, doch in den zurückliegenden Tagen hatten sich die Nordmänner jeden Abend gleich verhalten: Sie hatten sich, kaum dass die Ruder eingeholt worden waren, allesamt in das große rot-weiß gestreifte Zelt im Heck der *Fenrir* zurückgezogen und sich dort bis zur Bewusstlosigkeit betrunken.

Dieser Tag bildete offensichtlich keine Ausnahme. Abu Dun und ihm waren die zweifelhaften Ehrenplätze auf den beiden vorderen Ruderbänken zugeteilt worden, wo sie zwar eine spektakuläre Aussicht auf das Meer hatten, aber auch die volle Wucht jeder einzelnen Welle zu spüren bekamen, die das schlanke Drachenboot durchschnitt. »Ist dir nicht aufgefallen, wie seltsam er und die anderen uns ansehen?«, fuhr Abu Dun fort.

Andrej war in den letzten Tagen vor allem mit den Blasen an seinen Händen beschäftigt gewesen, die am Anfang rasch größer geworden und dann geplatzt waren, um zu nässenden Wunden zu werden, die sein Körper zwar rasch heilte, die aber trotzdem schneller wiederkamen, als sie verschwanden. Ihm war nichts aufgefallen, also schüttelte er den Kopf.

»Aber mir«, fuhr Abu Dun fort. »Ich glaube nicht, dass er vorhat, uns lebend an Land gehen zu lassen.«

Andrej konnte Abu Duns wenig freundliche Gefühle dem Nordmann gegenüber zwar verstehen, aber er fand trotz allem, dass der Nubier in seinem Misstrauen zu weit ging, und das sagte er ihm auch – nachdem er ebenfalls einen raschen ängstlichen Blick zum Heck der *Fenrir* geworfen hatte.

»Das Salzwasser muss dir das Gehirn herausgewaschen haben«, polterte Abu Dun. Er hielt seine Hände in die Höhe, die ebenso voller Blasen und schwärenden Wunden waren wie Andrejs. »Wer außer dir und mir hätte das wohl überlebt – auch nur einen Tag, geschweige denn drei?«

Andrej deutete mit dem Daumen über die Schulter zurück. »Die da«, sagte er. Bei allem Groll, den auch er Ansen gegenüber mittlerweile empfand, musste er doch zugestehen, dass der Kapitän selbst – und auch jeder seiner Männer – mindestens ebenso kräftig zugepackt hatte wie Abu Dun und er. Es war schwer, auf dem Meer die Geschwindigkeit eines Schiffes zu schätzen, und dennoch war ihm aufgefallen, dass die *Fenrir*, zumal dann, wenn der Wind günstig stand und die Männer auch das Segel gesetzt hatten, oft wie ein Pfeil über das Wasser geschossen war.

Abu Dun ließ dieses Argument jedoch nicht gelten. Zornig schüttelte er den Kopf. »Er wollte, dass wir unterwegs sterben«, beharrte er. »Und wenn du mich fragst, dann wird er die Sache eben auf andere Weise erledigen, wenn wir ihm nicht den Gefallen tun, uns zu Tode zu rudern.«

Andrej sah ihn zwar weiter zweifelnd an, widersprach aber nicht mehr. Möglicherweise hatte Abu Dun ja zu gleichen Teilen recht wie unrecht. Es stimmte, dass ihnen nur ihre überlegenen Kräfte und die Fähigkeit ihrer Körper, Wunden zu heilen und mit Entbehrungen fertig zu werden, bisher geholfen hatten, am Leben zu bleiben. Vielleicht galten aber für den riesigen Nordmann und seine noch viel größeren Begleiter andere Maßstäbe, und sie begriffen nicht, dass das, was sie für eine ganz alltägliche Arbeit hielten, für einen normalen Menschen das Todesurteil bedeutete. Wenn Ansen tatsächlich vorhatte, das Ende ihrer Reise anders als verabredet zu gestalten, würde er eine ziemlich unangenehme Überraschung erleben.

»Ich weiß es nicht«, sagte er matt. »Und es ist mir auch egal. Spätestens morgen bei Sonnenaufgang sind wir wieder an Land.«

Abu Dun schnaubte verächtlich. »Dieser Kerl ist ein Schinder, wie er im Buche steht!«, beharrte er. »Ich traue ihm nicht.«

»Das habe ich gehört, schwarzer Mann«, sagte eine Stimme hinter ihnen.

Andrej und Abu Dun fuhren gleichzeitig und gleichermaßen erschrocken herum und blickten zu Ansens Gesicht hoch. Der riesige Nordmann war so vollkommen lautlos hinter sie getreten, dass sie ihn nicht gehört hatten. Und das, dachte Andrej alarmiert, obwohl Abu Dun und er zwar nicht imstande waren, das Gras wachsen zu hören, aber ihre Sinne ungleich schärfer waren als die normaler Menschen. Er fragte sich, ob Ansen sich angeschlichen hatte (und wenn ja, wie es ihm überhaupt gelungen war) oder ob Abu Dun und er mittlerweile so erschöpft waren, dass sie sich nicht mehr auf ihre Sinne verlassen konnten. Keine dieser beiden Möglichkeiten gefiel ihm.

Ansen sah zu Andrejs Überraschung kein bisschen verärgert aus. Ganz im Gegenteil funkelten seine Augen amüsiert, wenn auch hinter dem struppigen Fell seines Gesichtes kein wirkliches Mienenspiel abzulesen war. »Ich habe euch auf mein Boot genommen, gebe euch das beste Essen, und dafür beschimpfst du mich, kaum dass du glaubst, ich höre es nicht.« Er seufzte, schüttelte noch einmal den Kopf und bleckte plötzlich die Zähne zu einem fröhlichen Grinsen. Seine Hand verschwand unter dem gewaltigen Fellmantel, den er trug, und zuckte so schnell wieder hervor, dass Andrej erschrocken zusammenfuhr und sich auch Abu Dun merklich anspannte. Sie hielt jedoch keine Waffe, sondern einen bauchigen Tonkrug, der mit einem schmutzigen Lappen verschlossen war. »Hier!«, sagte Ansen, während er Andrej den Krug mit einer lockeren Bewegung aus dem Handgelenk heraus zuwarf. »Ein kräftiger Schluck wird euch guttun.«

Andrej fing den Krug ganz instinktiv auf, drehte ihn aber ein paarmal in den Händen und sah Ansen dann fragend an. Abu Dun verzog keine Mine.

»Trinkt!«, forderte ihn der Kapitän noch einmal auf. »Es ist der beste Met, den wir an Bord haben. Nebenbei gesagt, auch der letzte, verschwendet ihn also nicht, sondern stärkt euch. Vor allem, weil ihr eure Kräfte noch brauchen werdet.«

»Wofür?«, erkundigte sich Abu Dun.

Ansen deutete mit der Hand auf den Schatten am Horizont. »Wir haben unser Ziel fast erreicht«, sagte er. »Sobald die Sonne untergegangen ist, fahren wir weiter.«

Andrej und Abu Dun tauschten einen verwirrten Blick. »Warum erst dann?«, fragte Andrej schließlich.

Ansen antwortete nicht gleich, sondern trat einen Schritt zurück und suchte den Himmel mit Blicken ab. »Ein Unwetter zieht auf«, behauptete er dann – obwohl im Firmament über ihnen nichts darauf hindeutete. Es begann sich grau zu färben, da die Dämmerung nicht mehr weit entfernt war, aber es war nicht eine einzige Wolke zu sehen, das Meer lag so glatt da wie ein Spiegel, und das Segel hing schlaff vom Mast.

Dennoch fuhr Ansen fort: »Diese Gewässer sind tückisch. Es gibt Riffe, die unter Wasser lauern und selbst einem tapferen Boot wie der *Fenrir* gefährlich werden können. Besser, wir warten das Unwetter ab und rudern danach weiter.« Er machte eine auffordernde Geste mit der Hand. »Jetzt trinkt. Stärkt euch und ruht euch aus. Ich gebe euch Bescheid, sobald es weitergeht.«

Einen Moment lang schien es, als warte er auf eine Antwort, doch als er begriff, dass Andrej und Abu Dun ihm den Gefallen nicht tun würden, zuckte er mit den Schultern, machte ein beleidigtes Gesicht und wandte sich dann mit einem Ruck ab, um zu den anderen zurückzugehen.

Abu Dun sah ihm nach, bis er unter der Zeltplane verschwunden war, dann maß er erst den Krug in Andrejs Händen, dann den wolkenlosen, blaugrauen Himmel über ihnen mit einem langen, aufmerksamen Blick. Schließlich schüttelte er den Kopf und sagte: »Was für ein Unsinn!«

Tatsächlich begann sich der Himmel mit bauchigen Regenwolken zuzuziehen, noch bevor die Sonne untergegangen war. Der Sturm, den Ansen vorausgesagt hatte, ließ auf sich warten, doch der Wind nahm schnell zu, und das Segel hing jetzt nicht mehr schlaff und traurig vom Mast, sondern bewegte sich träge und mit gleichmäßigem, schwerem Flappen. Kaum dass die Sonne als lodernd roter Ball den Horizont in Brand gesetzt hatte, tauchten auch schon Ansens Männer – zu Andrejs Überraschung sogar noch einigermaßen nüchtern – wieder aus dem Zelt auf und nahmen auf den Ruderbänken Platz.

Ohne dass es eines Befehles ihres Kapitäns bedurft hätte, griffen sie nach den Riemen, und auch Andrej und Abu Dun beeilten sich, dasselbe zu tun. Die *Fenrir* setzte sich in Bewegung und nahm rasch Fahrt auf, sodass sie sich der Küste tatsächlich in beträchtlichem Maße genähert hatten, bevor es dunkel wurde.

Was Andrej im jetzt rasch verlöschenden Licht des Tages sah, war nicht das, was er erwartet hatte, und es war ein sonderbarer, zugleich aber auch faszinierender Anblick. Es gab weder einen Strand noch eine Steilküste, sondern eine fremdartig anmutende Mischung aus beidem; das Land türmte sich unweit der Küste zu schroffen, schrundigen Bergen auf.

Dennoch war der Anblick ein Labsal für ihre Augen, denn die Bergkette war nicht grau oder schwarz oder von Eis und Schnee bedeckt, sondern grün. Saftige Wiesen, wogende Ozeane aus Buschwerk und dichten Wäldern bedeckten die Flanken des Gebirges, und das Meer hatte viele Zungen tief ins Land hineingegraben, sodass die Küstenlinie keine Linie war, sondern ein steinerner Palisadenzaun mit unzähligen Löchern, die dem Meer Zutritt zu dem dahinterliegenden Land gewährten.

Der Strand selbst – wenn es denn ein solcher war – war schmal und schien zum größten Teil aus Geröll und Schutt zu bestehen, nicht aus Sand, und als Andrej die regelmäßige Linie aus tanzendem weißen Schaum sah, die der Küste vorgelagert war, dachte er besser über ihren Kapitän. Zumindest die Riffe, von denen er gesprochen hatte, existierten wirklich.

Im gleichen Maße, in dem die Sonne im Meer versank und die Dunkelheit einsetzte, beschleunigten Ansens Männer den Takt der Ruderschläge, dem sich Andrej und Abu Dun anpassen mussten, ob es ihnen gefiel oder nicht. Die plötzliche Eile missfiel Andrej, aber er hatte dennoch Verständnis. Sie waren gewiss erfahrene Seeleute, und er vermutete, dass sie sich auch in dieser Gegend auskannten, doch selbst ein erfahrener Kapitän scheute bei Dunkelheit und auffrischendem Wind ein von Riffen verseuchtes Gewässer.

Andrej war klar, dass sie dieses Rennen nicht gewinnen konnten. Als das letzte Grau der Dämmerung erlosch und es endgültig dunkel wurde, waren sie der Küste zwar nahe genug, dass sie nun als mächtiger schwarzer Schatten vor ihnen in den Himmel wuchs, doch hatten sie die Riffe noch nicht überwunden, sondern würden mindestens noch eine Stunde brauchen.

Abu Duns Gedanken mussten sich wohl auf ganz ähnlichen Pfaden bewegen wie die seinen, denn sein Gesichtsausdruck wurde immer besorgter, und er ruderte nun ganz von sich aus schneller, als es die übrigen Männer taten. Andrej verstand immer weniger, warum Ansen die sinnlose Rast eingelegt und damit die kostbare Stunde verschenkt hatte, die sie gebraucht hätten, um die gefährlichen Untiefen bei Tageslicht zu durchqueren. Aber nun war es zu spät.

Seine Befürchtungen erwiesen sich jedoch als unbegründet. Nachdem es dunkel geworden war, zog sich der Himmel mit unheimlicher Schnelligkeit noch weiter zu, und es wurde noch einmal dunkler. Über ihnen war jetzt nicht ein einziger Stern zu sehen, kein Mond – gar nichts.

Die *Fenrir* jagte durch nahezu vollkommene Dunkelheit der Küste entgegen, und Andrej wartete insgeheim darauf, den schrecklichen Laut zu hören, mit dem Holz auf Felsen prallte und zerbarst, und er wäre nicht überrascht gewesen, wenn ihm jeden Augenblick ein heftiger Aufprall das Ruder aus der Hand gerissen hätte. Doch nichts dergleichen geschah. Die schaumige Linie, die die Riffe markierte, kam nun immer rascher näher – und dann waren sie darüber hinweg, so lautlos und leicht wie ein Blatt, dass von einer lauen Brise davongetragen wird.

Andrej sah kurz über die Schulter zurück zu Ansen, der aufrecht und mit lässig vor der Brust verschränkten Armen im Heck der *Fenrir* stand und das tat, was er während der zurückliegenden drei Tage schon getan hatte – er sah seinen Männern, Abu Dun und ihm beim Arbeiten zu und nahm dabei in regelmäßigen Abständen mit anerkennender Miene einen Schluck aus seinem Bierkrug. Man konnte eine Menge gegen Ansen sagen, aber er war offensichtlich ein erfahrener Kapitän, der wusste, was er tat.

Nun, als sie die gefährlichen Riffe hinter sich hatten, erhöhten die Männer den Takt ihrer Schläge nochmals, und das Drachenboot schoss der Küste entgegen.

Zwei-, dreimal glaubte Andrej ein rotes Aufblitzen in der Dunkelheit vor dem Bug der *Fenrir* zu sehen, war aber niemals ganz sicher, bis die Wolkendecke für einen Moment aufriss und er einen kurzen Blick auf die Küste erhaschte.

Rechter Hand der *Fenrir* glitt eine schmale Meereszunge vorbei, die sich tief ins Land hineingefressen hatte und von steil aufstrebenden, schrundigen Felswänden flankiert wurde. Das Ende des schmalen Fjords musste von Menschen bewohnt sein, denn ganz kurz erkannte er deutlich das rechteckige Muster erleuchteter Fenster, dann waren sie an der Einmündung vorbei, und nur einen Moment später schloss sich auch die Wolkendecke wieder über ihnen, und die Küste versank erneut in vollkommener Dunkelheit.

Andrej war enttäuscht. Er hatte erwartet, dass Ansen die erste menschliche Ansiedlung ansteuern würde, auf die sie stießen, doch offensichtlich war das Ziel des Nordmanns ein anderes.

Er musste wohl auch im Dunkeln sehen können, denn sie fanden ihren Weg mit schlafwandlerischer Sicherheit. Vielleicht aber waren er und seine Männer diese Strecke auch schon so oft gefahren, dass sie keiner Orientierung mehr bedurften. Die *Fenrir* glitt noch eine geraume Weile parallel zum Ufer dahin, dann, ohne dass Andrejs Augen in der völligen Schwärze vor ihnen etwas hatten ausmachen können, gab er ein einzelnes halblautes Kommando, und der Drachenkopf des Bootes schwenkte herum und hielt nun direkt auf die Wand aus massivem Fels zu.

Gerade als Andrej sich nicht mehr fragte, *ob*, sondern nur *wann* sie in voller Fahrt gegen die Felswand krachen würden, wichen die Schatten vor ihnen zur

Seite, und das Schiff lief in einen weiteren schmalen Fjord ein, der von fast lotrechten Felswänden gebildet wurde. Etliche Minuten lang ruderten die Männer noch mit aller Kraft, dann gab der Kapitän ein weiteres Kommando, und sie zogen die Riemen ein. Von ihrem eigenen Schwung getragen, glitt die *Fenrir* noch ein gutes Stück dahin, wurde dann langsamer, und plötzlich knirschte Sand unter dem flachen Rumpf, das Schiff kam mit einer letzten sachten Erschütterung zum Stehen und legte sich leicht auf die rechte Seite.

»Wir sind da«, sagte Ansen überflüssigerweise. Andrej und Abu Dun tauschten einen alarmierten Blick. Mit einem Male war er gar nicht mehr so sicher, dass Abu Duns Misstrauen wirklich übertrieben gewesen war. Er hatte keine Angst – dazu bestand nicht der geringste Anlass –, war aber beunruhigt. Sie sollten auf der Hut bleiben.

Doch an der Art, wie Ansen nun auf sie zukam, war nichts Bedrohliches, ebenso wenig in seinem Blick. Er wirkte eher ungewohnt freundlich.

»Da?«, wiederholte Andrej und warf einen demonstrativen Blick in die Runde. Auch wenn es immer noch fast vollkommen dunkel war, so konnte er ihre Umgebung doch zumindest schemenhaft erkennen. Die *Fenrir* war auf einen schmalen Sandstrand aufgelaufen, der nach wenigen Metern in eine sacht ansteigende, mit Gras und saftigen Büschen bewachsene Ebene überging und sich irgendwo in den Schatten verlor. Keine Spur irgendeiner menschlichen Ansiedlung. »Und was wollen wir hier?«

Ansen lachte leise. »Nichts, das dich etwas anginge, kleiner Mann«, sagte er. »Du und dein Freund, ihr könnt jetzt gehen, wenn ihr wollt. Ihr habt euren Teil der Abmachung erfüllt – zu meiner Überraschung, das muss ich gestehen. Ehrlich gesagt hätte ich nicht damit gerechnet, dass ihr durchhaltet.«

»Gehen?«, wiederholte Abu Dun misstrauisch, aber auch unüberhörbar überrascht. Zwei oder drei von Ansens Männern hielten in ihrem Tun inne und sahen in seine Richtung, und nun war Ansen nicht der Einzige, der sie auslachte.

»Was hast du erwartet?«, fragte er. »Dass wir euch unterwegs ins Meer werfen oder jetzt über euch herfallen, um euch am Spieß zu braten und aufzufressen?«

Abu Dun war klug genug, nichts darauf zu antworten, doch Ansen schien auch nicht mit einer Antwort gerechnet zu haben, denn er nahm nur einen weiteren Schluck aus seinem Bierkrug, wischte sich genießerisch mit dem Handrücken über die Lippen und rülpste dann, dass das ganze Schiff zu wanken schien. »Nein«, wiederholte er, »ihr könnt gehen. Unsere Abmachung ist erfüllt, und ihr seid frei. Wenn ihr das wollt.«

»Was meinst du damit, wenn wir das wollen?«, fragte Andrej rasch, bevor Abu Dun das Wort wieder ergreifen und womöglich doch noch einen Streit vom Zaun brechen konnte.

»Nun«, sagte Ansen, trat einen Schritt näher und bemühte sich nach Kräften, ein gewichtiges Gesicht zu machen, »wie ich bereits sagte: Ich habe nicht ehrlich geglaubt, dass ihr durchhaltet, doch in diesem Falle gestehe ich gerne ein, mich getäuscht zu haben.«

»Worauf willst du hinaus?«, fragte Andrej.

»Männer wie euch könnte ich gebrauchen«, sagte Ansen geradeheraus. »Es ist nicht viel, was ich euch bieten kann, außer harter Arbeit und guter Verpflegung und einem gerechten Anteil an unserem ... ähm, Gewinn, aber es ist gute und sichere Arbeit.«

Im ersten Moment zweifelte Andrej, ob er den Nordmann richtig verstanden hatte. Ansen bot ihnen einen festen Platz auf seinem Boot an? Das war lächerlich. Dennoch fragte er: »Was für ein Gewinn soll das sein?« Er sah weit und breit niemanden, mit dem Ansen und seine Männer Handel treiben konnten; ganz davon abgesehen, dass die *Fenrir* auch keinerlei Handelsware mit an Bord genommen hatte.

»Nicht so voreilig, kleiner Mann«, sagte Ansen. »Du wirst nicht erwarten, dass ich dir gleich alles erzähle und du dann vielleicht ablehnst, nur um später zurückzukommen und mir Konkurrenz zu machen.«

»Das haben wir gewiss nicht vor«, grollte Abu Dun.

Hinter ihnen begannen Ansens Männer einer nach dem anderen von Bord zu gehen, wozu sie kurzerhand ins Wasser sprangen und lautstark platschend zum Ufer wateten. Andrejs Blick tastete aufmerksam über die schattenhaften Gestalten, die in der Dunkelheit sonderbar buckelig und größer und bedrohlicher als bei Tageslicht wirkten.

Keiner von ihnen hatte irgendetwas bei sich, womit

sich Handel treiben ließ, doch sie hatten allesamt ihre Waffen angelegt und diejenigen, die welche besaßen, auch die barbarischen Hörnerhelme aufgesetzt und die Schilde am Arm befestigt. Er ahnte plötzlich, welche Art von *Geschäft* die Besatzung der *Fenrir* betrieb. Und da er das sichere Gefühl hatte, dass es wenig Sinn haben würde, mit seinem Wissen hinter dem Berg zu halten, fragte er: »Und wenn ich nun wüsste, welchem Geschäft ihr nachgeht?«

Er hielt den Nordmann bei diesen Worten aufmerksam im Auge, und auch Abu Duns Hand war fast unmerklich vom Ruder geglitten und blieb zwar nicht auf dem Schwertgriff liegen, aber war immerhin nahe genug, sodass er die Waffe binnen eines einzigen Lidschlages ziehen konnte. Ansen lächelte jedoch unerschütterlich weiter.

»Und wenn *ich* nun wüsste, wer ihr wirklich seid?«, fragte er.

Andrej setzte sich erschrocken kerzengerade auf, aber Ansen hob nur beruhigend die Hand. Er lachte, ein knurrender Laut, der tief aus seiner Kehle kam und Andrej an etwas erinnerte, was ihm nicht gefiel.

»Nur die Ruhe«, sagte er. »Ihr habt keinen Grund, uns zu fürchten. Wenn wir vorgehabt hätten, euch etwas anzutun, hätten wir das längst getan.« Heftig schüttelte er den Kopf, als Andrej etwas sagen wollte.

»Was soll das heißen – du weißt, wer wir sind?«, fragte Abu Dun.

Ansen runzelte die Stirn, als ärgere er sich über diese Frage. »Wir leben vielleicht auf einer einsamen Insel weit oben im Norden, und wir sind sicher nicht so weit gereist und welterfahren wie ihr«, sagte er scharf, »doch wir sind deshalb nicht dumm. Selbst uns ist die Geschichte der beiden fremden Krieger zu Ohren gekommen, die mit einem Schiff voller Toter in See gestochen sind, um sie nach Hause zu bringen. Männer, die sie zuvor selbst erschlagen hatten.«

Abu Dun starrte ihn an, und auch Andrej sagte nichts, sondern sah nur mit klopfendem Herzen zu dem blonden Riesen hoch.

»Und?«, fragte Abu Dun schließlich.

»Ihr habt euch in einen Kampf eingemischt, der euch nichts angeht, schwarzer Mann«, sagte Ansen, plötzlich sehr ernst und drohend.

»Ja«, grollte Abu Dun. »So etwas kann tödlich enden, weißt du?« Seine Hand kroch näher an den Schwertgriff heran. Die Bewegung entging dem Nordmann nicht, doch er zeigte keine Reaktion.

»Das ist wahr«, sagte er nur. »Ich war erstaunt, euch zu sehen. Niemand hätte damit gerechnet, euch noch einmal lebend wiederzusehen, nachdem die *Schwarze Gischt* vor so langer Zeit verschwunden ist. Ich gebe zu, dass ich euch beinahe gleich getötet hätte, als ihr in unserem Dorf erschienen seid – aber nun habt ihr euch meinen Respekt verdient. Vielleicht wusstet ihr damals nicht, was ihr tatet.«

»Und vielleicht wissen wir es dafür jetzt umso besser«, versetzte Abu Dun.

»Vielleicht, vielleicht auch nicht«, erwiderte Ansen ruhig. »Ich weiß nicht, wie ihr überleben konntet, doch es beweist, dass ihr außergewöhnliche Männer seid. Deshalb will ich euch eine Chance geben. Wartet hier, bis wir zurück sind, und denkt über meinen Vorschlag nach. Es gibt ohnehin nicht viel, wohin ihr gehen könntet, mitten in der Nacht und ganz allein.«

»Zurück, woher?«, wollte Abu Dun wissen, aber Ansen schüttelte nur noch einmal den Kopf.

»Wir haben etwas zu erledigen, auf der anderen Seite des Berges«, antwortete er. »Mehr müsst ihr nicht wissen. Wir sind zurück, bevor die Sonne aufgeht. So lange gebe ich euch Zeit, über mein Angebot nachzudenken.« Er deutete mit dem Bierkrug in seiner Rechten auf eine einzelne schattenhafte Gestalt im Heck der *Fenrir*, die schweigend in ihre Richtung blickte. »Fritjof wird hierbleiben und auf das Schiff aufpassen.«

Noch lange nachdem Ansen und seine Leute in der Dunkelheit verschwunden waren, saßen Abu Dun und Andrej schweigend nebeneinander, jeder seinen eigenen düsteren Gedanken nachhängend. Andrej nahm an, dass Abu Dun vor allem seiner Empörung über Ansens ungeheuerliches Angebot Herr zu werden versuchte, das den Nubier ungleich härter getroffen haben musste als ihn.

In einem früheren Leben, das eine ganze Welt und eine halbe Ewigkeit hinter ihm lag, war Abu Dun tatsächlich Pirat und Sklavenhändler gewesen, doch der Mann, der er heute war, verabscheute dieses Leben zutiefst. Ansens Angebot, sich seiner seefahrenden Räuberbande anzuschließen, musste ihn wie eine persönliche Beleidigung getroffen haben.

Andrej hingegen saß noch immer der Schrecken in den Knochen, als der Nordmann behauptet hatte, er wüsste, wer sie seien. Von seinem Standpunkt aus hatte Ansen sicherlich recht; ihre Irrfahrt, die nun schon so lange andauerte, hatte tatsächlich damit begonnen, dass sie sich vorschnell und leichtsinnig in einen Kampf zweier verfeindeter Sippen eingemischt und dabei die falsche Partei ergriffen hatten.

Abu Dun und er hatten die Besatzung eines ganzen Schiffes ausgelöscht, bevor ihnen klar geworden war, dass man sie zum nützlichen Werkzeug einer heimtückischen Intrige gemacht hatte. Unfähig, diesen Fehler rückgängig zu machen, hatten sie beschlossen, den Toten eine letzte Ehre zu erweisen und sie nach Hause zu bringen, und waren mit der *Schwarzen Gischt*, der Kogge, von der Ansen gesprochen hatte, in See gestochen.

Doch sie hatten ihr Ziel niemals erreicht, und seither war so viel Erschreckendes geschehen, dass Andrej schon beinahe zu vergessen begann, wie die Reise ihren Anfang genommen hatte. Dennoch war Ansen der Wahrheit über Abu Dun und ihn nicht einmal nahe kommen. Hätte er eine Ahnung gehabt, wer sie wirklich waren, dann hätte er wohl tatsächlich versucht, den Nubier und ihn zu töten, kaum dass er sie gesehen hatte.

Auf diese Weise verging eine Stunde, vielleicht auch

zwei. Das Loch in der Wolkendecke hatte sich wieder geschlossen, und Dunkelheit hüllte den Fjord und das kleine Schiff ein. Das wenige Licht reichte selbst für Andrejs scharfe Augen nicht aus, und er konnte nicht mehr als Schatten wahrnehmen. Dennoch sah er manchmal zu der schweigenden Gestalt im Heck der *Fenrir* hinüber. Fritjof, wie Ansen den Matrosen genannt hatte, den er zurückgelassen hatte – vorgeblich, um das Schiff, in Wahrheit aber sicher, um sie zu bewachen –, stand noch immer völlig reglos in der gleichen Haltung und starrte in ihre Richtung.

Er hatte die ganze Zeit über kein Wort gesprochen, war nicht näher gekommen, ja, schien sich um keinen Fingerbreit bewegt zu haben. Andrej fragte sich, was er tun würde, sollten Abu Dun und er einfach aufstehen und gehen, und als hätte er seine Gedanken gelesen, murmelte Abu Dun in diesem Moment neben ihm: »Nun?«

Andrej riss seinen Blick mit einiger Mühe von der Gestalt im Heck des Schiffes los und wandte sich zu Abu Dun. »Nun – was?«

»Was tun wir?«, fragte Abu Dun. »Ich meine, schließen wir uns ihnen an, gehen wir einfach weg, oder folgen wir ihnen und bringen sie um?«

Andrej war für einen Moment irritiert. Abu Dun legte manchmal einen Humor an den Tag, der noch schwärzer als sein Gesicht war, und nicht einmal er war immer ganz sicher, was er von Abu Duns zuweilen haarsträubenden Vorschlägen zu halten hatte. Jetzt aber spürte er, dass die Worte sehr ernst gemeint waren. »Warum sollten wir das tun?«, gab er zurück.

»Weil mit diesem Ansen etwas nicht stimmt«, erwiderte Abu Dun. »Er verheimlicht uns etwas. Ich spüre es.«

»Wenn der Umstand, seinen Reisebegleitern etwas zu verheimlichen, allein Grund genug ist, jemanden zu töten, dann hätten sie jedes Recht der Welt, uns zu töten«, erwiderte Andrej lahm. Die Worte klangen selbst in seinen Ohren albern, und er hatte sie ohne nachzudenken ausgesprochen.

Es war nicht so, dass Abu Dun und er noch nie einen Menschen getötet hätten. Einen Großteil ihres langen Lebens hatten sie sich als Söldner verdingt, und allein ihre Natur brachte es mit sich, dass an ihrer beider Hände mehr Blut klebte als an dem anderer Menschen. Dennoch, einen Menschen auf dem Schlachtfeld zu töten oder ein unschuldiges Leben zu retten, indem man schuldiges auslöschte, war gerechtfertigt. Blut zu vergießen, nur weil einem das, was der andere hatte, nicht gefiel, war es nicht.

»Du weißt, was ich meine«, behauptete Abu Dun, und diesmal konnte Andrej nur widerwillig nicken. Natürlich hatte der Nubier recht. Ein Geheimnis umgab Ansen und seine Männer, und es war nicht nur der Umstand, dass sich eine Gruppe vermeintlicher Rauf- und Trunkenbolde in Wahrheit als Piraten entpuppt hatte. Da war noch mehr.

Trotzdem gab er sich einen Ruck.

»Wir gehen«, sagte er. »Jetzt.«

Abu Dun sah ihn einen Herzschlag lang schweigend an. Er hatte eine andere Entscheidung erwartet, das spürte Andrej, aber nach einem Moment hob er nur die mächtigen Schultern und fügte sich. Langsamer als notwendig stand er auf, und auch Andrej erhob sich und fuhr um Verständnis bittend leise fort: »Ich bin es müde, Abu Dun. Ich wünschte, wir hätten uns niemals in diese Geschichte hineinziehen lassen. Es ist genug Blut geflossen.«

Abu Dun schwieg, auch wenn sein Blick erkennen ließ, was er von dem Wort *unschuldig* hielt. Dennoch nickte er auch jetzt nur und wandte sich zum Bug des Schiffes, der einzigen Stelle, wo sie einigermaßen trockenen Fußes an Land gehen konnten. Hinter ihnen sagte Fritjof: »Wo wollt ihr hin?«

Andrej hielt mitten in der Bewegung inne und wandte sich wieder zu dem Nordmann um. Fritjof hatte sich endlich von seinem Platz gelöst und nur einen Schritt getan, doch nun zeichnete sich seine Silhouette deutlicher vor dem mattgrauen Hintergrund des Fjords ab. Die seltsame Erscheinung rührte an etwas in den Tiefen seiner Erinnerung, und aus Andrejs Unbehagen wurde Schrecken.

Wie alle Männer in Ansens Begleitung trug auch Fritjof einen schmutzstarrenden Mantel, Lederstiefel und schwere Baumwollhosen unter einem ledernen Brustharnisch, doch anders als seine Kameraden zierte er sich nicht mit einem barbarischen Hörnerhelm, sondern trug einen Kopfschmuck, der einmal einem Wolf gehört hatte. Jetzt, da er so als gestaltloser Schemen dastand, übten die spitzen Wolfsohren und die ausgestopfte, weit ins Gesicht des Nordmannes gezogene Schnauze des toten Tieres eine unheimliche Wirkung auf Andrej aus.

Für einen Moment war er überzeugt, keinem Menschen gegenüberzustehen, sondern tatsächlich einem aufrecht stehenden, über zwei Meter großen Wolf, der versuchte, sich als Mensch auszugeben. Hastig schüttelte er den Gedanken ab.

»Wir nehmen das Angebot deines Kapitäns an«, sagte er.

Fritjof neigte den spitzohrigen Kopf. »Was genau soll das heißen?«, fragte, nein, knurrte er.

»Wir brechen auf«, antwortete Andrej. Er spürte, wie Abu Dun sich neben ihm anspannte, und machte eine rasche verstohlene Geste mit der rechten Hand, von der er hoffte, das Fritjof sie nicht, Abu Dun dafür aber umso deutlicher sah. »Du hast doch gehört, dass Ansen es uns freigestellt hat, zu bleiben oder zu gehen.«

»Davon weiß ich nichts«, antwortete Fritjof. »Ihr bleibt.«

»Und wie willst du uns dazu zwingen?«, fragte Abu Dun in fast freundlichem Tonfall, der allenfalls ein bisschen darunter litt, dass er seine Hand mit einem lauten Klatschen auf den Schwertgriff fallen ließ.

Diesmal antwortete Fritjof nicht, sondern legte nur den Kopf auf die andere Seite, und auch an dieser Bewegung war irgendetwas ... *falsch*. Es viel Andrej immer schwerer, die Bilder zurückzudrängen, die aus seiner brodelnden Fantasie aufsteigen wollten. »Wir haben keinen Streit mit dir, Fritjof«, sagte er, so ruhig er konnte. »Bitte zwing uns nicht dazu.«

Fritjof sagte auch dazu nichts, kam aber einen weiteren Schritt näher und blieb dann wieder stehen, als auch Andrej die Hand auf den Schwertgriff senkte. Der Nordmann war, wie alle seine Kameraden, fast eine Handspanne größer als Abu Dun und genauso massig, aber er zögerte dennoch, stand er doch immerhin zwei Gegnern gegenüber, die gut bewaffnet waren. Die Worte des Kapitäns mussten ihm klargemacht haben, dass sie keine unbedarften Reisenden waren, mit denen er leichtes Spiel haben würde.

»Richte Ansen aus, dass wir ihm dankbar sind, uns mitgenommen zu haben«, sagte Andrej, »und dass wir sein Angebot zu schätzen wissen. Aber es ist besser, wenn wir allein unserer Wege gehen.« Er wartete einen Moment lang vergebens auf eine Antwort, atmete kaum merklich erleichtert auf und wandte sich mit Abu Dun ab, um über die Ruderbank hinweg in den vorderen Teil des Schiffes zu klettern.

Fritjof gab sich Mühe, keinen Lärm zu machen, doch das wäre einem Mann seiner Größe und seines Gewichtes nicht einmal gelungen, hätten Abu Dun und er nur über normale menschliche Sinne verfügt. Andrej hörte die stampfenden Schritte des Riesen schon, als dieser sich gerade erst in Bewegung gesetzt hatte, und er spürte, hörte und roch das Kommen Fritjofs so deutlich, als könnte er ihn sehen.

Im allerletzten Moment, als sie bereits das Zischen

der Luft hörten, durch die eine rasiermesserscharfe Klinge fuhr, warfen Abu Dun und er sich gleichzeitig und in verschiedene Richtungen zur Seite, wirbelten herum und zogen ihre Schwerter, noch bevor Fritjofs gewaltige Streitaxt die Ruderbank zertrümmerte, auf der sie die letzten Tage gesessen hatten.

Andrej vermochte nicht zu sagen, wessen Schwert als Erstes sein Ziel traf – seine schlanke Damaszenerklinge oder der gewaltige Krummsäbel des Nubiers –, doch der Unterschied betrug ohnehin nur die Dauer eines Lidschlages. Fritjof brüllte auf, taumelte zurück und riss die Arme in die Höhe, ließ dabei seine gewaltige Streitaxt aber nicht los und ging auch nicht in die Knie.

Mit hilflos rudernden Armen stolperte er rückwärts, wobei er weitere Ruderbänke zertrümmerte, fand irgendwie sein Gleichgewicht wieder, packte seine Waffe nun mit beiden Händen, und mit einem mehr wütenden als schmerzerfüllten Knurren duckte er sich und spreizte ein wenig die Beine, um festen Stand auf dem Deck zu haben.

Trotz allem konnte Andrej dem nordischen Riesen einen gewissen Respekt nicht versagen. Sowohl Abu Dun als auch er hatten ihn getroffen, wie allein das Blut bewies, das in der Nacht schwarz auf ihren Klingen schimmerte. Dennoch stand Fritjof wie ein Felsen, und Andrej bezweifelte, dass er ihnen den Gefallen tun würde, im nächsten Augenblick einfach tot umzufallen. Aber was hatte er erwartet von einem Mann, der selbst Abu Dun überragte?

Abu Dun packte seinen Säbel ebenfalls mit beiden Händen und spannte sich, doch Andrej hielt ihn mit einer raschen Bewegung zurück.

»Warte«, sagte er, zugleich an den Nubier als auch an Fritjof gewandt. »Es ist doch nicht nötig, dass noch mehr Blut fließt. Du hast versucht, uns aufzuhalten, und Ansen weiß, wer wir sind. Er wird dir nicht vorwerfen, dass es dir nicht gelungen ist. Ich will dich nicht töten.«

Selbst wenn Fritjof seine Worte zur Kenntnis nahm, konnte er ihnen doch nicht zustimmen, denn er stieß nur noch einmal das unheimliche Tierknurren aus, dann riss er seine Streitaxt mit einem Brüllen hoch, das noch auf der anderen Seite des Fjords zu hören sein musste.

Andrej tänzelte leichtfüßig zur Seite, während Abu Dun einen kaum weniger lauten Schrei ausstieß, dem Nordmann entgegenstürmte und dessen gewaltigen Axthieb mit dem hochgerissenen Schwert auffing, wobei er seine ganze Körperkraft in die Bewegung legte. Das Zerbersten von Metall war zu hören, und Andrej erwartete, Fritjof nun haltlos zurücktorkeln oder gleich zusammenbrechen zu sehen. Doch es war Abu Dun, dessen Waffe davonwirbelte, während er selbst einfach von den Füßen gerissen wurde und so hart gegen den Mast prallte, dass das gesamte Drachenboot aufzustöhnen schien. Hilflos und halb benommen sackte er daran zu Boden, und Fritjof holte weit aus, um seine gewaltige Streitaxt zu einem weiteren Hieb zu schwingen.

Andrej vergaß sowohl seinen Schrecken als auch alles, was er jemals über Fairness gelernt und Abu Dun immer wieder vorgehalten hatte, stürmte vor und rammte dem Nordmann die Klinge mit aller Kraft zwischen die Schulterblätter. Fritjof brüllte vor Schmerz und taumelte.

Sein Axthieb verfehlte Abu Dun um weniger als eine Handbreit und war noch immer so gewaltig, dass er den oberschenkelstarken Mast, an dem der Nubier lehnte, glattweg kappte. Von der Wucht seiner eigenen Bewegung nach vorne gerissen, stolperte der Nordmann weiter, prallte gegen die niedrige Bordwand des Schiffes und fiel auf die Knie, während sich der Mast langsam zur Seite neigte und dann mit einem gewaltigen Krachen und Poltern endgültig fiel. Das plötzlich haltlose Segel begrub Abu Dun unter sich, und das ganze Schiff zitterte und ächzte und drehte sich so weit auf die Seite, als wolle es umfallen.

Andrej achtete auf nichts von alledem. Er starrte nur Fritjof an.

Der Nordmann war auf die Knie gefallen, Kopf und Schultern tief gesenkt, und er stützte sich mit beiden Fäusten auf den Deckplanken ab, um nicht endgültig zu fallen, doch seine Hände hielten die Streitaxt immer noch umklammert, und er stürzte nicht. Ein tiefes, gleichermaßen schmerzerfülltes wie zorniges Grollen drang aus seiner Brust, und dann, trotz der tödlichen Wunde, stemmte er sich langsam und taumelnd wieder in die Höhe und wandte sich zu Andrej um. Über ihnen riss die Wolkendecke auf, und das Licht des perfekt gerundeten Vollmondes tauchte das Deck in einen unwirklichen silbernen Schein.

Andrej stockte der Atem, als er das erste Mal aus allernächster Nähe in sein Gesicht sah.

Es war nicht das Gesicht eines Menschen. Und Fritjof trug auch kein abgezogenes Wolfsfell als Kopfbedeckung.

Sein Kopf *war* der eines Wolfes.

Unwillkürlich machte Andrej einen Schritt zurück. Das Schwert in seiner Hand begann zu zittern. Neben ihm versuchte Abu Dun, sich mit wütenden Bewegungen unter dem Segel hervorzuarbeiten, und die *Fenrir* zitterte und bebte immer noch unter seinen Füßen. Doch Andrej war unfähig, den Blick von der grauenhaften Kreatur zu lösen.

Der Nordmann war kein Mensch mehr. Stattdessen sah sich Andrej einem mehr als zwei Meter großen, breitschultrigen Geschöpf gegenüber, einem fürchterlichen Zwitter aus Mann und Wolf, aufrecht stehend, aber mit Pfoten und Krallen und langem, zottigem Fell, das gleichwohl die starken Muskeln des Körpers nicht zu verbergen vermochte, einer flachen Hundeschnauze und fürchterlichen Reißzähnen.

Die Augen, die ihn anstarrten, waren rot und schienen in der Dunkelheit wie durch ein inneres Feuer zu glühen. Als hätte sie vergessen, wozu sie überhaupt gut war, ließ die Bestie die Axt fallen und trat geduckt, Andrej aber noch immer um eine Haupteslänge überragend, auf ihn zu.

Das Entsetzen, das Andrej noch immer lähmte, hätte

ihn um ein Haar das Leben gekostet. Mit einem Knurren, das viel mehr zu spüren als zu hören war, sprang ihn der Werwolf an. Seine fürchterlichen Tatzen schlugen nach ihm, verfehlten sein Gesicht um Haaresbreite und rissen vier parallele Spuren aus brennendem Schmerz in seine linke Schulter.

Andrej brüllte vor Qual auf, aber die Pein riss ihn auch in die Wirklichkeit zurück. Er taumelte, stolperte über eine zerbrochene Ruderbank und fiel ungeschickt auf den Rücken, erinnerte sich aber zugleich daran, dass er eine Waffe in der Hand hielt, und versetzte dem Ungeheuer einen tiefen Stich in den Oberschenkel. Mit schrillem Heulen wankte das Tier zurück.

Nahezu gleichzeitig kamen sie wieder auf die Füße. Diesmal griff ihn der Werwolf nicht mit ungestümer tierischer Wut an, sondern begann ihn langsam zu umkreisen. Seine Krallen, jede einzelne so lang und scharf wie ein Dolch und zehnmal tödlicher, stießen rechts und links seines Körpers in die Luft. Die fürchterlichen Fänge im offenen Maul waren zum Zuschlagen bereit, doch die Bestie hatte gelernt, dass auch der Stahl in Andrejs rechter Hand tiefe Wunden ins Fleisch reißen konnte.

Statt sich auf ihn zu stürzen und Andrej so die Gelegenheit zu einem tödlichen Konter zu geben, täuschte er nur zwei, drei Angriffe an, zog sich aber jedes Mal wieder zurück und kam trotzdem ganz allmählich näher, gewann er doch bei jedem Heranstürmen und Zurückweichen eine Winzigkeit an Boden.

Schritt für Schritt zog sich Andrej vor dem Ungeheuer zurück. Irgendwo hinter dem Werwolf raschelte es, als Abu Dun immer noch vergeblich versuchte, sich aus seinem Gefängnis aus Stoff zu befreien, doch Andrej wusste, dass er von dem Nubier keine Hilfe erwarten durfte, denn der hatte seine Waffe verloren.

Andrej wusste nicht einmal, ob sie, hätte Abu Dun noch über seine Waffe verfügt, zu zweit eine Chance gegen dieses Monstrum gehabt hätten. Die Bestie war ebenso unverwundbar wie er, aber viel stärker, und seine linke Schulter blutete immer noch heftig und tat höllisch weh. Der Arm hing nutzlos an seinem Körper herab und gehorchte ihm nicht mehr. Hätte Andrej nur einen Moment Zeit gehabt, hätte er sich auf die Wunde konzentrieren und sie mit bloßer Willenskraft dazu zwingen können, sich zu schließen, doch diesen Moment würde ihm der Werwolf nicht gewähren.

Wieder stürmte das Ungeheuer vor und hieb mit den Krallen nach ihm. Andrej wartete absichtlich bis zum allerletzten Moment, nahm ein paar weitere tiefe Wunden in der ohnehin schon verletzten Schulter in Kauf und versetzte der Bestie im Gegenzug einen Hieb, der ihren linken Ellbogen traf und den Arm nahezu abtrennte.

Der Werwolf heulte vor Schmerz auf und schlug Andrej mit der anderen Klaue so kräftig gegen den Kopf, dass er zwei oder drei Schritte zurückstolperte und dann halb besinnungslos auf die Knie sank. Alles drehte sich um ihn. Er erkannte nur noch einen Schatten, wo sein unheimlicher Gegner gewesen war, und hörte ein tiefes, drohendes Knurren, das rasend schnell näher kam. Und mit einer Nüchternheit, die ihn selbst überraschte, machte er sich klar, dass dieser Laut wohl der letzte sein würde, den er in seinem Leben hörte.

Der Werwolf erreichte ihn, zerrte ihn mit der unversehrten Pranke in die Höhe und riss das Maul auf, um ihm den Kopf abzubeißen, doch in diesem Moment prallte ein massiger schwarzer Schatten von hinten gegen das Ungeheuer und riss es zu Boden.

Andrej war noch immer benommen. Er fühlte sich schwach, er hatte grässliche Schmerzen, und zum ersten Mal seit langer, sehr langer Zeit verspürte er echte Angst – nicht so sehr vor dem Tod, der im Laufe der Jahrhunderte zu seinem vertrauten Weggefährten geworden war, sondern vielmehr vor *dieser* Art zu sterben. Irgendwo neben ihm waren Kampfgeräusche, zwei formlose Schatten, die miteinander rangen, er hörte ein tierisches Brüllen, dann einen fürchterlichen, knirschenden Laut und dann Abu Duns Schmerzgebrüll, und er wusste trotz allem, was diese Geräusche bedeuteten. Es war vorbei. Es gab nichts mehr, was er noch tun konnte.

Er ...

Irgendwo tief in ihm erwachte etwas – ein uralter, verbotener Teil seiner selbst, den er so lange und so erfolgreich eingesperrt und angekettet hatte, dass er manchmal zu vergessen begann, dass er existierte.

Mühsam stemmte er sich hoch, biss die Zähne zusammen, um ein Stöhnen zu unterdrücken, und versuchte dem tobenden Tanz ineinander verkrallter

Schatten neben sich einen Sinn abzugewinnen. Abu Dun hatte den Wolf von hinten angesprungen, den Arm um seinen Hals geschlungen und seinen Kopf so weit zurück in den Nacken gerissen, wie er konnte, bevor das Untier auf ihn gestürzt war und ihn unter sich begraben hatte.

Jetzt wand es sich mit aller Kraft, riss das Maul auf und knurrte, schlug mit den Krallen um sich, die fingertiefe Furchen in das harte Holz des Schiffbodens gruben, und versuchte immer wieder, den Kopf weit genug zu drehen, um nach Abu Dun zu beißen. Dem Blut nach zu schließen, das über das Gesicht des Nubiers strömte, musste es ihm zumindest einmal gelungen sein.

»Andrej!«, keuchte Abu Dun.

Andrej tastete nach dem Schwert, das er fallen gelassen hatte, packte die Klinge mit beiden Händen und stieß sie dem Ungeheuer tief in die Seite. Der Werwolf heulte laut auf, schlug ihm das Schwert aus der Hand und hätte ihn um ein Haar abermals von den Füßen gerissen. Noch während Andrej mühsam darum kämpfte, sein Gleichgewicht wiederzufinden, beobachtete er ungläubig, wie sich die schreckliche Wunde, die er der Bestie zugefügt hatte, bereits wieder schloss.

Auch der nahezu abgetrennte Unterarm des Tieres hatte aufgehört zu bluten, zerrissenes Fleisch und gebrochene Knochen begannen sich mit unheimlicher Lautlosigkeit zusammenzufügen, und er glaubte regelrecht zu sehen, wie die Kräfte des Ungeheuers im gleichen Maße zunahmen, in dem die Abu Duns versagten. Hilflos streckte er die Hand nach dem Schwert aus, zog sie dann wieder zurück und holte stattdessen den Dolch aus dem Gürtel.

Als er sich mit einem Schrei auf den Wolf warf, empfing ihn dieser mit einem wütenden Knurren und gebleckten Zähnen. Seine Fänge gruben sich tief in Andrejs rechte Hand, die den Dolch hielt.

Doch das war nicht die Waffe, mit der Andrej ihn angriff; sie hatte nur der Ablenkung gedient, um ihm den Sekundenbruchteil zu verschaffen, den er brauchte. Noch während seine rechte Hand zwischen den zuschnappenden Kiefern des Ungeheuers zermalmt wurde, warf Andrej sich weiter vor und grub die Zähne in den Hals des Werwolfs.

Und entfesselte den Vampyr in sich.

Es war lange her, dass er auf diese Weise das Leben eines anderen genommen hatte, und er hatte sich geschworen, es nie wieder zu tun, ganz gleich, aus welchem Grunde. Doch er hatte keine Wahl, denn die Bestie würde nicht nur Abu Dun und ihn töten, sondern ihre Schreckensherrschaft weiter ausbreiten und zahllose unschuldige Leben nehmen, und es war, das spürte Andrej, seine Schuld, dass sie hier war.

Was jetzt geschah, war durch und durch grässlich. Das Ungeheuer, das schon immer in ihm gelauert hatte und das älter und bösartiger war als der schreckliche Zwitter aus Mensch und Wolf, mit dem er rang, umklammerte mit einem gierigen Schrei seinen Gegner, griff nach seiner Lebenskraft und riss sie aus ihm heraus.

Der Werwolf bäumte sich auf, heulte schrill und schlug mit den Krallen nach Andrej. Er traf und fügte seinem Fleisch noch weitere, noch schrecklichere Wunden zu, doch Andrej spürte keinen Schmerz mehr, keine Furcht. Sein Wille hatte keine Macht mehr. Plötzlich war er selbst ein Ungeheuer, schlimmer und gnadenloser, als es die Wolfskreatur jemals hätte sein können. Das *Ding* in ihm zerrte und riss am Leben des Wolfes, saugte es aus ihm heraus im gleichen Maße, in dem er das Blut des Untieres trank, und das eine war nicht minder grauenhaft als das andere.

Der Wolf wehrte sich und kämpfte mit unbändiger Verzweiflung, schlug und biss und trat, traf Abu Dun und ihn und entfesselte Kräfte, denen sie beide gemeinsam kaum gewachsen waren, doch irgendwann, nach Ewigkeiten, ließ sein Toben nach. Der Strom unsichtbarer Lebensenergie, den Andrej ihm raubte, um sie zu seiner eigenen zu machen, wurde schwächer und versiegte schließlich ganz.

Als der Wolf seinen letzten Atemzug tat, sank Andrej neben ihm auf den Boden und verlor das Bewusstsein.

Ohne Abu Dun hätte er es wahrscheinlich nicht geschafft. Andrej lag auf dem Rücken, als er zu sich kam, und zum ersten Mal seit langer Zeit war er nicht auf wettergegerbtem Holz und einer Kruste aus Salz gebettet, sondern auf dem groben Sand eines Strandes, wohin ihn Abu Dun getragen hatte.

Düstere Erinnerungsfetzen wirbelten hinter seinen Schläfen durcheinander. Er spürte, dass er nicht lange bewusstlos gewesen war – allenfalls wenige Minuten –, und er glaubte noch ein schwaches Echo des verbissenen Kampfes wahrzunehmen, den er ausgefochten hatte. Er fühlte sich kraftlos, aber auf eine Art, die nichts mit körperlicher Schwäche zu tun hatte.

»Wie fühlst du dich?«, fragte Abu Dun.

»Schrecklich«, sagte Andrej wahrheitsgemäß. Der Nubier hätte ohnehin keine andere Antwort akzeptiert. »Danke.«

Abu Dun zog die Augenbrauen hoch. »Danke? Wofür?«

»Du hast mir wieder einmal das Leben gerettet«, antwortete Andrej, während er versuchte, sich auf die Ellbogen hochzustemmen. Es gelang ihm erst im zweiten Anlauf, und seine Schulter und vor allem seine rechte Hand schmerzten noch immer. Als er an sich hinabsah, stellte er fest, dass die Wunden, die sein Körper davongetragen hatte, schon beinahe verheilt waren. Noch eine Stunde, und nur noch seine zerrissenen Kleider würden von dem Geschehenen zeugen.

Andrej konzentrierte sich einen Moment zuerst auf den Schmerz in seiner rechten Hand, dann auf den in der Schulter und löschte ihn an beiden Stellen mit einer bewussten Willensanstrengung aus. Aber da war noch mehr, das sich nicht so einfach mit einer gedanklichen Übung aus seinem Bewusstsein verbannen ließ.

In seinem Mund war der grässliche Geschmack von Blut, doch nicht von Blut, wie er es kannte. Er schmeckte etwas anderes, etwas Uraltes und Moderiges, das ein leichtes Gefühl von Ekel in ihm auslöste. Ein düsterer Druck lastete auf seiner Seele. Da war etwas Fremdes in ihm, auf das er lange Zeit würde achten müssen, damit es ihn nicht vergiftete und die Bestie in ihm nährte.

»Genau genommen warst *du* es, der mich gerettet hat«, erwiderte Abu Dun, doch Andrej sah dies anders.

»Wenn du ihn nicht abgelenkt hättest, wäre ich niemals nahe genug an ihn herankommen. Ich glaube, im letzten Moment hat er geahnt, womit er es wirklich zu tun hat.«

Der Nubier wiegte nachdenklich den mächtigen Schädel und sagte schließlich: »Ich hätte ihn noch einen Augenblick halten können, dann hätte er mir wahrscheinlich den Kopf abgebissen.«

Andrej gab es auf. »Also gut«, sagte er, »einigen wir uns auf ein Unentschieden.«

Abu Dun dachte einen Moment angestrengt über diesen Vorschlag nach, dann aber schüttelte er heftig den Kopf und sah fast ein bisschen beleidigt aus. »Kommt nicht infrage«, sagte er. »Wenn ich es mir recht überlege, war es wirklich so, dass er dich ohne mein Eingreifen in Stücke gerissen hätte. Du glaubst doch nicht, dass ich mir die Gelegenheit entgehen lasse, in Zukunft jedem zu erzählen, dass der berühmte Andrej Delãny nicht einmal mit einem dahergelaufenen Straßenköter fertig geworden ist.« Er seufzte. »Andererseits – worüber wundere ich mich eigentlich? Ohne mich wärst du wahrscheinlich schon vor einem Jahrhundert umgekommen, so zielsicher, wie du es immer wieder schaffst, dich in Gefahr zu bringen.«

»Ohne dich«, verbesserte ihn Andrej betont, während er mühsam aufstand, »wäre ich schon seit Jahrhunderten überhaupt nicht mehr in Gefahr geraten.«

»Ja«, bestätigte Abu Dun. »Und wie auch? Du wärst ja längst tot.«

Andrej schnitt ihm eine Grimasse, auf die der Nubier mit einem breiten Grinsen antwortete, bewegte vorsichtig die Glieder und ballte schließlich prüfend die rechte Hand zur Faust. Sie wollte ihm immer noch nicht richtig gehorchen, und er schätzte, dass es mindestens noch eine Stunde dauern würde, bis er wieder imstande war, ein Schwert zumindest zu führen, wenn auch noch nicht damit zu *kämpfen*.

So sehr ihn ihre kleine Frotzelei entspannt hatte, machte er sich doch nichts vor. Diesmal hatten sie einfach nur Glück gehabt. Es war nicht das erste Mal, dass sie auf einen Gegner stießen, der sich ihren übermenschlichen Kräften als ebenbürtig erwies – aber selten zuvor waren sie einer Kreatur begegnet, die ihnen so hoffnungslos überlegen gewesen war. Hätte Andrej nicht seine stärkste (und für ihn selbst gefährlichste) Waffe benutzt, wären Abu Dun und er jetzt wahrscheinlich tot.

Obwohl ihm allein bei dem Gedanken schauderte, ging er zurück zur *Fenrir*, kletterte langsam und umständlicher als notwendig über die Bordwand, als versuche ein Teil von ihm Zeit zu schinden, und näherte sich dem reglos daliegenden Ungeheuer. Er hörte, wie Abu Dun ihm folgte, doch erst nach einem spürbaren Zögern, und seine Schritte waren längst nicht so fest wie gewohnt.

Die Wolkendecke über dem Fjord war mittlerweile ganz verschwunden, und das silberne Licht des vollen Mondes ... Andrej stutzte. Vollmond, natürlich. Aus keinem anderen Grund hatte Ansen mit der Landung des Schiffes gewartet, bis die Sonne untergegangen war. Wieso war ihm das nicht gleich klar gewesen?

Das Mondlicht hüllte die entsetzliche Kreatur in ein graues Leichentuch, das jedes Detail deutlich hervortreten ließ. Andrej brachte es nicht über sich, sich dem toten Ungeheuer auf mehr als zwei Schritte zu nähern, doch auch aus der Entfernung sah er mehr, als er wollte. Die Bestie hatte sich im Tode nicht in einen Menschen zurückverwandelt, wie es in den Legenden behauptet wird, die sich um diese ganz und gar nicht mythischen Ungeheuer ranken, sondern bot auch jetzt noch einen Furcht einflößenden Anblick.

Schon als Mensch war Fritjof ein Riese gewesen, nun aber wirkte er noch größer und auf eine tierhafte, Angst einflößende Art eleganter und stärker. Selbst Andrej kam es plötzlich unglaublich vor, dass es Abu Dun und ihm gelungen war, diese Bestie zu besiegen.

»Und das war nur einer von ihnen«, sagte Abu Dun hinter ihm.

»Du glaubst, sie wären alle wie er?«, gab Andrej schaudernd zurück. Abu Dun machte sich nicht die

Mühe, auf seine Frage einzugehen. Schließlich kannten sie beide die Antwort.

»Ich frage mich nur, warum sie uns am Leben gelassen haben«, fuhr der Nubier nach endlosen Sekunden lastenden Schweigens fort.

Andrej zuckt die Schultern. »Es muss irgendetwas mit dem zu tun haben, was Ansen gesagt hat«, vermutete er. »Mit den Männern, die wir getötet haben. Der Besatzung der *Schwarzen Gischt*.«

»Aber das waren keine Werwölfe«, gab Abu Dun zu bedenken.

Andrej war sich dessen nicht mehr sicher. In seinem langen Leben war er erst ein Mal zuvor Geschöpfen wie diesen begegnet, und sie waren – trotz aller äußerlichen Ähnlichkeit – doch von anderer Art gewesen. Er wusste wenig mehr über sie, als man sich in den alten Geschichten erzählte, aber in einem stimmten all diese Erzählungen überein: Ein Werwolf bedurfte des vollen Mondes, um sich in seine tierische Gestalt zu verwandeln und über die unvorstellbaren Kräfte zu gebieten, wie sie sie gerade am eigenen Leib gespürt hatten.

Dennoch sagte ihm etwas, dass die Erklärung eine andere war, eine vielleicht noch fantastischere als die, die Abu Dun zu finden geglaubt hatte.

Wie um den Schrecken, den er im Moment empfand, noch zu unterstreichen, wehte in diesem Moment das entfernte Heulen eines Wolfes an sein Ohr. Andrej fuhr erschrocken zusammen und sah sich um, und auch auf Abu Duns Gesicht erschien ein nervöses Lächeln, wie immer, wenn er sich bemühte, seine Furcht zu verbergen. Das Heulen hielt an, doch blieb in weiter Ferne. Vielleicht war es ja tatsächlich nichts anderes als ein ganz normaler Wolf, den sie hörten, dachte Andrej.

»Du hast recht, Pirat«, sagte er und deutete auf den toten Werwolf. »Er war nur einer von ihnen. Ich schlage vor, wir verschwinden von hier, bevor die anderen zurückkommen.«

Andrej vermochte nicht mehr zu sagen, was sie zuerst alarmiert hatte – die Schreie, der Feuerschein oder das Heulen der Wölfe. Was es auch war, sie kamen zu spät.

Was sie bei ihrer Einfahrt in den Fjord für ein einzelnes Haus oder ein weitläufiges Gehöft gehalten hatten, war, wie sie jetzt erkannten, ein Dorf, das aus gut zwei Dutzend einfacher, aber robust gezimmerter Holzhäuser bestand, die sich in lockerem Halbkreis um einen natürlichen Hafen am Ende des Fjordes gruppierten. Eine kleine Kirche bildete das Zentrum der Siedlung, und an einem einfachen, ebenfalls grob aus Baumstämmen gezimmerten Pier war ein einmastiges Schiff vertäut, das ebenso in Flammen stand wie der Rest der Ortschaft.

Von der Höhe ihres Verstecks auf dem Bergkamm aus war es schwer zu beurteilen, ob dort unten noch jemand am Leben war, zumal die lodernden Flammen das Dorf in ein ständig wechselndes Chaos aus zuckenden Lichtern und tanzenden Schatten tauchten. Doch Andrej glaubte es nicht.

Abu Dun und er waren losgestürmt, kaum dass sie die ersten Schreie gehört und den ersten, noch blassen Feuerschein am Himmel gesehen hatten, aber sie mussten trotzdem eine halbe Stunde für ihren Weg gebraucht haben, und die Schreie waren schon lange vor ihrer Ankunft dünner geworden und schließlich ganz verstummt.

Überall zwischen den brennenden Häusern lagen Tote; Männer, Frauen und Kinder, die ohne Unterschied dahingeschlachtet worden waren. Soweit es Andrej von der Höhe des Grates aus hatte beurteilen können, mussten sich die letzten Überlebenden zu ihrer Verteidigung in die Kirche zurückgezogen haben, die zugleich das massivste Bauwerk des Dorfes darstellte, aber genutzt hatte es ihnen nichts. Die schweren Portale des einfachen Holzbaus waren geschlossen, und die Angreifer hatten sie mit zwei schräg dagegen gerammten Baumstämmen blockiert, bevor sie das gesamte Gebäude in Brand gesetzt hatten. Und auch im Wasser trieben Leichen.

Abu Dun berührte ihn leicht an der Schulter und deutete mit der anderen Hand zum jenseitigen Ende des Dorfes. Andrej wäre die Bewegung inmitten der zuckenden Schatten vielleicht nicht einmal aufgefallen, doch nun, einmal darauf aufmerksam geworden, war es ihm unmöglich, das Dutzend buckeliger, haariger Gestalten zu übersehen, das sich dort versammelt hatte. Die Entfernung war selbst für seine scharfen Augen zu groß, um Einzelheiten oder gar Gesichter erkennen zu können, dennoch machte er ohne Mühe

Ansen unter den unheimlichen Kreaturen aus. Er war der Kleinste.

»So viel zu ihren Geschäften«, grollte Abu Dun. Seine Stimme bebte vor mühsam unterdrücktem Zorn. »Am liebsten würde ich ...«

Andrej machte eine beruhigende Geste. Auch er verspürte einen ohnmächtigen Zorn angesichts dessen, was Ansen und seine Männer getan hatten, und doch glaubte er nicht, dass er die Gefühle des Nubiers tatsächlich nachvollziehen konnte. In gewissem Sinne sah sich Abu Dun mit seiner eigenen Vergangenheit konfrontiert. Auch sein Heimatdorf war von Fremden überfallen und ausgelöscht worden, als er noch ein Kind gewesen war.

»Ich weiß«, sagte er, »aber wir können nichts tun.«

Abu Dun sagte nichts mehr, doch Andrej war klar, dass seine Worte dem Nubier kein Trost waren, denn er wusste, das Gefühl, zum hilflosen Zuschauen verdammt zu sein, war die schlimmste aller Strafen für den schwarzhäutigen Riesen.

»Warum tun sie das?«, murmelte er. Der Wind drehte sich und trug eine Wolke beißenden, nach brennendem Holz und Fleisch stinkenden Qualm zu ihrem Versteck über dem Dorf herauf, und sie kämpften beide gegen einen unerträglichen Hustenreiz an. Dennoch war Andrej beinahe dankbar dafür. Nur durch Zufall hatten sie sich dem Dorf gegen den Wind genähert – vielleicht der einzige Grund, weshalb sie überhaupt noch am Leben waren.

Wenn die Kreaturen dort unten Abu Dun und ihm

so ähnelten, wie er es vermutete – wenn auch auf eine durch und durch grauenvolle Art –, dann waren ihre Sinne wahrscheinlich scharf genug, um etwaige Feinde auch über diese große Entfernung hinweg noch zu wittern. Es war nur der Qualm des brennenden Dorfes, der sie schützte.

»Vielleicht nur, weil es ihnen Freude macht«, flüsterte Abu Dun, doch Andrej schüttelte abermals den Kopf. Er hatte keinen Beweis dafür, aber er spürte einfach, dass das entsetzliche Morden einen Grund hatte. Und irgendetwas sagte ihm, dass es wichtig war, diesen Grund zu kennen.

Mittlerweile hatten sich alle Werwölfe am Ortsrand eingefunden, und Ansen machte plötzlich eine befehlende Geste, woraufhin die ganze Meute ein lang anhaltendes, johlendes Heulen anstimmte und abzuziehen begann. Andrej ließ sie nicht aus den Augen, bis sie in den Schatten jenseits des brennenden Dorfes verschwunden waren, und auch dann bedeutete er Abu Dun, weiter still liegen zu bleiben. Sie warteten noch eine geraume Weile.

Das Heulen der Wölfe hielt an, wurde aber ganz allmählich leiser, und endlich glaubte Andrej, das Risiko verantworten zu können, und stand auf. Nebeneinander und so schnell, dass sie auf dem steilen Hang mehr als einmal den Halt verloren und stürzten, liefen sie zum Dorf hinunter.

Obwohl Andrej sicher war, dass sie keine Überlebenden mehr finden würden, durchsuchten sie doch gründlich jedes Haus, soweit es die immer noch hell lodernden Flammen zuließen. Das Entsetzen, das sich schon beim ersten Anblick des brennenden Ortes in ihnen breitgemacht hatte, wurde stärker, und nun gesellte sich eine immer stärker werdende, kalte Wut hinzu. Die Werwölfe hatten sich nicht damit begnügt, die Einwohner des Dorfes zu töten.

Die meisten Leichen, die sie fanden – selbst die Kinder –, befanden sich in einem schrecklichen Zustand, als hätten die Ungeheuer all ihre Wut und ihren Zorn an ihnen ausgelassen. Andrej war nicht sicher, dass alle Opfer bereits tot gewesen waren, als ihnen dies angetan worden war. Sie brauchten eine Stunde, vielleicht länger, um jedes einzelne Haus zu durchsuchen, und noch einmal dieselbe Zeit, in der Abu Dun und er getrennt voneinander die nähere Umgebung des Dorfes durchsuchten, doch als sie sich schließlich wieder in der niedergebrannten Kirche trafen, hatte keiner von ihnen auch nur einen einzigen Überlebenden gefunden. Tote, ja.

Nicht wenige Dörfler hatten versucht, sich vor den Angreifern in Sicherheit zu bringen, sich in den Wäldern oder im Gebirge und in den Felsenspalten ringsum zu verstecken. Doch wie konnte man Geschöpfen davonlaufen, die in der Nacht sehen konnten und ihre Beute noch über eine Meile hinweg witterten?

Abu Dun wartete bereits auf ihn, als er niedergeschlagen und wütend zurückkehrte, sah sich aber nicht einmal um, obwohl er seine Schritte gehört haben musste, sondern stand weiter gerade aufgerichtet da und blickte zu dem brennenden Schiff am Pier hin, der mittlerweile ebenfalls Feuer gefangen hatte. »Nun?«, fragte er, als Andrej neben ihm angekommen war.

»Nichts«, murmelte Andrej. »Sie sind alle tot.«

»Ich weiß«, flüsterte Abu Dun heiser mit brechender Stimme. »Und ich glaube, ich weiß jetzt auch, warum.«

Andrej sah ihn fragend an, doch der Nubier regte sich immer noch nicht, sondern starrte weiter auf die brennende Kogge. Das Schiff begann sich allmählich auf die Seite zu legen und würde sinken, noch bevor die Sonne aufgegangen war.

»Warum?«, wiederholte Andrej.

Abu Dun hob die Hand und deutet auf das Schiff. »Fällt dir nichts auf?«

Im ersten Moment sah Andrej tatsächlich nichts anderes als zuvor, doch dann begriff er plötzlich, was der Nubier meinte. Obwohl bereits halb zerstört und im Sinken begriffen, erinnerte ihn die Form des Schiffes plötzlich an etwas. An ein Schiff, das sie nicht nur schon einmal gesehen, sondern auf dem sie sogar gefahren waren. Und es war noch nicht mal lange her …

»Die *Schwarze Gischt*?«, murmelte er. »Aber das ist unmöglich!«

»Nicht die *Schwarze Gischt*«, entgegnete Abu Dun. »Aber ihr Schwesterschiff, vermute ich. Vielleicht haben sie auch angefangen, es zu bauen, nachdem die *Gischt* nicht zurückgekehrt ist. Du hast gehört, was Ansen erzählt hat. Man weiß von uns und dem, was wir getan haben.«

Andrej war erschüttert. Abu Duns Worte öffneten ihm die Augen. Das brennende Schiff da draußen war von derselben altertümlichen und einfachen Bauart wie das primitive Kanonenboot, das Verinnias Dorf beschossen und dessen Besatzung sie getötet hatten, bevor sie begriffen hatten, wie grausam sie getäuscht worden waren. Der Kreis hatte sich geschlossen.

Von einer kurzen, aber heftigen Welle des Grauens geschüttelt, trat Andrej einen Schritt zurück und drehte sich einmal um sich selbst, um seinen Blick nochmals und noch aufmerksamer über das brennende Dorf schweifen zu lassen. »Und jetzt haben sie ihren Heimathafen gefunden«, murmelte er.

»Sie müssen schon lange gewusst haben, dass die Menschen in Verinnias Dorf in Wahrheit Werwölfe sind«, flüsterte Abu Dun, mehr zu sich selbst als an Andrej gewandt. Er lachte bitter, aber es klang eher wie ein Aufschrei. »Wahrscheinlich haben sie immer wieder versucht, sie unschädlich zu machen, Jahr für Jahr. Ich kann mir vorstellen, wie sie immer wieder hinausgefahren sind und mit ihren lächerlichen Waffen versucht haben, die Brut auszulöschen.«

»Ja«, stimmte ihm Andrej zu. »Bis zwei Narren kamen, die dumm genug waren, die schmutzige Arbeit für sie zu erledigen.« Er ballte die Hände zu Fäusten, so fest, dass seine Gelenke knackten und schmerzten. Was hatten sie getan?

»Und jetzt haben sie ihr Werk zu Ende gebracht«, flüsterte Abu Dun. »Die *Schwarze Gischt* wird nicht mehr auslaufen, und auch sonst niemand.« Seine Stimme wurde leiser und bitterer. »Ich frage mich nur, warum sie so lange gewartet haben, um hierherzukommen.«

Etwas in Andrej krümmte sich. Er hatte keinen Beweis dafür, nicht einmal einen Hinweis, und doch war er plötzlich überzeugt, dass auch dies ihre Schuld war, dass ihre Rolle in dieser furchtbaren Geschichte eine viel größere, viel düsterere war, als dem Nubier und ihm klar war. All diese Toten lasteten auf ihrem Gewissen. Er wusste nicht, wieso, aber er wusste, dass es so war.

»Ich werde sie töten«, sagte Abu Dun plötzlich, leise, immer noch bitter und mit bebender Stimme, nun aber voll tödlicher Entschlossenheit. »Und wenn es tausend Jahre dauert.«

Die Worte hingen eine Weile unheilschwanger in der Luft. Andrej schwieg noch länger, doch dann riss er seinen Blick endlich von dem brennenden Schiff los, legte den Kopf in den Nacken und suchte den Himmel ab.

Lange stand er so da, dann drehte er sich wieder zu Abu Dun herum und wartete so lange, bis der Nubier seinen Blick spürte und ihn ansah.

»Wenn ich mich richtig erinnere«, sagte er, »dann ist die *Fenrir* gestern sehr nahe an diesen Felsen dort vorbeigefahren.« Er deutete auf den Ausgang des Fjords, wo sich zwei steinerne Türme aus geborstenem Fels gegen die Strömung stemmten.

»Vielleicht gibt es dort eine Strömung«, vermutete der Nubier.

»Ja, wahrscheinlich sogar«, sagte Andrej. Er wies mit der Hand zum Nachthimmel hinauf. »Was glaubst du, wie lange es noch dauert, bis der Mond untergeht?«

Sie hatten gute drei Stunden gebraucht, um den Ausgang des langgestreckten Fjords zu erreichen, und die Sonne war aufgegangen, lange bevor sie diese Strecke zurückgelegt und den gewaltigen Felsen erklommen hatten, der sich gute zwölf Meter hoch über dem Meer erhob.

Zusammen mit seinem Bruder gab er den Bewohnern des Flusslaufes ein Versprechen auf Schutz, das er nicht erfüllt hatte. Der Mond war eine Stunde nach Sonnenaufgang untergegangen, aber dennoch war es nicht richtig hell geworden. Der Tag war bedeckt und kalt, ein eisiger Wind blies ihnen vom Meer her Kälte und Salzwasser ins Gesicht, und die Brandung war mächtig. Vielleicht würde ein Sturm aufziehen.

Abu Dun und er warteten. Eine Weile hatte er sich gefragt, ob Ansen und seine Männer nicht vielleicht zurückkommen und nach ihnen suchen würden, wenn sie den toten Fritjof fanden, hatte diesen Gedanken dann aber einfach abgetan. Wenn es so war, dann hatten sie ohnehin keine Chance.

Doch der Rückweg zur *Fenrir* würde selbst für die schnelleren und kräftigeren Wolfskreaturen nahezu den Rest der Nacht in Anspruch nehmen, und er bezweifelte, dass Ansen es wagen würde – oder dass es ihm der Mühe wert wäre –, Abu Dun und ihm in seiner menschlichen Gestalt gegenüberzutreten.

Und es war auch nicht geschehen. Eine weitere Stunde war verstrichen, dann noch eine, und Abu Dun und er standen nach wie vor hoch oben auf dem Felsen, blickten nach Norden und warteten darauf, dass das rot-weiß gestreifte Segel der *Fenrir* über den Wellen erschien.

Als es geschah, spürte er ... nichts. Keine Furcht, keine Aufregung, doch auch sein Zorn und Hass schienen wie weggeblasen. Rasch sah er in Abu Duns Gesicht hinauf und las dort dasselbe. Es war, als wäre ihr Hass so stark, dass er in eine eisige Ruhe umgeschlagen war. Alles, was er empfand, war Entschlossenheit.

Langsam kam die *Fenrir* näher. Ansen steuerte sein Schiff offenbar auf demselben Kurs zurück, auf dem sie gekommen waren, doch Andrej fiel auf, dass das Drachenboot jetzt einen deutlich größeren Abstand zu den Felswänden und den schaumgekrönten Wellen hielt, die in immer schnellerer Folge dagegen schlugen. Sie mussten ihren toten Kameraden gefunden haben. Vielleicht hatten sie ja begriffen, was wirklich geschehen war. Vielleicht würden sie einfach beidrehen und einen anderen Kurs nehmen, wenn sie Abu Dun und ihn entdeckten. Doch irgendetwas sagte ihm, dass sie es nicht tun würden.

Und so war es. Andrej erkannte plötzlich aufgeregte Bewegung an Deck der *Fenrir*, und das Boot schwenkte näher an die Küste heran und wurde deutlich langsamer, als es sich weiter näherte. Kaum war es direkt unter ihnen angekommen, ließ Ansen seine Männer die Ruder einholen, kam nach vorne und sah zu ihnen herauf. Trotz der großen Entfernung konnte Andrej das bösartige Lächeln auf seinem Gesicht sehen.

»Kleiner Mann!«, schrie er. »Was habt ihr getan?«

Andrej antwortete nicht, und auch Abu Dun schwieg. Nur seine Hand umfasste den Schwertgriff.

Ansen lachte. »Ich bin enttäuscht«, rief er. »Ich habe euch wirklich alles gegeben, was ich habe, und euch sogar meine Freundschaft angeboten, und zum Dank habt ihr einen meiner Männer getötet. Was soll ich nur davon halten?«

Andrej und Abu Dun tauschten einen Blick. Abu Dun nickte fast unmerklich, und Andrej sah, wie sich seine gewaltigen Muskeln unter dem schwarzen Mantel spannten.

»Aber so ist nun einmal die Welt, voller Undankbarkeit«, fuhr Ansen fort. »Wie schade. Ich hatte gehofft, noch viele aufregende Geschichten von dir und deinem schwarzen Freund zu hören. Aber nun werden wir uns wahrscheinlich nicht wiedersehen.«

»Wer weiß«, sagte Andrej und gab Abu Dun ein Zeichen.

Ansen riss ungläubig die Augen auf und prallte mit einem erschrockenen Keuchen zurück, als Abu Dun und er aus zwölf Metern Höhe auf das Deck der *Fenrir* heruntersprangen und inmitten eines Durcheinanders aus zersplitterten Holzbänken und berstenden Rudern aufkamen.

Über ihnen flutete die Sonne den Himmel mit strahlend goldenem Licht, als Andrej und Abu Dun ihre Schwerter zogen.

Inhalt

Blutkrieg — 5

Odins Raben — 53

Gefangen im Geisterhaus — 127

Der Hexenfelsen — 195

Wolfsdämmerung — 261

Wie alles begann ...

Ein Auszug aus dem ersten Band der *Chronik der Unsterblichen* – Am Abgrund

Und so beginnt der Roman:

Ein dünner Ast peitschte in sein Gesicht und hinterließ einen blutigen Kratzer auf seiner Wange. Die Wunde war nicht tief und würde so schnell heilen wie alle anderen Verletzungen, die er sich im Laufe seines Lebens zugefügt hatte. Der Schmerz war sowieso ohne Bedeutung – nachdem er Raqi und seine gerade erst geborene Tochter auf grausame Art verloren hatte, gab es nichts mehr, was ihn wirklich berührte. Und doch riß ihn das dünne Blutrinnsal auf seiner Wange für einen Moment aus seinen düsteren Gedanken. Andrej Delāny sah auf, unterzog seine Umgebung einer flüchtigen Musterung – und zügelte überrascht sein Pferd.

Er war zu Hause.

Er hatte geglaubt, ziellos durch das Land geritten zu sein, seitdem er sofort nach der improvisierten Beerdigung aufgebrochen war, aber dem war nicht so. Er war wieder am Ort seiner Geburt angekommen. Über den sanften Hügel, den sein Pferd hinaufgetrabt war, war er als Kind zusammen mit seinen Freunden getollt. Er erkannte die verkrüppelte, mächtige Buche, deren Äste sich wie die vielfingrigen Hände eines freundlichen Riesen in alle Richtungen reckten. Als Kind war er mehr als einmal von ihrem Wipfel gefallen, ohne sich auch nur ein einziges Mal einen Knochen zu brechen oder sich anderweitig zu verletzen.

Während er den gewaltigen Baum betrachtete, erschien ihm das immer unglaublicher – bis ihm klar wurde, daß die Buche aus der Sichtweite eines Kindes viel riesiger und furchteinflößend gewirkt hatte, gerade recht, um seinen Freunden seinen außergewöhnlichen Wagemut zu beweisen. Der Gedanke ließ ihn erschauern. In wie viele verrückte und gefährliche Situationen hatte er sich freiwillig begeben, nur um den anderen zu beweisen, daß er der Mutigste war? Und später hatte er dann oft daraus keinen Ausweg gefunden – wie nach dem verhängnisvollen Kirchenraub in Rotthurn, als er einem sogenannten Freund aus einer verzwickten Lage geholfen hatte, obwohl dieser eigentlich keine Hilfe verdient hatte. Mit gerade erst sechzehn Jahren war er so zum Ausgestoßenen geworden, ein Verdammter, dessen Leben nun keinen normalen Verlauf mehr nehmen konnte. Die Folgen dieser Entscheidungen hatten seinen ganzen Werdegang geprägt und letztlich auch dazu geführt, daß er Jahre später seinen Sohn Marius in einer Nacht-und-Nebel-Aktion zu Verwandten ins Tal der Borsā hatte bringen müssen, ohne die Aussicht, ihn je wieder besuchen zu können.

Wieso also war er hierher zurückgekommen?

Nachdem er Raqi und seine Tochter beerdigt hatte – das zweite Kind, das ihm nun wieder entrissen worden war, nachdem er schon seinen Sohn hatte weggeben müssen –, war er tagelang ziellos durch Transsilvanien geritten. Wie viele Tage es gewesen waren, hätte er nicht mehr zu sagen vermocht. Fünf, zehn oder hundert: Was machte das schon für einen Unterschied? Er hatte jedes Zeitgefühl verloren und war keiner bestimmten Richtung gefolgt, sondern hatte sich vom Zufall, der Willkür der Wegführung und dem Instinkt seines Pferdes leiten lassen – mit der einzigen Ausnahme allenfalls, daß er bewußt die Nähe von Menschen mied und sich nur gelegentlich auf irgendeinem abgelegenen Bauernhof mit Proviant versorgte.

Es konnte kein Zufall sein. Wollte er wider alle Vernunft ein Wiedersehen mit seinem Erstgeborenen erzwingen, den er nun schon vor langer, langer Zeit seinen Verwandten überlassen hatte mit der Bitte, ihn wie ihr eigen Fleisch und Blut aufzuziehen? Dieser Gedanke behagte ihm nicht, war er doch verbunden mit den allzu schmerzlichen Erinnerungen, vor denen er nun schon so lange davonlief. Da wäre es schon einfacher gewesen, dem Vorbild seines Stiefvaters zu folgen und hinauszuziehen in all jene fernen Länder und Kontinente, von denen Michail Nadasdy ihm im begeisterten Tonfall vorgeschwärmt hatte.

Andrej hatte anfangs nicht viel mit dem alten Haudegen anfangen können. Als Michail Nadasdy aus Alexandria nach Transsilvanien zurückgekehrt war, der alte Herumtreiber, der Frau und Stiefkinder schmählich im Stich gelassen hatte, und sich dann, wie aus einer plötzlichen Laune heraus, als Vater und Lehrer aufspielen wollte, da hatte er ihn regelrecht gehaßt. Nach einigen Monaten schlimmer Szenen und trotziger Verweigerung hatte Andrej schließlich einsehen müssen, daß sein Widerstand nicht nur aufreibend, sondern auch sinnlos war: Michail war tatsächlich ein weiser und stets geduldiger Lehrer, der es aufs trefflichste verstand, seine durch die vielen abenteuerlichen Reisen gewonnene Lebenserfahrung und Kampfkunst an ihn weiterzugeben.

Wenn er zurückblickte, mußte er gestehen, daß es fast so etwas wie der Anfang seines bewußten Lebens gewesen war, als sich Michail seiner angenommen hatte. Der einzige Wermutstropfen war, daß sie schon kurz nach Michails Rückkehr das Dorf fast fluchtartig hatten verlassen müssen: seine Mutter, Michail und er selbst. Aus einem Grund, den er bis heute noch nicht ganz verstanden hatte, waren dem Weltreisenden nicht nur Neid und Ablehnung entgegengeschlagen, sondern auch ein abgrundtiefer Haß, der sich schließlich in einer blutigen Gewalttat entladen hatte, bei dem Gott sei Dank niemand ernsthaft zu Schaden gekommen war. Noch in derselben Nacht hatten sie all ihre Habseligkeiten zusammengepackt und waren Hals über Kopf in die Berge aufgebrochen, wo sie für die nächsten Jahre unter vielen Entbehrungen ein sehr einfaches Leben geführt hatten. Er war der einzige gewesen, der noch recht lange zu gelegentlichen Besuchen ins Dorf aufbrach und von einem Onkel oder einer Tante heimlich etwas zugesteckt bekam – allen voran von Barak, der nie einen Hehl daraus gemacht hatte, daß er die Vertreibung von Andrejs Familie mißbilligte.

Aber es hatte auch noch einen anderen Anfang gegeben, später, nachdem er Michail und seine Mutter verlassen hatte, um in die Welt hinauszuziehen – und um mit seinen sechzehn Jahren dann doch nur bis Rotthurn zu kommen und durch den Kirchenraub für immer und alle Zeiten gebrandmarkt zu werden. Einsam und verwirrt hatte er sich auf den Rückweg zu dem einfachen Haus seiner Mutter gemacht. Auf dem Weg dorthin, mitten in abgelegenem Berggebiet, war er auf Raqi gestoßen. Auch sie war auf der Flucht gewesen. Zusammen hatten sie bei seiner Mutter und Michail Unterschlupf gefunden, bis einer nach dem anderen von ihm gegangen war.

Kurz nachdem Raqi zu ihnen gestoßen war, hatte es angefangen. Zuerst waren es nur merkwürdige Geräusche gewesen und Fußspuren, die sich in den kärglichen Boden eingegraben hatten, auf dem sie ihre Hütte errichtet hatten. Später dann war es zu hinterhältigen Angriffen durch Unbekannte gekommen, derer sie nie hatten habhaft werden können.

Inzwischen waren sie alle tot. Seine Mutter hatten sie erwischt, als sie ihren kleinen Kräutergarten gejätet hatte. Bevor Michail und er, durch einen schrecklichen Tumult angelockt, den hinter einen Hügel gelegenen Garten erreicht hatten, war es schon zu spät gewesen. Mit groben Steinen und spitz zulaufenden Holzlatten war seine Mutter fast zu Tode geprügelt worden – die Täter hatten sie nie ausfindig machen können.

Von den Folgen des Angriffs hatte sich seine Mutter nie erholt. Wenige Wochen danach war sie an ihren Verletzungen elendiglich zugrunde gegangen. Nur zwei Jahre später war Michail Nadasdy nach einem heimtückischen Attentat an den Folgen eines Schwerthiebs nach tagelangem Siechtum in seinen Armen verblutet. Raqi war dagegen auf natürliche, aber nicht minder entsetzliche Weise im Kindbett gestorben – und mit ihr seine Tochter, die kaum das Tageslicht erblickt hatte, bevor sie der Herr zu sich geholt hatte.

Es hatte in dieser Zeit nicht einen Tag, nicht eine Stunde gegeben, in der er nicht daran gedacht hätte, seinem Leben selbst ein Ende zu setzen. Er hatte keine Angst vor dem Tod. Ganz im Gegenteil; der Tod erschien ihm wie ein sanfter alter Freund, der alle Sorgen und alle Trauer von ihm nehmen würde. Denn wie er es auch drehte und wendete: Er hatte die Menschen, die ihm auf der ganzen Welt am meisten bedeuteten, mit eigenen Händen beerdigt. Nur ihm war die Gnade des Todes bisher nicht zuteil geworden.

Was also hatte ihn hierher geführt? Ein Instinkt, wie er manche Tiere dazu brachte, an den Ort ihrer Geburt zurückzukehren, um dort zu sterben? War er es Raqi schuldig, ihr zu folgen und seinem Leben ein Ende zu setzen? Oder vielleicht ein noch viel, viel älteres Gefühl – Einsamkeit?

Andrej zögerte lange, bevor er sich endgültig zum Weiterreiten entschied. Er hatte nichts zu verlieren. Borsã, der Ort seiner Geburt, lag auf der anderen Seite des Hügels, unmittelbar am Ufer des Brasan, an dessen Wassern sich die Bauernburg erhob. Konnte man sich dort noch an ihn erinnern, oder war es zu lange her, seit er, Michail Nadasdy und seine Mutter das Dorf verlassen hatten? Als er viele Jahre später Marius hierher gebracht hatte, war er kurz nach der Einbruch der Nacht angekommen und – um von niemanden als Andrej Delãny und damit als einer der angeblichen Kirchenräuber von Rotthurn enttarnt zu werden – kurz vor Sonnenaufgang wieder aufgebrochen.

Doch gerade weil das so war, hatte er auch nichts zu verlieren. Ihn beunruhigte mehr und mehr die Frage, warum er hierher gekommen war. War es wirklich nur der Instinkt eines Vaters und die Sorge um sein Kind gewesen, das Erbe seiner tierischen Vorfahren, wie Michail Nadasdy es immer genannt hatte, ohne daß er jemals wirklich verstand, was damit gemeint war. Möglicherweise irgendeine ... *Ahnung?* Delãny wollte lächeln, doch es mißlang ihm. *Sprich niemals abfällig über deine Ahnungen*, wisperte Michail Nadasdys Stimme in seinem Kopf. *Wer weiß, vielleicht sind die-*

se Botschaften ein Teil von uns, der Dinge sieht, die dem Rest verborgen bleiben ...

Aber vielleicht war nichts davon der Grund, aus dem er hier war. Dennoch blieb es dabei: Es konnte nichts schaden, wenn er die paar Meter weiter ritt und einen Blick auf das unter ihm liegende Borsã warf. Er schnalzte mit der Zunge, um das Pferd zum Weitertraben zu bewegen. Michail Nadasdy hatte ihn gelehrt, um wie vieles besser ein Pferd gehorchte, wenn man es mit viel Liebe und Geduld dazu erzog, auf gesprochene Befehle zu gehorchen, statt ihm mit der Peitsche den Gehorsam einzuprügeln, und er hatte nicht lange gebraucht, um zu begreifen, wieviel Weisheit in diesem Rat steckte – nicht nur in Bezug auf Pferde.

Oben auf dem Hügel hielt er noch einmal an. Das Borsã-Tal lag unter ihm, wie er es erwartet hatte. Und zumindest aus dieser großen Entfernung heraus betrachtet, schien es ihm fast, als sei die Zeit stehengeblieben.

Nichts hatte sich verändert. Der Wehrturm ragte düster und majestätisch aus den kristallklaren Wassern des ruhiges Flußarms empor, ein uraltes Monument, dessen charakteristische Linien die Zeit glattgeschliffen, aber nicht gebrochen hatte. Im Gegenlicht, im Schein der rötlich glühenden Nachmittagssonne, wirkten seine Mauern fast schwarz. Andrej glaubte dennoch, die eine oder andere Veränderung zu erkennen: Hier und da war ein Schaden ausgebessert, eine abgebrochene Zinne erneuert, ein Dachstuhl der hölzernen Nebengebäude verändert worden. Nichts davon hatte die Bauernburg mit dem zentralen Turm jedoch wirklich verändert. Der Wehrturm stand so unberührt und trutzig da, wie er schon vor zweihundert Jahren dagestanden hatte und wie er wohl auch noch nach weiteren zweihundert Jahren dastehen würde.

Der Turm wird den Türken wahrscheinlich nicht wichtig genug sein, um ihn irgendwann einmal zu schleifen, dachte Andrej spöttisch. Auch die hölzerne Brücke, die vom Nebenarm des Flusses zu dem kleinen Ort an seinem Ufer führte, stand noch wie in den Tagen seiner Kindheit – als wäre sie für die Ewigkeit gebaut. Dabei hatten sie schon in seiner Kindheit heimlich Wetten darauf abgeschlossen, wie lange es noch dauern mochte, bis der nächste heftige Sturm sie endgültig davonblies.

Er ritt weiter und ließ seinen Blick nun auch über Borsã schweifen. Im Gegensatz zur Bauernburg hatte sich der Ort stark verändert. Er war nicht einmal viel größer geworden, aber die Gassen waren nun befestigt, und viele Häuser hatten richtige Dächer aus Holzschindeln, statt mit Stroh und Ästen gedeckt zu sein. Borsã war offensichtlich zu bescheidenem Wohlstand gekommen.

Was es verloren hatte, das waren seine Bewohner. Das fiel Delãny erst auf, als er den Weg vom Hügel hinab schon zu mehr als der Hälfte zurückgelegt hatte. Nirgendwo in den wenigen Gassen Borsãs rührte sich etwas. Aus keinem Kamin kräuselte sich Rauch.

Selbst die Pferdekoppeln, die er von hier aus sehen konnte, waren leer.

Er ließ sein Pferd wieder anhalten. Sein Herz schlug ein wenig schneller – nicht aus Furcht, sondern infolge leichter Anspannung –, und er senkte die Hand auf die Waffe an seiner Seite, um die grauen Stoffetzen zu entfernen, mit denen er den Griff umwickelt hatte, damit das exotische Sarazenenschwert nicht zu viele neugierige Blicke auf sich zog oder gar die Aufmerksamkeit von Dieben erregte.

Andrej glaubte eigentlich nicht wirklich, daß er die Waffe brauchen würde. Borsã wirkte wie ausgestorben, aber über dem Ort lag nicht der Geruch von Tod und Verwesung. Am Himmel kreisten keine Aasvögel, und er konnte zumindest aus der Entfernung keine Spuren eines Kampfes erkennen.

Es mußte eine andere Erklärung für diese vollkommene Abwesenheit von Leben geben. Alle Dorfbewohner mochten auf den Feldern sein, im Wald, um Holz zu schlagen, oder zum Fischen an den großen Weihern, die hinter den Hügeln lagen und seinen Blicken somit entzogen waren. Vielleicht hatten sie sich auch in der Bauernburg versammelt, um dort ein Fest zu feiern.

Und dazu hatten sie alle ihre Hunde und Katzen, Schweine und Ziegen, Pferde und Kühe mitgenommen? Wohl kaum. Es mußte einen anderen Grund dafür geben, daß alles Leben aus Borsã geflohen zu sein schien.

Delãny hörte auf, sich den Kopf über etwas zu zerbrechen, worauf er sowieso keine Antwort finden würde, und ließ das Pferd ein wenig schneller traben. Am Fuße des Hügels schwenkte er nach links und ritt – mit schlechtem Gewissen – ein kurzes Stück über einen frisch umgepflügten Acker, bis er den festgestampften Teil der Straße erreichte, der gut zwanzig Meter vor der eigentlichen Ortschaft begann.

Er wurde wieder langsamer. Die Stille schlug ihm wie eine Wand entgegen, und mit jedem Schritt, den er dem Ort näher kam, schien sich ein immer stärker werdender, erstickender Druck auf seine Seele zu legen.

Es war die Last der Erinnerung, die er spürte. Dies war der Ort seiner Kindheit, der Platz, an dem er aufgewachsen war, wo er gehen und reiten gelernt hatte, wo er Freundschaften geschlossen hatte – aber es war zugleich auch der Ort einer verletzenden Schmach und tiefen Enttäuschung. Nachdem er in noch sehr jungen Jahren in Zusammenhang mit dem Kirchenraub ins Gerede gekommen war – an dem er selbst tatsächlich nicht teilgenommen hatte –, war er noch einmal ins Dorf gekommen. Er hatte nicht geahnt, daß man ihn mittlerweile in ganz Transsilvanien gesucht hatte, daß die Pfaffen nichts Besseres zu tun gehabt hatten, als ihn landauf, landab als Kirchenschänder und frechen Dieb zu diffamieren.

Die Dorfbewohner hatten ihn nicht gerade freundlich empfangen. Mit Schimpf und Schande hatten sie ihn die Dorfstraße hinuntergejagt, hinein in einen gleißend heißen Tag, dessen Helligkeit mit unglaublicher Brutalität in seine äußerst lichtempfindlichen Augen stach. Sie hatten mit Steinen und Kot nach ihm geworfen, ihn einen Ketzer und Teufelsanbeter genannt. Er hatte damals nicht gewußt, was mit ihm geschah – und eigentlich wußte er es ja auch heute noch nicht! –, er hatte einfach nur Angst gehabt. Er hatte geweint, geschrien, seine Freunde angebettelt, doch endlich auf ihn zu hören, Freunde, die plötzlich zu Feinden geworden waren, weil *sie* glaubten, daß er ein Gotteshaus geschändet hatte. Heute verstand er sie. Er hegte keinen Groll mehr gegen sie. Aber das linderte nicht den Schmerz, den die Erinnerung mit sich brachte.

Er dachte an seinen Großonkel Barak, und ein flüchtiges warmes Gefühl breitete sich in seinem Inneren aus. Barak war vielleicht der einzige gewesen, der damals zu ihm gehalten hatte; möglicherweise nicht einmal aus Freundschaft oder auch nur aus Sympathie, sondern aus ererbter Loyalität seinem Dorf gegenüber. Aber ganz gleich, warum – Barak hatte er es jedenfalls zu verdanken, daß er damals nicht auf der Stelle gesteinigt, sondern nur aus Borsã gejagt worden war. Er bedauerte, ihn seither nicht wenigstens noch ein einziges Mal wiedergesehen zu haben.

Ein Geräusch ließ ihn aufmerken. Etwas hatte geklappert – vielleicht nur der Wind, der mit einer losen Dachschindel oder einem Fensterladen spielte. Bestimmt nur der Wind. Trotzdem beschloß Delãny, dem Geräusch nachzugehen.

Es wiederholte sich nicht, aber er hatte sich die Richtung gemerkt, aus der es gekommen war. Wie erwartet fand er nichts außer einem lockeren Fensterladen, der sich knarrend im Wind bewegte und gelegentlich gegen den Rahmen schlug.

Da er nun schon einmal hier war, konnte er das Haus auch genauer in Augenschein nehmen. Er stieg aus dem Sattel, schob die Tür vorsichtig mit der linken Hand auf und trat ein, die Rechte auf dem Griff des kostbaren Sarazenenschwertes, dem einzigen wertvollen Besitz, den sein Stiefvater von seinen abenteuerlichen Reisen mit nach Hause gebracht hatte.

Einen Moment lang glaubte er ein rasches Huschen in den Schatten vor sich wahrzunehmen; ein erschrockenes Seufzen, das Tappen federleichter eilender Schritte. Und er glaubte, etwas zu *spüren* – die Anwesenheit eines oder mehrerer Menschen, die ihn heimlich und mißtrauisch beäugten.

Delãny blieb stehen, zog das Schwert zwei Finger weit aus der Scheide und versuchte, die Dämmerung vor sich mit Blicken zu durchdringen. Gleichzeitig lauschte er konzentriert.

Die Schatten blieben Schatten, und er hörte auch nichts mehr. An diesem mit Erinnerungen überladenen Ort durfte er seinen Sinnen nicht trauen – vielleicht gaukelte ihm sein Gedächtnis etwas vor, was nicht da war.

Wolfgang und Rebecca Hohlbein
Das Blut der Templer 2
Roman

ISBN 978-3-548-26666-4
www.ullstein-buchverlage.de

Der 19-jährige Sascha und seine jüngere Schwester Charlotte werden von einem Unbekannten vor den tödlichen Schüssen eines Amokläufers bewahrt. Nach langer Suche finden die beiden den geheimnisvollen Retter: Er lebt mit Anhängern einer mysteriösen Ordensgemeinschaft zusammen, der Prieuré de Sion, die beschließt, Sascha zum Schwertkämpfer auszubilden. Aber es kommt anders – an Stelle von Sascha wird seine Schwester bei den Templern eingeschleust.
Wie alles anfing: die spannende Vorgeschichte von *Das Blut der Templer*.

»Was Hohlbein aufschreibt, wird zum Bestseller.«
Bild am Sonntag

»Wolfgang Hohlbein. Der Name für das Unbegreifliche.« *Frankfurter Allgemeine Zeitung*

Lewis Perdue
Die Tochter Gottes

Thriller
Deutsche Erstausgabe

ISBN 978-3-548-26656-5
www.ullstein-buchverlage.de

Die Kunsthistorikerin Zoe und der Religionswissenschaftler Seth reisen nach Zürich, um den Bestand eines zwielichtigen Kunstsammlers zu sichten. Sie ahnen nicht, dass dies der Beginn einer erbarmungslosen Jagd nach einem uralten Geheimnis sein wird. Einem Geheimnis, das der Vatikan seit mehr als tausend Jahren hütet – und das alles verändern könnte, was wir zu wissen glauben ...

»Ein überzeugend geschriebener, auf Fakten beruhender Thriller.« *Kirkus Reviews*

»Spannend und glaubwürdig!« *Publishers Weekly*

Franck Thilliez
Die Kammer der toten Kinder
Psychothriller

ISBN 978-3-548-26667-1
www.ullstein-buchverlage.de

Ein nächtliches Autorennen endet grausig: Vigo und Sylvain überfahren einen Mann. Neben dem Toten steht ein Koffer mit zwei Millionen Euro. Kurz entschlossen nehmen die beiden das Geld. Doch das Opfer war ein Vater, der seine entführte Tochter freikaufen wollte. Ein psychopathischer Serienmörder hat es auf Kinder abgesehen!

»Nervenkitzel pur – für diesen Bestseller aus Frankreich gilt die absolute Umblätter-Garantie.«
Radio Gong 96,3

Christian Moerk

Eminenza

Thriller
Deutsche Erstausgabe

ISBN 978-3-548-26771-5
www.ullstein-buchverlage.de

Eine Entdeckung, die alles verändern könnte. Eine Geheimgesellschaft, die den Lauf der Dinge diktiert. Und ein junger Mann auf der Suche nach der Wahrheit: Als der Wissenschaftler Victor Tallent einen Weg findet, den Hunger auf der Welt für immer zu beenden, gerät er ins Visier des »Rats der Zehn«, einer jahrhundertealten venezianischen Organisation, die für ihre Ziele über Leichen geht.

»Saftige Blockbuster-Unterhaltung« *Børsen*

Wolfgang Hohlbein

Das furiose Finale der Vampyr-Saga!

Der Abschlussband der preisgekrönten Fantasy-Saga von Wolfgang Hohlbein!

Zahlreiche Abenteuer haben die beiden Unsterblichen Andrej und Abu Dun auf der Jahrhunderte währenden Suche nach ihrer vampyrischen Herkunft bereits durchlitten und durchlebt. Dieser Band begleitet die beiden charismatischen Helden auf ihrem letzten Weg ...

Wolfgang Hohlbein
Die Chronik der Unsterblichen
Göttersterben

503 Seiten, gebunden mit Schutzumschlag
ISBN 978-3-8025-1793-8

www.vgs.de

EGMONT
Verlagsgesellschaften

JETZT NEU

 Aktuelle Titel | Login/Registrieren | Über Bücher diskutieren

Jede Woche vorab in einen brandaktuellen Top-Titel reinlesen, ...

... Leseeindruck verfassen, Kritiker werden und eins von **100** Vorab-Exemplaren gratis erhalten.

 vorablesen.de